三毛猫ホームズと七匹の仲間たち

赤川次郎 他著

山木美里
米田京
川辺純可
稲羽白菟
井上凛
植田文博
和喰博司

論創社

新人作家のころ

赤川次郎

「幽霊列車」という作品で新人賞をいただいてから、早いもので、もう四十年以上になる。

サラリーマンだった当時、会社の帰りに文藝春秋社のビルに初めて足を運んだ。審査で落とされることのない初めての原稿、〈受賞のことば〉を持って行ったのである。

「オール讀物」の編集部の人と会って、開口一番、「会社を辞めないで下さい」と言われた。当時も、新人賞をもらっただけではプロの作家としてやっていけなかったのである。

実際、私は張り切って、新人賞の授賞式の日に、次の作品を書き上げて持って行ったのだが、その「受賞第一作」が掲載されるまでに一年かかった。それは当然のことで、毎月の小説誌は、既成作家への依頼原稿で埋っており、新人の原稿が割り込む余地はなかったのだ。

ただ、幸運なことに、文春の出版部から、「書き下ろしをやってみませんか」という話があって、三か月ほどで六百枚の長編を書いて渡した。長編第一作『マリオネットの罠』である。

しかし、渡してからが大変だった。

原稿は、数百か所の付箋が付いて戻って来た。直して渡し、また戻って来て、をくり返し、半年かけて、ほとんど初めの原稿と同じくらいの枚数を書いたと思う。

やっと出版された「無名の新人」の書き下ろしは、もちろんさっぱり売れなかった。

結局、新人賞の翌々年、この短編集にも収録された「三毛猫ホームズ」のシリーズの第一作が思いがけずヒットしたことで、作家専業になるきっかけをつかんだのだった。

四十年前のその当時、出版界にはまだ「新人を時間をかけて育てよう」という余裕があった。今だったら、とても売れそうもない新人に書き下ろしなど、やらせてくれたかどうか。

この四十年の間に、出版界の状況は大きく変った。今、新人が「本を出す」ことが難しくなっているのは確かだろう。

ただ、一方で新人が世に出る機会は増えている。新人のための文学賞は、私が応募していたころに比べてずいぶん多くなった。いきなり長編の大作を狙わなくても、決められた枚数にまとめる技術をみがいて、短編も書ける力をつけることが大切だ。

私はいまだに（この原稿もそうだが）四百字詰の原稿用紙に読みにくい字を書きつけている。今はほとんどの人がパソコンだろうし、新人賞とかへ投稿しないで、ネットに直接作品を発表する人もある。

だが、どんなスタイル、形式であれ、小説は、特にエンタテインメントは「読者を楽しませて」初めて成立するのだという点は変らない。

偉そうに「小説指南」などするつもりはないけれど、「受賞第一作」が、毎月毎月編集部から「今月も掲載できませんでした」と言われ続けた不安な日々や、筆一本で食べていけるのだろうか、と心細かったとき、私を支えてくれたのは、「小説を書くことが楽しい！」という思いだった。

四十年、締切に追われ続けて、何とかやって来られたのは、「書いていて楽しい」という気持が一度も失われなかったからだろう。

原稿用紙に向い、自分の創り出した人間たちが笑ったり泣いたりするのを、わくわくする思いで文字にして行く。書き手の、そのわくわく感が読み手に伝わってこそ、作家になる喜びが生まれるのだ。

自分は書くことを楽しんでいるか？

そう自分へ問いかけることが、作家の第一歩である。

目次

三毛猫ホームズの殺人展覧会

赤川《あかがわ》次郎《じろう》

赤川次郎

１９４８年、福岡県生まれ。本名も同じ。１９７６年、日本機械学会の校正者として勤めていた時に応募した「幽霊列車」で第15回「オール讀物」推理小説新人賞受賞。『三毛猫ホームズの推理』や『セーラー服と機関銃』などで一躍ベストセラー作家に。著作は６００冊を超え、ミステリー小説を中心に、その創作活動は多岐にわたる。２００５年には、第9回日本ミステリー文学大賞を受賞。２０１６年に『東京零年』で吉川英治文学賞受賞。

美術の秋、来たる

秋晴れの空はあくまでも澄み、ショボクレの目はあくまでも淀《よど》んでいた。

「ああ、畜生！」

警視庁捜査一課の片山義太郎《かたやまよしたろう》刑事は、まだやっと三十歳になるやならずやの若さでありながら、くたびれ果てた足を、やっとの思いで引きずっていた。

別に新婚早々というわけでもなく——独身なのだから当然だが——夜遊び、徹夜マージャンとも縁がなく、飲み明かすにも、まるで下戸《げこ》と来ているのだ。

「こんないい天気に、どうして俺一人が働いてなきゃならないんだ……」

サラリーマンの誰もが、疲れているときにはそう思うものである。働いて、疲れているのは自分一人、ほかの連中はみんなのんびりと人生を楽しんでいるように見えるのだ。

特に片山の場合、好きで刑事をやっているわけではないのだから、疲れも倍加しようというものだった。

一課の部屋へ入ると、隣りの机で、先輩の根本《ねもと》刑事が、居眠りをしていた。片山が席につくと、ちょうど根本の机の電話が鳴り出し、根本は目を半開きの状態で受話器を取った。

「はい。——ああ、課長。おはようございます。——え？　片山ですか？　まだ来てやしません。きっと近くの公園あたりで昼寝でもしてんじゃないですか」

片山は目をパチクリさせた。

「――ええ。――そうですか、ギャラリー〈Z〉ですね。分かりました。もし生きてここへ来たら、行くように言います」

「根本さん……」

「なんだ、ちょっと待てよ。――え？　そうですか。――はあ、よく分かりました。いや、片山なんかに絵が分かるはずないじゃありませんか」

「根本さん――」

「うるさいな！――ええ、そうですね、どっちかと言えば、あそこの妹か、猫のホームズのほうが、まだ分かるんじゃありませんか。ハハ……。――じゃ、伝えます。どうも」

電話を切って、根本は大欠伸《あくび》をしてから、横を向いた。片山がじっと根本をにらんでいる。

「なんだ、片山か。いつ来たんだ？　今、課長から電話があったぞ」

と涼しい顔で言う。

「何だったんです？」

「銀座のギャラリー〈Z〉へ来いってさ」

「殺人事件か何かですか」

「いや、絵を見ろってことだ」

片山はムッとした。はなはだおとなしい男ではあるが、時にはムッとすることもあるのだ。

「僕は、昨日から聞き込みで歩きづめなんです！　それなのに、絵を見に来いだなんて、どういうことなんですか！」

「そうむくれるな。見に行きゃ課長のご機嫌がいいんだから」

「どうして課長が?」

「課長の描いた絵が飾ってあるんだとさ」

片山は目を丸くした。栗原課長が絵を描いているとは初耳だったのである。

「出したくなかったのに、どうしてもと頼まれて、いやいや出品したとか言ったが、そう言うそばからヘラヘラ笑ってるんだ。ありゃ菓子箱か何かさげて、出させてくれと頼みに行ったんだぜ、きっと」

「それを見に行け、と?」

「みんな忙しいところを、交替で見に行ってるんだ。お前は、ずっと出てたから知らなかったんだな。行って、『いや、みごとなもんですな』とか言っときゃ、それで課長はご満悦なんだ。な、疲れてるだろうが、一つ行って来い」

「はあ、それは……」

これも宮仕《づか》えの辛いところだ、と片山は思った。「場所はどこです?」

「案内のハガキが引出しに入ってるだろ。——ああ、それだ。いいか、くれぐれも気を付けろよ」

「絵が爆発でもするんですか?」

「そうじゃない! 間違っても、『可愛い犬ですね』なんて言うなよ。課長はライオンのつもりで描いてるんだ」

片山は吹き出した。

「根本さんは何と言ったんです?」

「太った馬ですな、と言った」

外出しちまえばこっちのもんだ。

公僕たる警察官としては、多少問題があるかもしれないが、ともかく疲れているので、ギャラリー〈Z〉の近くまで来て、たまたま空いた喫茶店の前を通りかかると、自然に足がその店のほうへ向いていた。

中へ入って、窓際の席にドッカと座り込んだ。このままどこにも行かずに眠りたい気分である。コーヒーをすすっていると、少しずつ疲労が溶《と》けて流れていくような気がした。――ここで二、三時間眠っていこうか、と本気で考えたりした。

「そういうわけにもいかないか……」

店の中をぼんやりと見回すと、二つほど離れた席に、若い女が座っていた。二十四、五というところか、色の白い、なかなかの美人である。

テレビのメロドラマの主人公あたりが似合いそうな、どことなくかげのある印象を与えた。

きっと忙しくて疲れてるんだな、と片山は考えた。どうして自分ばかりがこんなに忙しいのか、と嘆いてるんだ。よく分かるよ、その気持ち。

片山が勝手に同情していると、店の入口の戸がガラガラと開いた。自動扉なのである。その女が、ふと顔を上げた。女は入口のほうに背を向けて座っていたので、たぶんガラスにでも映ったのを見たのだろう。店に入って来た、ジャンパー姿で、四十がらみの、ちょっと人相の悪い男に、ギクリとした様子だった。

男は、入って来ると、店の中を、適当な席を捜して歩き出した。――どうも柄《がら》の悪い男だな、と片山は思った。

若い女のほうは、じっと身を固くして座ったままだったが、急に伝票を取ると、立ち上がって、店の出口のほうでなく、片山のほうへやって来た。

片山が面食らっていると、女はさっさと向かい合った席に座り、

「まあ、珍しいわね、お元気?」

と片山へ笑いかけた。

片山は、しばしポカンとしていたが、

「あの……どうも、おかげさまで」

と、ともかく言った。「失礼ですけど、どちらさまで……」

女は急に声をひそめた。

「お願い!　知り合いのようなふりをして!」

「そ、そんなことを言っても――」

「お願いよ!　後でデートぐらいするから!」

片山としては、そんなことはしてもらわないほうがありがたい。そして、気が付くと、今入って来たジャンパー姿の男が、片山のテーブルのわきに来て立っていた。

「これはこれは……」

と男は言った。「亜紀《あき》さんじゃないか」

亜紀と呼ばれた娘は、顔を上げて、

「まあ、誰かと思ったら」

と、男の皮肉っぽい視線をはね返すように、「坪内《つぼうち》画伯でしたか」

「久しぶりだね。すっかり大人っぽくなった」

「大人を捕まえて大人っぽくもないもんでしょ」

坪内という男はちょっと笑って、

「僕が描いた頃は、まだ青っぽい子供だったぞ」

と言った。

娘のほうはそれを無視して、

「ご活躍のようね」

と無関心な口調で言った。

「まあね。おかげさまで。――僕の絵を見に来てくれたのかい？　残念ながらこれから画商と会って夕食をとることになってるんで、今夜は付き合えないんだ」

「別に付き合ってくれとはお願いしてないわよ」

「冷たいね、昔の恋人に。こちらは彼氏？」

と片山のほうをジロリと見る。

片山はその笑顔とは裏腹の、鋭い眼差しにちょっとギクリとした。

「ええ、私の恋人なのよ」

と、亜紀という娘が言った。

「なかなかいい男じゃないか。――画家の坪内です」

男の大きな手が差し出された。片山は、反射的に立ち上がって、

「ど、どうも――」

とその手を握った。「警視庁捜査一課の片山です」

相手の男が目を見開いた。握る手にぐっと力が入って、片山は顔をしかめた。

「刑事さんですか。これはお見それした。いや、見かけたところ、とても警察の人とは思えませんな」

と坪内は言った。

「――坪内先生、お待たせして」

と、声がかかった。頭の禿げ上がった、小柄な男が急ぎ足でやって来る。

「いや、僕も来たばかりさ」

と、坪内は言った。「このまま出ようか。――じゃ、亜紀さん、失礼するよ」

「さよなら」

と、亜紀は言った。「刑事さん、失礼します」と会釈して、坪内は店を出て行った。

「――あなた、本当に刑事さん?」

と、亜紀という娘は、まじまじと片山を見つめながら言った。

「悪いかね」

「そうじゃないけど……あんまり、イメージ違うんだもの」

その遠慮のない言い方に、片山はつい笑い出してしまった。娘も一緒に笑った。

「私、今村亜紀というの。片山さん……だったわね？　何か事件の捜査中？」

「ギャラリー〈Z〉とかいう所へ行く途中でね」

亜紀はちょっと目を見張った。

「まあ！　私もそこへ行くのよ。偶然ね。じゃ、ご一緒にいかが？　ご迷惑かけちゃったけど勘弁してね」

「いや、別に……」

片山は頭をかいた。――女性、特に美女にはアレルギーがあって、情緒不安定、かつ心臓が高鳴るという癖がある。

「あの――せっかくだけど、僕は絵のほうはさっぱりで――」

と言いかけると、

「あら、猫」

と、今村亜紀が言った。

窓のほうを見て、片山は仰天《ぎょうてん》した。ガラス戸越しに、ホームズが片山を眺めているのである。そして、ヒョイ、とホームズをかかえ上げていた晴美《はるみ》のいたずらっぽい顔が現われた。

「じゃ、課長、お前にも電話を？」

と、ギャラリー〈Z〉へ向かって歩きながら、片山は訊いた。

「そうなのよ。会社へ電話して来てね、ぜひご意見を拝聴したいって。栗原さんにそう言われちゃ、断わるわけにもいかないでしょ」

「まったく人騒がせな課長だ」

「それに、ぜひホームズさんにも見ていただきたいって言うから、わざわざアパートへ帰って連れて来たのよ」

「きっと根本さんの言うことを真《ま》に受けたんだ。呆《あき》れたな！」

片山はため息をついた。片山兄妹のアパートに居候《いそうろう》している三毛猫ホームズ。どっちかというと女王然として人間をこき使っている観もあるが、今は、猫好きらしい今村亜紀の腕の中で、いいご機嫌のようだった。

「本当にお利口そうな猫ね」

と、亜紀がホームズの頭の下を撫でながら言った。

「利口すぎて、ちょっと困るくらいなの」

と、晴美が言った。「——あ、そこのビルじゃない？　ギャラリー〈Z〉って看板が出ているわ」

階段を上がって、会場へ入って行くと、予想していたよりは広々として、一応展覧会らしい雰囲気もある。まあ、モナリザが来るわけではないので、押すな押すなの超満員とはいかないが、パラパラと客の姿もあった。

「よう、来たか！」

栗原が、ちょっと、照れくさそうな顔でやって来た。

「いや、忙しいのにすまんな」

「とんでもありませんわ。楽しみにして来たんですよ」

と晴美が言った。「課長さんの絵はどこですの？」

「うん——まあ——順番に見て行ってくれ。そのうち、私のも出て来る」

照れて赤くなっている。片山は内心ニヤニヤしていた。とうてい、捜査一課の鬼課長には見えない。

栗原は、片山のほうは無視して、もっぱら晴美を案内して行ってしまう。片山は、ふと今村亜紀はどこに行ったのかしら、と思って見回した。——ずっと奥のほうに、後ろ姿が見える。

近付いてみると、ホームズも亜紀の足もとに座って同じ絵を眺めていた。

「そんなにいい絵なの?」

と片山が声をかけると、

「さっきの坪内が描いたの。——見てちょうだい」

と、わきへ退く。

一瞬、ギョッとした。それは、殺人現場の、極めて生々《なまなま》しい描写であった。床に倒れている裸婦の胸にはナイフが突き立っていて、血が乳房の谷間から両わきへと流れ落ち、床に血溜まりが広がっている。

女は肉付きのいい、若い女で、これが現場写真なら、二十五、六、丸顔で髪の長い女、とか報告書に記入するところだろう。

恐怖と苦悶の跡をとどめた顔、見開いたままの目、苦しげに空《くう》をつかんだ指など、そのリアリティは、見ていた片山が、危うく貧血を起こしそうになるほどだった。

しかし、本物の死体ならともかく、絵を見て貧血を起こしたのでは、いくらなんでもみっともない。しかも、今は栗原と晴美がいるのだ。ここで、そんな醜態を見せてなるものか。

その思いだけで、片山はなんとか平静を装うことに成功した。

「す、凄い絵だね」

と片山は言った。

声は少々震えていた。

「でしょう？　これが芸術だなんて、とても思えないわ。でも、けっこう売れてるのよ、あの人」

「あんまりモダンには見えないけどね」

「ひところの抽象画が飽きられてきて、最近はこういう写実がまた受けだしてるの。あの人のは、題材が刺激的で、人目をひくのよ」

人目をひくことは確かだろう、と片山は思った。

「しかし、この絵、モデルに死人の真似をさせて描いたのかな。真に迫ってるね」

「ええ、そう思うでしょ」

「まるで本物の死体を描いたみたいだ」

亜紀が片山のほうを見た。

「もし本当にそうだったら？」

「本当に、って？」

「本当に死体を目の前にして描いたんだったら……」

亜紀の口調は真剣だった。

「まさか――」

片山は笑おうとしたが、それはけいれんにしかならなかった。

「冗談よ」

亜紀が声を上げて笑った。片山はホッとした。

ふと見ると、ホームズが、ほかの絵の前に行って、少し小首をかしげ、じっと絵を見ている。

「まあ凄い、あの猫ちゃん、絵が分かるのかしら?」

と亜紀が楽しげに言った。

ほかの客たちも、ホームズを見て笑顔で話している。しかし、まさか本当にホームズに絵が分かると思っている者はいないだろう、と片山は思った。

「――あ、これですね、課長さんの」

晴美の声がした。片山は、ふと、何か晴美に言っとくことがあったんじゃないかという気がした。

――何だったろう?

「まあ、お上手じゃありませんか!」

晴美が、まるで本気のような声を出す。晴美の奴が賞《ほ》めたんなら、俺はほっといてもいいか、と片山は気が楽になったが……。

「本当によく描けてますわ」

そうだ! 片山は急いで晴美へ声をかけようとした。――が、遅かった!

「本当にすてき」

晴美が言った。「このダックスフント、生きてるみたいだわ!」

キャンバスの女

「課長さん、どう?」

夕食のとき、晴美が訊いた。

「うん……。なんだか人生の張りを失ったような感じだよ」

と片山は言った。「お代わり」

「はい。――悪いことしちゃったわね、なんだか、気がとがめるわ」

あのギャラリー〈Z〉へ行ってから、一週間が過ぎていた。

「まあ仕方ないよ。そもそもは課長の絵が下手なのが原因なんだから」

と片山は言った。

栗原が聞いたら、ますます落ち込みそうである。

「でも、栗原さん、以前は仕事一筋だったのに、どういう心境の変化なのかしら」

「さあね。なんにしても、年中ハッパばかりかけられているよりはいいさ」

「絵をやめちゃうかしらね？」

「どうだろう。また張り切って何か描き出すかもしれないぜ」

「私がモデルになって裸体画でも描いたら元気が出るかしら」

「血圧が上がってぶっ倒れるよ、きっと」

「石津《いしづ》さんがショック死するかもね。――あら、電話」

晴美が出ると、

「やあ、栗原だが――」

「あ、課長さん。あの……先日は大変に、その……」

「片山はいるかな？　すぐに現場へ飛べと言ってくれ」

「事件ですか？」

「女の全裸死体が出た」

晴美はメモを取って、電話を切ると、片山に、言った。

「事件ですって。なんだかずいぶん元気そうだったわよ」

「課長は事件が起きると機嫌がいいんだ。ちっとも変わってないよ」

と片山は苦笑した。「この一杯、お茶漬けにしてから行こう」

「いいの、そんな呑気なことしてて？」

「構うもんか、死人は生き返らない」

ひどい刑事である。そこへ、ドアがドンドンとノックされて、

「あの破壊的な音は石津《いしづ》だぞ」

「ほんとね。――石津さん、どうしたの？」

ドアを開けると、晴美に恋いこがれている目黒署の若き刑事、石津の大柄な体が、視界を塞《ふさ》ぐように立っている。

「晴美さん！　相変わらずお美しいですね！」

と、あまり締まりのない顔が、どうもますます締まらなくなってくる。

「ありがとう」

「この前お会いしたときより、また一段と若返ったようですね。このまま行けば幼稚園へ入らなきゃいけない」

「見えすいたお世辞はやめろ。おい、何か用か？　俺は事件で出かける」

「あ、そうだ。実はお迎えに来たんです」

「迎え?」

「はあ。うちの署の管轄地域なので」

「なんだそうか。じゃ出かけよう」

「女が全裸で刺し殺されて、埋められていたらしいです。死体はかなりひどい状態だと思います。片山さん、気付け薬はお持ちですか?」

「大きなお世話だ」

と片山は言った。

ホームズがニャオと鳴いた。石津があわてて、廊下へ飛び出す。図体が大きいが、猫恐怖症なのである。

「ホームズが連れてけ、って言ってるわ」

と晴美が言った。「このところ事件がなかったから、退屈してるのよ。私も行こうかしら?」

「よせよせ。お前はだいたい変わってるよ。女がどうして殺人現場なんて見たがるんだ?」

「あら、いいじゃない。ホームズだって女よ」

「しかし、これは仕事なんだ」

「私は、石津さんについて行くのよ。お兄さんにじゃないわ」

理屈をこね回すことにかけては、片山はとても妹にかなわない。諦めて肩をすくめた。

「勝手にしろ」

「――殺されて二週間ってとこかな」

検死官の南田《みなみだ》が立ち上がって言った。

自動車道路を少しそれた林の中で、普段なら真っ暗だろうが、今は、照明を当てられて、真昼のように明るい。

「割合といい状態じゃないですか」

と、根本刑事が死体を見下ろしながら言った。

「片山が平気なんだから」

「どういう意味ですか！」

と片山は根本をにらんだ。

「まあ、かなり丁寧《ていねい》にくるんであって、しかも、土が乾いていた。このところ雨が降っとらんし、空気も乾燥しているからな」

と南田は言った。「なかなかいい女じゃないか」

「そんなこと言ってないで、所見は？」

「乳房の間を刃物で一突き、血が両脇へ流れとる。――多少は死ぬまでに時間があったろうが、とうてい助かる物じゃないな」

「ほかに傷は？」

「今見た限りでは、ないようだ」

晴美も、ちょっとこわごわ死体を覗《のぞ》いて、

「まだ若い女の人ね。気の毒に！」

「裸にしたのは、たぶん身許《みもと》を知られないためだろうな」

と片山は言った。

「見付かったときにはもう顔なんか見分けがつかなくなると犯人は思ってたのね、きっと」

「そういえば、こんな場所、よく見付かりましたね。だいぶ埋めてあったんでしょう?」

と片山が根本に訊く。

「若いアベックさ。車でここへやって来て、車の中でしばし愛し合ってたんだ」

「へえ、物好きな!」

「今、そういうのが流行なんだぞ。お前は女アレルギーだから、分からんだろうが」

「別に——アレルギーじゃありませんよ」

片山はやや弱々しく、反論した。

「ともかく、事が終わって帰ろうと走り出したら、何やら、車のシャフトに引っかかってる。降りてみると、ロープのようなものが、シャフトにからまって、ピンと張ってるんだ。——たぶん、犯人は、死体を埋めたとき、ロープが長すぎて、地上に少し出ていたのに気付かなかったんだ。それを、車のシャフトが巻き込んだ」

「それで?」

「ロープが地面の中から出ているのを見て、何かが埋めてあるんじゃないかと、若いから力も暇もある。それで掘り出してみたんだそうだ」

「死体じゃびっくりしたでしょうね」

「しかし、友だちに話の種ができたと言って、喜んでたぞ」

片山は、今の若い奴らの気持ちは分からない、と思った。きっと晴美に輪をかけてドライなのだろう。

「この顔なら、写真に撮《と》って、新聞にのせてもいいじゃないか」

と、南田が言った。

「そうですね。それならすぐに誰か知ってる人間が名乗り出て来るだろう」

と根本が肯《うなず》く。

片山はなんだか難しい顔で、その女の死体を眺めていた。——どこかで見たことがあるような気がするのだ。

「お兄さん、気分悪いの?」

と晴美が言った。

「違うよ!」

「無理しないで、素直に言ったほうがいいわよ」

「そうじゃない。——おい晴美、この女、どこかで見たことはないか?」

「知らないわ」

「そうか……。いや、どこだったのか、思い出せないんだが……この顔、この裸……」

「この裸? お兄さんたら、私に隠れてソープランドか何かに通ってるのね!」

「馬鹿言え、そんな小遣いくれてやしないじゃないか」

と片山は反論した。

「じゃ、どうして裸を知ってるの?」

「いや、知ってるったって……」

片山は首をひねった。確かに、どこかで見たような気はするのだが……。

ホームズが、その死体のそばへ行くと、片山のほうを向いて、ニャーオと声を上げた。

「そうだろう！　ホームズも知ってるのか！」

片山はかがみ込んで、「誰だろう？　どこで見たのか……」

「年齢は二十五くらいかな」

と根本がメモを取る。「丸顔、長い髪、と……。少々太り気味……」

「豊満な肉体とでも言ったらどうだ？」

と、南田が言って、「ちょっとルノアールの絵を思い出すじゃないか」

「あのカレンダー専門の絵描きですね」

と、根本が、言った。

「お前のような芸術を解さん奴とは話ができん」

と、南田が鼻を鳴らした。

「——そうだ！」

片山は声を上げた。——あの女だ！　あのギャラリー〈Z〉で見た、〈殺人の場〉の絵に描かれていた女……。あの女も、胸を刺されて、殺されていた……。

ギャラリー〈Z〉では、もう別の画家の個展が開かれていた。

「ああ、坪内さんのことですか」

ギャラリーの持ち主は、片山の質問に、「あの人のことなら、画商の宇佐見《うさみ》さんの所へ行けば、たいていのことは分かりますよ」

「宇佐見、ですね」

「ええと……オフィスはここです」

と、名刺を捜して来てくれる。「坪内さんは、この宇佐見って画商が世に出したんですよ」

「変わった絵を描く人ですね」

「あの素材が刺激的でね。でも、変わってることは、当節価値がありますからね。あの人の絵にはいい値がつきますよ」

片山は驚いて、

「買う人がいるんですか?」

と訊いた。

あんな殺伐とした絵を居間へ飾る物好きがいるのだろうか?

「ええ、ここに飾ってる間にも、二、三話がありましてね。宇佐見さんを紹介してあげたんです」

片山は、礼を言って出ようとしたが、ふと思い付いて、

「あの——栗原って人の絵は、買いたいという人がいましたか?」

と訊いてみた。

「ああ、あの絵ですね。ええ……なんだか子供連れの方が欲しいと……」

「あれをですか?」

「子供さんが、〈あらいぐまラスカル〉の絵だと思い込んで、欲しがっていたらしいんです」

――片山はこの話と、栗原に預けっ放しになっている辞表とを交換できないかしら、と考えながら、ギャラリーを出た。

もちろん、辞表を認めなければ、この話をばらすぞ、と脅《おど》すのである。これは効《き》きそうな気がした。

画商のオフィスといえば、広々として、明るくて、いろいろと絵が並んでいたりするものだと思っていた片山は、なんだか薄暗い部屋へ入って、戸惑った。

カーテンを開ければ明るいのだろうが、重いカーテンがずっと引かれていて、光を遮《さえぎ》っている。小部屋には、来客用の椅子と、主人の物らしい机と椅子。それ以外は、ほとんど何もない寂しさであった。

入口の所に座っていた女性が、奥へ引っ込んで、だいぶ待ってから、やっと宇佐見が現われた。

――見憶えがある。

あの、今村亜紀と出会った喫茶店に、坪内と打ち合わせたとき、後からやって来た、頭の禿げた小男である。

「片山さん――でしたか。お待たせしました。どうぞ」

「いえ、このままで。実は坪内さんが、ギャラリー〈Z〉に出していた、若い女の殺されている絵について、ちょっと……」

宇佐見は、少し警戒するような顔になって、

「あれは別に、取り締まられるようなものじゃありませんよ」

と言った。

「いや、そんなことじゃないんです。実はですね……」

片山が事情を話すと、宇佐見は興味を持ったらしく、目を輝かせた。

「それは面白い！　いや——いささか不謹慎かもしれませんが、奇妙な暗合ですな」

「あの絵はもう売れてしまったんですか？」

「いや、売り値で折り合いがつかず、坪内さんの所へ返してあります」

「そうですか。モデルの女性については、坪内さんに訊けば分かりますね」

「そうでしょうね。ああ、坪内さんの住所をお教えしましょうか」

「助かります」

宇佐見は、机を探って、メモを取り出すと、手早く住所を書きつけた。

「これです。——たぶん家にいると思いますよ」

「あの人はずいぶん変わった絵を描きますね」

宇佐見は、ちょっと笑って、

「実はあの路線は、私が彼にすすめたんです」

「すると、あなたのアイデアですか？」

「彼が私の所へ持ち込んで来た絵は、いろいろでした。一応の腕はあるが、こう、強烈にアピールするものがない。ところが一枚だけ、実に生々しい、迫力のある作品があったのです。私は、そのとき、この路線をやってみるべきだ、これは評判になる、と思いました」

「やっぱり人殺しの絵ですか？」

「いや、違います。——その絵は私が買って、置いてあります。ご覧になりますか？」

「はあ……」

あの絵から推《お》して、あまり見て気持ちのいいものとは思えなかったが、しかし、何かの手がかりになるかもしれない、と片山は思った。

奥のドアから入ると、そこは、小部屋とは打って変わって、広い快適なサロン風の場所で、片山はホッとした。

「この絵ですよ」

と、宇佐見は、壁にかけた一枚の絵の前に歩いて行った。「題は、〈暴行の後〉。どうです。まるで、その現場を見ているようでしょう」

あの殺人の絵と同様、写真を見るような精密な描写で、服を引き裂かれ、乳房や下半身のむき出しになった若い女が、目も虚《うつ》ろに壁にもたれかかっている様子が描かれている。

片山などには、一瞬目をそむけたくなるような痛々しさだった。

「あの、〈流血の朝〉は、この絵以来の傑作ですよ」

と宇佐見は言った。

「〈流血の朝〉っていうのは、あの例の人殺しの――」

「そうです。あの絵は決して安売りするな、と私は彼に言ってあるのです。この事件で、あの絵の値が四倍にはなりますよ」

宇佐見はニヤニヤしながら言った。片山はどうにもいい気分ではなかった。

そして、もう一度、その暴行されている若い女を見つめた。――どこかで見た顔だ、と思った。髪が乱れ、唇《くちびる》が切れて血が出ているが……。あれを普通の状態にすると……。

片山は目を見張った。——それは、間違いなく、今村亜紀、その人だった。

絵画のパーティ

片山が、その夜、アパートへ帰ったのは九時を回っていた。

「ただい……」

「ま」と言う前に欠伸が出た。眠いというわけではないのだが、疲れているのだ。

「ああ、腹が減った！　おい、何でもいいから何か食わせてくれ！」

と片山は上がるなり言って、ピタリと足を止めた。

茶の間に、見慣れぬ女性が座っていた。——いやそうじゃない。

「今晩は」

と、微笑んだのは、今村亜紀だった。

「ど、どうも……」

片山はあわてて言って、「おい、どうして黙ってるんだ！」

と晴美に文句を言った。

「入って来るなり大声でわめいてんだもの、言う暇ないじゃないのよ」

「誰もわめきゃしない。——ちょっと大きな声を出しただけだ」

「同じことよ。食べるんでしょ？　すぐ仕度するから」

「ああ……」

片山は、亜紀を見て、あの、宇佐見の店にあった〈暴行の後〉という絵を思い出し、あわてて目をそらした。

「あの人の身許は分かったの?」

と晴美が台所から訊いた。

「うん。西崎美保《にしざきみほ》というモデルらしい。今、親元へ照会を急いでるよ」

「西崎美保……」

と、亜紀が呟くようにくり返した。

「心当たりでも?」

「いいえ、別に」

「地方から一人で上京して来てる子でね、ちょっと確認に手間取ってるんだ」

「例の絵との関連はどう?」

と晴美が、片山へおかずを出しながら言った。

「うん。やっぱり、あの坪内の絵のモデルだったよ。——おい、このハンバーグ、冷たいな」

「あ、ごめん、温めるのを忘れてた」

ともかく晴美のほうは事件となると、食事など眼中にない。兄と交替すりゃいいようなものである。

「坪内に会ったんですか?」

と亜紀が訊《たず》ねた。

「うん。一応ね」

「あの絵のことを、何か言ってました？」

「どうも……つかみどころのない男だね、あれは……」


片山は、途中で落ち合った石津と二人で、坪内の家を訪れた。

石津が目をむいた立派な建物で、しかも一等地に建っている。敷地はそれほどでもないようだが、真っ白な、コンクリート造りのモダンな建物は目をひいた。

ただ、ちょっと変わっていると思ったのは、画家の家にしては、窓というものが、ほとんどない点であった。普通、画家はできるだけ外の光を入れようとするものだ。

玄関へ出て来たのは、四十過ぎの、いたってパッとしない女で、およそ無表情に片山の話を聞いていたが、

「お待ちください。主人はアトリエですから、訊いてみないと――」

と言って奥へ引っ込んだ。

「あれが奥さんか」

「なんだか、生きてても ちっとも面白いことなんかないって顔してますね」

と石津が言った。

「お前は面白すぎるって顔をしてる」

――坪内の妻が戻って来て、アトリエへ案内する、と言った。

びっくりしたのは、アトリエが地下にあることだった。

「地下室がアトリエですか」

と片山が言うと、

「暗い所の好きな人なんですよ」

と、坪内の妻は、つまらなそうに答えた。

階段を降り切ったところにドアがある。重い、いかにも頑丈そうなドアだった。

「遮音《しゃおん》してるんです。重さが二十キロもあるんですよ」

と、坪内の妻は言った。ドアのわきにインターホンがあった。

「あなた、お連れしたわ」

「今開ける」

あの男の聞き憶えのある声がした。

少し間を置いて、ドアが開く。重いドアなので、ゆっくりと外側へ開いてきた。

「警察か」

と、顔を出した坪内は、片山の顔を見て、

「おや、あんたか。——入ってくれ」

と、面白そうに言った。

かなりの広さのある、部屋だった。キャンバスや、画材があちこちに置かれている。

片山は、中を見回してギョッと立ちすくんだ。——描きかけらしいキャンバスが立ててあって、その向こうに、全裸の女が椅子に腰かけていたのだ。

片山はあわてて目をそらした。石津が、ポカンと口を開け、目を大きく開いている。

「おい！　しっかりしろ！」

片山が肘で突くと石津はハッと我に返って、頭をブルブルッと振った。

「何のご用かな?――おい、ちょっと休憩だ。上でコーヒーでも飲んでこい」

と坪内はモデルに声をかけた。

モデルの若い女は、裸体の上にガウンをはおって、アトリエを出て行った。

「この間、ギャラリー〈Z〉に出ていた、〈流血の朝〉はここにあるんですか?」

「ああ、あるよ。その隅だ」

指さすほうへ歩いて行くと、確かに、あの絵が壁に無造作にかけてある。何度見ても、無気味だった。

「その絵が何か?」

「このモデル、ご存知ですか?」

「もちろんさ。描いたんだからな」

「名前なんかは分かりますか」

「ああ、分かるよ。今度また頼もうと思ってるんだ」

「実は、昨日、若い女の全裸死体が見付かりまして、どうもそれがこの絵の人らしいんです」

「へえ!　なんでまた……」

「この絵のとおり、刺し殺されたようなんですよ」

と、片山が言うと、入口のほうで、ガシャンと派手な音がした。

「おい、栄子《えいこ》、何をやってるんだ」

と坪内が怒鳴った。

「すみません、手が滑って――」

と、坪内の妻は、盆から落ちた茶碗を手早く拾い上げた。

「このモデルは西崎美保というんだ」

と坪内は、小さな机のほうへ歩いて行って、「殺されたのか。可哀そうに」

と大して気のない様子で言った。

「この絵を描いたのは、いつ頃ですか?」

「あの展覧会ぎりぎりに仕上げたんだ。――終わったのが一週間前だな。展覧会の期間が一週間。だから、描いたのはだいたい二十日ぐらい前ってことになるか」

「何日間ぐらい描いてたんですか?」

「さあ。一週間ぐらいかな。でも、あの子を使ったのは三日間ぐらいだよ。だいたいの感じがつかめりゃいいわけだからね。後はかえってモデルがいないほうがいいんだ」

「そんなもんですか」

「自分のイメージを大切にしたいからね」

「すみませんが、西崎美保という娘を、何日から何日まで使ったか、正確なところは分かりませんか?」

「憶えてないね。それはモデルの紹介所へ訊けば分かるよ」

坪内は、紹介所の連絡先を教えてくれた。片山は、いやに坪内が愛想よく振舞っているのが気になっていた。

もともとこういう男なのだろうか? それとも、何か隠していたいことがあって、わざと協力的な態度を示しているのか。

「——どうも失礼しました」

と、坪内の妻、栄子が、盆を手に入って来た。お茶と菓子がのっている。石津が目を輝かせた。

「場所がないな。おい栄子、上の客間へ出してくれ。——上へ行こう。絵具の匂いが、慣れない人にはきつすぎるんじゃないか」

またしても、ずいぶん気をつかってくれる。

妙だな、と片山は思った。

坪内に促されて、アトリエを出ようとしたとき、急に明かりが消えて、アトリエは、完全な闇に包まれた。

「なんだ畜生！」

と、坪内の声がした。「あのモデルだな。——ちょっと待っててくれ。ここの明かりは上で点けるようになってるんで、時々、あわてん坊の奴がトイレのスイッチと間違える」

坪内が手探りで扉を開けたらしい。階段から光が洩れて来て、やっと見えるようになった。上がって行くと、さっきのモデルがタバコをくわえて、居間のソファにひっくり返っている。「おい、気を付けてくれよ」

と、坪内がスイッチのことを注意すると、

「そんなこと知らないわよ」

と、モデルが笑って言った。「私、ずっとこうやってたんだもの」

坪内はそれ以上何も言わずに、片山たちを客間へ通した。

「――もう一つ伺いたいんですが、ああいう素材に手を染めるきっかけは何だったんですか？」

と片山が訊くと、坪内は、ちょっと皮肉めいた微笑を浮かべた。

「それは彼女のほうがよく知ってると思うね」

「彼女……というと？」

「君の恋人の、今村亜紀だよ」

と、坪内は言った。


「それはどういう意味なの？」

晴美がけげんな顔で訊く。

片山が見ると、亜紀は、そばへ寄って来たホームズの頭を撫でていた。片山が口を開きかけると、
亜紀は片山を見て、

「あの絵、見たんでしょう？」

と訊いた。

「うん……」

片山は肯いて、「でも、まさか――」

「その『まさか』なのよ」

片山は目を見張った。

「じゃ、あの絵は本当に……」

「ええ、本当にその後の私なの」

〈暴行の後〉を見ていない晴美には何の話やらさっぱり分からない。ブーッとふくれて、

「お兄さん！　私にも分かるように説明しないと、明日から、ご飯作ってあげないわよ！」

「私が話します」

と、亜紀は言った。「――私は今はスタイリストの仕事をしてるんですけど、以前はモデルをやってたんです」

「ファッション・モデル？」

「それもですけど、そう仕事もなくて、時々絵のモデルになっていました。――あるとき、絵のモデルに、という仕事があって、出向いて行ったのが坪内の所です」

「あの家じゃないんだろう」

「もちろん。その頃の坪内は売れない画家で、奥さんの働いている収入でやっていたんですもの。――一軒家だったけど、ひどく古ぼけて汚ない所だったわ」

「それで？」

「行ってみると、坪内はかなり酔ってました。あの頃は酒びたりに近かったようで――思いどおりに自分の絵を世間が評価してくれないもんで苛立ってたんでしょう。それでも一日目、二日目は、普通に服を着て椅子にかけている私をせっせと描いてました。ところが、三日目に行ってみると……様子が全然違ってたんです」

「というと？」

「もうすっかり酔っていて、絵筆を執《と》ろうともせず、描きかけのキャンバスはそのままで、自分はもうだめだ、と涙ぐんでるんです」

片山は、あの大男が涙ぐんでいるところをどうしても想像できなかった。

「そして私に、そばにいてくれって……。こっちは馬鹿らしくなって、もうこんな仕事は辞《や》めるから、モデル料を払ってくれと言いました。そうしたら……」

亜紀は、ちょっと間を置いて、「彼は私に襲いかかって来ました。服を引き裂かれ、抵抗しようとすると、頰を平手で思い切り殴られ……。結局その場で坪内に犯されてしまったんです」

亜紀が顔を伏せる。晴美は頰を紅潮させて、

「ひどいじゃないの！　お兄さん！　どうしてその男を射殺して来ないのよ！」

「無茶言うなよ。——それで？」

「私は、放心して、壁にもたれかかっていました。——どれくらい時間がたったのか。気が付くと、坪内が必死の様子で絵筆を動かしています。『何をしてるの？』と訊くと、『今のお前を描いてるんだ。これこそ真実だ！』と興奮して上ずった声を出しています。私はカッとなって、坪内へ殴りかかろうとしました。——そのとき、奥さんが帰って来たんです」

「栄子とかいう人だね」

「ええ。入って来るなり、私の格好を見て呆然としています。私も、どうしていいか分からなくなり、そのまま坪内の家を飛び出してしまったんです」

「その、〈暴行の後〉が評判になった」

「そう。あれ以来、坪内はとんとん拍子に有名になったの」

「ひどい話ね」

と晴美は言った。

「でもお兄さん、そうなると今度の殺人も、坪内が本当に殺して描いたんじゃないの？」

「うーん」

片山は腕組みをして、「その線をもちろん調べるよ。まず本当に被害者が西崎美保なのかどうかを確かめて、それから、彼女がいつ姿を消したのか、その前後の坪内のアリバイは、というふうに調べて行く」

「手ぬるいわ！」

と晴美が不服そうに、「頭に銃口押し当ててしゃべらせりゃいいのよ」

「おい、刑事の妹がそんなこと言っちゃ困るぜ」

「でも――」

と、亜紀が言った。「私は坪内がやったとは思わない」

「どうして？」

と、晴美が訊く。

「私のときには、ともかく坪内はやけになってたでしょう。だから、どうなってもいいぐらいの気持ちだったと思うの。でも、今は、坪内もすっかり偉くなったわ。大きな家を建て、財産もできたでしょう。それを投げ捨てるようなことはしないと思うわ」

「僕もそんな印象を受けたな。あの男は割合に抜け目のないところがあるよ」

「ええ、本当にそうだと思うわ」

「じゃ、今度の殺人は、まるきり偶然ってわけ？」

「そこなんだ。絵とまったく同じように殺されているというのは、いくらなんでもおかしい。――

まあ、調べてみないと何とも言えないけどね」

そう言ってから、片山はふと気が付いたように、「ところで、君は何の用で来たの?」

と、亜紀に訊いた。

「あなたに会いたくなって」

と亜紀がニッコリ微笑む。

片山は急に胃が痛み出した。食べ過ぎというわけではない。神経の緊張から来ているのである。


「どうもだめですねえ」

昼のソバを食べながら、石津が言った。

「まったくだ。——このままじゃ行き詰まるな」

と片山が肯く。

石津が昼食をソバで済ませるというのは珍しい。片山が訊いた。

「最近、小食になったのか?」

「え? ああ、このソバですか。いや、さっき表でカツ丼を食べて来たんです」

と石津は、ソバを猛烈な勢いですすって、「片山さんはあの画家がやったと思いますか?」

「さあ、どうかな。殺された娘も、いろいろと男関係が派手だったようだし」

「そうですね。でもたいしたもんですねえ」

片山は石津の顔を見た。

「何が?」

「いや、あの坪内って奴ですよ。あんな裸の女を見ながら、よく絵なんか描いてられますねえ。よほど精神修養ができてるんでしょうか?」

「馬鹿言え。仕事なんだ。お前だって、死体が裸の女だからといって、いちいちポカンとしてやしないだろう」

「そりゃ死んでればそうでしょうけど……」

と、石津はまだ納得しかねる面持ちで言って、ソバ屋の中をなんとなく見回したが、「——あれ? 片山さん、あそこに座ってる女……」

石津の指さすほうを見ると、どこかで見たような女性が、ソバを食べ終えて、お茶をすすっている。

「なんだ、坪内の奥さんじゃないか」

片山は、ちょっとびっくりした。あのパッとしなかった夫人が、今日はいかにも上流夫人然として、高そうな服に身を包んで端然と座っているのだ。片山が見ていると向こうもそれに気付いて、

「まあ、ちょうどよかったわ」

と、席を立ってやって来た。「あなた方にお会いするつもりでしたのよ」

「あの——何かご用ですか?」

と片山は訊いた。

「招待状をお渡しししようと思って」

「招待状?」

「主人に言われてましたの。——どうぞ」

と、坪内栄子は、一見して外国のブランド物と分かるハンドバッグから、封筒を取り出して渡した。

「何のご招待です？」

「うちでパーティを開くんですの」

「パーティ？」

「ええ。なんでも主人が、自分の絵のモデルになってくださった方々をご招待するとか言い出しまして。——で、あなた方もお客様としておいでいただければ、と」

「刑事がお客ですか」

「いいえ、もちろん片山さんは今村亜紀さんの付き添いとして……」

「彼女を招いてるんですか？　でも行かないでしょう」

「それは分かりませんわ。ともかく明日の晩ですの。よろしく」

と、坪内栄子は立ち上がった。

「あの——」

と石津が言った。「何か、食べる物は出るんでしょうか？」

裂かれた絵

片山たちの一行が、坪内の家に着いたのは、夜の八時頃だった。

一行、というにふさわしい大人数で、片山、石津と、今村亜紀、晴美にホームズまでくっついて来ていた。付き添いのほうがずっと多いわけである。

石津は、死にそうな顔をしていた。なにしろ昼の十二時以来何も食べていないのだ。

「――まあ、よくいらっしゃいました」

と、栄子が出て来て、「大勢のほうがにぎやかで結構ですわ」

と微笑んだ。

栄子は、相変わらず、家の中にいるとパッとしないスタイルだった。

「ほかにも見えてるんですか」

と、亜紀が訊いた。

「ええ、もう二十人ばかり。――さあ、アトリエのほうにどうぞ」

地下へ降りて行くと、重い扉が開けたままになっており、話し声や笑い声が響いて来る。

中へ入ると、いろいろな道具は隅のほうへ片付けられて、中央にテーブルが出され、スナックが並んでいる。

――確かに二十人近い男女が、グラスを手に語り合ったり、はしゃいだりしている。

女のほうが圧倒的に多くて、男の姿は、四、五人というところだった。女はだいたいがモデルたちで、中には、かなり肌を出したスタイルも目につき、片山は入口で一瞬ためらった。

坪内は、片山たちに気付くと、取り囲んでいる女たちを割って歩いて来た。いかにもダンディな、英国製のツイードなど着込んで、赤いネッカチーフを首へ巻いている。

「やあ、よく来てくれましたね」

と片山の手を取って、「ご自由にやってください」

と言ってから、亜紀のほうへ目を移した。

「君はきっと来てくれると思ったよ」

「落ち目になる前にお会いしとこうと思ったの」

一人、地味なスーツ姿の亜紀は皮肉っぽく言った。

「これは手厳しいね。——こちらは?」

と、坪内は晴美のほうへ向いた。

「片山さんの妹さんよ」

「これはこれは……。肖像を描かせたことはありますか?」

「いいえ」

晴美は冷ややかに言った。

「それはもったいない! そんなに素晴らしい素材を。今度、ぜひ描かせてください」

石津が顔色を変えた。幸い、モデルの一人がやって来て坪内の腕を取って引っ張って行ったので、何事もなく済んだが、放っておけば石津は坪内を叩きのめしていたかもしれない。

「さあ、何か食べましょうよ」

晴美に腕を取られて、石津も腹が空《す》いているのを思い出したらしい。急いでテーブルへと歩いて行った。

片山は、アトリエの壁に、展覧会風にかけられた何枚かの絵をゆっくりと眺めて行った。——割合にありふれた裸体画が多かったが、時々、あの、〈暴行の後〉や〈流血の朝〉を思わせる、ギョッとするような絵に出くわした。

「――こういう絵のモデルは一人も来てないわ」

振り向くと、亜紀が立っている。「私のほかはね。それに、来られない人もいるし……」

「西崎美保？」

「そう。ここに集まって来てるモデルたちはみんな、この毒にも薬にもならない絵のモデルたちよ」

「男たちは？」

「画商と、それに若い画家ね。あんまり売れてない人たち」

「さすがに坪内はもてるね」

「そりゃあ、今や大先生だもの。でも、平凡な絵のときは、素人《しろうと》並みのつまらなさね。名前だけで売れてるというか……」

晴美が、難しい顔でやって来た。

「絵を見たわ。――〈暴行の後〉。ひどいものね」

「もう済んだことだわ」

「あの、〈流血の朝〉っていう絵でしょ、例のモデルの子？――あれが立派な証拠だと思うわ」

「でも、あの男に人を殺す度胸があるかどうか……」

と亜紀は言った。

坪内はグラスを手に、手近なモデルを抱いては、頬にキスしていた。

「石津は？」

「せっせと食べてるわ。会費を取られるなら、二人分くらい払わなきゃね」

ホームズは、と見れば、猫好きなモデルたちに大モテの様子で、あれこれと料理を紙皿に取ってもらって、せっせと食べている。

「名探偵も、今日はちょっと頼りないな」

と、片山は苦笑した。

「さあ、私も水割りでも飲もうかしら」

と、亜紀が息をついて、「誰が買ってもお酒はお酒ですもの。晴美さん、いかが？」

「いいわね。お兄さんはだめなの。放っときましょ」

と、晴美もさっさと行ってしまう。

残された片山も、何か食べるくらいは食べようかとテーブルに近寄って行った。

「やあ、刑事さん」

と声をかけて来たのは、画商の宇佐見だった。

「ああ、先日はどうも」

「いや、おかげでこちらは大いに助かっております」

「え？」

「あの絵が、モデルの死を予言した、と週刊誌などで書かれたもので、おかげさまで坪内の絵の値がぐんぐんと上がっていましてね」

そんなものか、と片山はびっくりした。

「あの、〈流血の朝〉は、最高の値がつきますよ。いや、実に愉快だ！」

いい加減アルコールが入っているらしい。

「殺人事件はあまり愉快なもんじゃありませんよ」

「いや――そりゃそうですな。これは失礼しました」

「今日はどうしてパーティなんかやる気になったんですかね」

「もともと派手なことの好きな男ですからね」

と宇佐見は言って、「――ああ、君！　この人にも何かさし上げてくれ！」

と、若い女の子に声をかけた。

近所からでも手伝いに来ているらしい、その娘は、エプロン姿で、飲み物を渡して回っていた。

片山がアルコールはだめだと言うと、コーラを持って来てくれた。

片山はそのコップを受け取りながら、その娘の顔に、どことなく見憶えがあると思った。

――どこで見たのだろう？

「片山さん！　食べてますか？」

石津が両手に紙皿を持ってやって来ると、

「これ、一つどうぞ」

「ああ。――しかし、誰だったかな……」

「何がです？」

「いや、なんでもない」

だいたい片山も記憶力には自信がない。しかし、あの娘は確かに……。

「おーい！　みんな聞いてくれ！」

と、大声を上げたのは、坪内だった。

アトリエの中が、ざわつきながらも静かになって来る。

「今日はよく来てくれた。——俺も、やっとここまで来た。ここにいるモデルの女性たちには感謝したい」

女性たちがキャーッと声を上げながら拍手した。

「画家ってのは因果な商売だ」

と、坪内は続けた。「女の裸をいつも見ているのに、いっこうに抱く暇もない」

キャーキャーと笑い声が上がる。

「しかし、俺ももういい年齢《とし》だ。ここいらで一つ、ちょっと華やかにスキャンダルでも巻き起こそうかと思ってる」

「年中起こしてるくせに」

という呟きがすぐ近くで聞こえて、片山が振り向くと、この間、このアトリエへやって来たとき、ちょうどモデルをしていた女である。ウイスキーのグラスを手に、ふてくされ顔だった。

「俺には女房がある。いい女房だ。しかし、芸術家には新鮮な刺激が必要だ。——なあ、宇佐見、君もいつもそう言ってるだろう?」

画商は肩をすくめて、何やらモゴモゴと呟いた。

「そこで俺は、最近のタレント諸氏にならって、恋人宣言というやつをやらかそうと思う。——おい、栄子、構わんか?」

坪内の妻は入口の近くにいたが、

「勝手になさい」

と無関心な様子で言った。

「よし！　俺の恋人は――」

と、言いかけて、「おい、シャンパンを注《つ》げ！　全員グラスを持ってくれ。俺と彼女を、乾杯で祝福してくれよ」

ざわざわがひとしきり続いて、みんな新しいグラスを満たした。

「みんな用意はいいのか？　じゃ、聞いてくれ！　俺は――」

と言いかけたとき、突然、アトリエの明かりが消えた。

「なんだ――」

「どうしたの？」

「真っ暗よ、いやねえ」

と口々に呟いている。明かりが消えると、ともかく地下室なので真っ暗になる。

「おい、じっとしててくれ」

と、坪内が言った。「誰かが上でスイッチを切ったんだろう。栄子！　明かりを点《つ》けて来てくれ。――栄子！」

返事がない。妙だな、と片山は思った。

足に何やら柔らかいものが寄って来て、ニャーオと鳴いた。

「ホームズ！　なんだ？」

ホームズの鳴き方は、何かが起こりそうだという危険信号であった。

明かりだ！　明かりを早く――。

ただでさえ方向音痴の片山である。暗がりの中では、まるきり見当もつかない。

——すると、明かりが点いた。ホッとしたような空気が広がる。

「さあ、それじゃ乾杯のやり直しだ」

と坪内が言ったとき、

「キャーッ！」

と誰かが叫んだ。「絵が——絵が——」

坪内が、手にしていたシャンパンのグラスを、宇佐見に手渡して、女たちを押しのける。

「これは……」

みんなが、いっせいに、その絵の前に集まった。片山も、女たちの肩越しに覗き込んで、目を見張った。〈流血の朝〉のキャンバスが、鮮やかに切り裂かれているのだった。

斜めに、絵をほぼ完全に二分するように、切り裂かれていた。

「誰がやったんだ！」

坪内は青ざめて声を震わせていた。「畜生！　どこのどいつだ、こんな真似を——」

「ここにいる誰かだな」

と、男の一人が言った。

「俺の絵を……畜生！　今、評判になってるってのに！」

坪内は大股にテーブルのほうへ戻って行くと、宇佐見の手からグラスをもぎ取るようにして一気にシャンパンを呑みほした。

急いで飲みすぎたせいか、ひどくむせて、胸を押える。

「大丈夫？」

モデルの一人が笑いながら言った。坪内は低くうめくと、その場に倒れ込んだ。

「おい！」

宇佐見がグラスを落として、駆け寄る。

「しっかりしなさい！　坪内さん！」

様子がおかしい。片山も駆け寄って、坪内の上にかがみ込んだ。——目をカッと見開いて、表情はこわばっている。

「どうしたんです？　飲み過ぎですか？」

宇佐見が、不安をなんとか打ち消そうとするかのように、わざとらしく軽い調子で訊いた。

「石津！」

と片山は叫んだ。

「何です？」

「救急車だ！　それから一一〇番へ」

「どうしたんです？　発作か何かで——」

「いいから早くしろ！」

「はい」

石津が、アトリエを飛び出して行った。

「刑事さん……」

と、宇佐見が、まさかという顔で見る。

「どうも手遅れのようですね。心臓が止まっている」

「まさか！」

宇佐見は呟くように言って、ペタンと座り込んでしまった。晴美がやって来た。

「お兄さん、どうしたの？」

「誰も外へ出すな。石津に、そこの階段の上に立っていろと言ってくれ。一人も出て行かせないように」

「分かったわ」

と晴美が肯く。

「あの……主人は……」

夫人の栄子が人をかき分けて来た。

「どうやら亡くなったようです」

片山の言葉に、栄子はポカンとして、

「死んだ……。主人が？」

「そのようです。今、救急車を呼んでいますが――」

栄子は真っ青になったと思うと、

「誰がこんなことを――」

と、言葉を吐くと同時に床に崩れて、気を失ってしまった。

やっと、誰もが事態を理解したらしい。

「帰りましょう！　いやだわ、死んだ人と一緒になんて」

とモデルの一人が言い出した。

「静かに！」

と片山が声を上げる。「動かないでください！　警察の捜査があります！」

「私たち関係ないわよ！」

「そうよ、こんなことに関わり合うの、ごめんだわ！」
二、三人のモデルが出口のほうへ歩き出す。そのとき、ホームズが素早くみんなの足元を駆け抜けて、出口の所でピタリと止まると、カッと口を開けて、ギャーオと唸《うな》り声を出した。
「出ようとしたら、その猫が、あなたたちの大切な顔を引っかきますよ」

と片山は言った。モデルたちがたじろぐ。一人が肩をすくめて、言った。

「――分かったわよ」

これで少し落ち着いたらしい。

「刑事さん、いったいどうしたっていうんです?」

と男の客の一人が訊いた。「先生は、別にどことといって悪いところはなかったはずですがね」

「どんなに健康な人だって、青酸カリには勝てませんよ」

と片山は言った。

「じゃ……誰かが毒を?」

亜紀がやって来て、坪内を見下ろしながら言った。

「たぶんね。――すまないけど、奥さんの具合をみてあげてくれないか」

「ええ、いいわ」

片山が出口のほうへ歩いて行くと、階段の上から、

「何すんのよ！」

という女の声が聞こえて来た。

見ていると、石津が、若い娘をしっかりと押えつけながら階段を降りて来る。

「この娘が、今、そっと出て行こうとしましたよ」

見れば、エプロンをつけた、手伝いの娘である。――片山が誰かに似ていると思った娘だ。

「君の名前は？」

片山が訊いても、その娘はプイと横を向いてしまう。

するとホームズが、どこかでニャーオと鳴くのが耳に入った。声を頼りに行ってみると、あの、切り裂かれた絵の前に座り込んでいる。

「なんだ、どうした？」

と訊くと、ホームズは絵を見上げて、ニャン、と鳴いた。

絵の女を見た片山は、目を見開いた。

そうか！　この、殺されたモデルにそっくりだ！

「――君は西崎美保の妹かい？」

戻って、訊くと、その娘は、ちょっとびっくりしたように片山を見て、

「ええ、そうよ」

と言った。

「名前は？」

「西崎美鈴《みすず》」

「あの絵を切り裂いたのは君かい？」

西崎美鈴は、ちょっと間を置いて、エプロンのポケットから、小型のナイフを取り出して片山へ渡した。

「私がやったのよ。——姉さんが殺されたことを、商売に利用して、あの絵を高く売るなんて、許せない！」

と頰を紅潮させる。

「なんてことをしたんだ！」

と、わきから宇佐見が食ってかかる。「あれはすばらしい作品だ！　モデルがどうだろうと、そんなことは関係ない！」

「人のことだと思って、勝手なこと言わないでよ！　あいつが姉さんを殺したのかもしれないっていうのに！」

「まあ、落ち着いて」

と片山が割って入った。

「ともかく、話は後でゆっくり聞こう。救急車が来たらしいよ」

微《かす》かに、サイレンの唸りが、地下のアトリエにまで入って来ていた。

秘密の絵、現わる

「――まあ、そういうわけか」

栗原が、至極ご満悦の体《てい》で、ソファに体を沈めた。

「全員の身体検査を終わりました」

と、根本刑事が言った。「青酸カリを所持している者は見当たりません」

「使っちまったってわけか。まあいい。直接関係のありそうな連中を残して、帰していいだろう」

と栗原は言った。

もう、朝になっていた。ここは坪内の家の客間である。駆けつけた栗原は、つい先日までの落込みなどどこへ行ったかという感じで、活力が漲《みなぎ》っているようだ。

「坪内という男、どうも恨まれる原因はいくらもあったようだな」

「ええ、そうですね」

片山は肯いて、「女関係も派手だったようです」

「女房が容疑者の一人だな。それから、絵を切り裂いたとかいう娘――」

「この間殺されたモデルの西崎美保の妹、美鈴です」

「姉を殺したのが坪内だと信じ込んでいたとすると、殺しても不思議はないな」

「それから、今村亜紀がいます」

「さっき見たよ。〈暴行の後〉か。――ひどい絵を描くもんだな。当然殺意を抱いていたとも考えられる」

「ただだいぶ前の話ですし、今になって殺すというのも筋が通らないという気もしますが」

「ふむ。――ま、保留というところか。ほかには？」

「あとは、あそこに集まっていたモデルたち、それに若い画家などの中にも、坪内を恨んでいた人間はいるかもしれません」

「そうだな。それと、画商がいたな」

「宇佐見ですか。しかし、彼は今、坪内の絵で大いに儲《もう》けてます。金の卵を殺したりするでしょうか？」

「なるほど。よほど我々の知らん事情でもあれば別だろうがな」

栗原は肯いた。

「一つ気になってるんですが――」

「なんだ？」

片山は、坪内が、殺される直前、〈恋人宣言〉をやろうとしていたことを話した。

「その恋人の名は言わなかったのか？」

と栗原が訊く。

「そうなんです」

「ふーん。すると、そこで名をあげられては困る誰かだったかもしれんな。それとも、坪内に恋していた女で、彼の恋人ではないと分かっていたとしたら――」

「カッとなって、ですか。でも、カッとなるには、青酸カリを持って来たというのは……」

「分かっとる。――つまり、犯人は計画的に坪内を殺した」

「そう思います」

「まず、坪内の女房の話を聞こう」

と栗原は言った。


「ええ、あの事件は事実ですよ」

と、栄子は肯いた。――〈暴行の後〉の絵について、訊いたのである。

「しばらくは、訴えられるんじゃないかとびくびくしてましたね、あの人。空威張《からいば》りしてても気の小さい人でした」

「昨夜のパーティで、〈恋人宣言〉をすると言ってましたけど、あれは誰のことなんですか?」

「さあ、分かりません」

と、栄子は首を振って、「なにしろ気の多い人でしたもの……」

「ご主人とは巧《うま》くいってなかったんですね」

と栗原が言った。こんな言葉でも、栗原が言うと、「お前が殺したんだな」と問い詰めているようだ。

「ああいう商売じゃ仕方ありませんわ」

と、栄子は、苦笑した。「もう諦めていました」

――何か栄子に関して、引っかかっていることがあった。片山は、何だったかな、と首をひねった。

すっかり忘れっぽくなって、もう年齢《とし》だなあ……。片山は、ホームズのほうを見た。

ホームズは、床におっとりと座り込んでいたが、片山の目を見ると、顔を横へ向けた。それを目で追うと、時計がある。

時計か！——そう、時間だ！

「奥さん、一つ伺いたいんですが」

「はい」

「ご主人が倒れたとき、奥さんは、すぐにはそばへ来られませんでしたね。あのときには、どこにおられたんです？」

栄子は、目に見えて、うろたえた。

「それは——あの——入口のあたりです。私——気が付かなくて、主人が倒れたことに」

「見えなかったんですか？」

「ええ、人が周りに立ってましたでしょう」

「なるほど」

片山は肯いた。栄子は、ちょっとホッとした様子だった。

「——何か隠している様子だな」

と栗原は、栄子が出て行ってから言った。

「次は宇佐見とかいう画商の話を聞こうか」

「まったく……どうしていいのやら分かりませんよ」

と、宇佐見は両手を広げて見せた。「坪内はまだまだこれからでした」

「彼を殺した人間の心当たりは？」

と根本刑事が訊いた。

「出る杭は打たれるで、急速に名を上げたものですから、敵はいましたよ。しかし、殺すとなると……」

「思い当たらない？」

「ええ」

「彼が宣言しようとしていた、〈恋人〉というのは誰のことです？」

「私生活のほうは、さっぱり分かりません。私は彼の絵を見るだけでして」

「あまり趣味のいい絵とは思えませんが」

と、栗原が言った。「〈暴行の後〉という絵が、事実あったことだと、ご存知だったんですか？」

「後で聞きました。しかし……まあ、当人には気の毒だが、優れた作品の隣では必ず泣く人間がいるものでして……」

と、宇佐見はおずおずと弁明を試みた。

「〈流血の朝〉も、ですか？」

「いくらなんでも、彼はそんなことまでしませんよ」

と、宇佐見は引きつったような笑いを見せた。

「それでは、あのパーティ会場のことをうかがいますが――」

と、片山が言った。

晴美は、アトリエを歩いていた。まだ鑑識班の人間があちこち動き回っている。

晴美は、一枚の絵の前で、首をかしげていた。――それは、ごくありふれた風景画だった。ほかがどれも人物、それも女性の絵なのに、なぜこれ一つが、風景画なのだろう？

「ニャーオ」

「あ、ホームズ、来てたの？――ね、この絵、変じゃない？　一枚だけ風景で、しかもなんだかずいぶん下手よ」

もちろん、晴美だって、そう絵のことが分かるわけじゃないのだが、その晴美の目にも、その絵は、素人くさいものに映る。

ホームズが、壁にくっつくようにして、絵を見上げて鳴いた。

「どうしたの？」

晴美は真横から絵を眺めて、おかしい、と思った。――いやに壁から突き出ている感じなのだ。

「もう一枚あるんだわ、下に！」

と、晴美は思わず呟いた。

「坪内は、あなたの手から渡されたシャンパンで死んだのです」

栗原が意味ありげに言う。

「だからって、私が殺したとでも――」

「いやいや、そうじゃありませんよ」

と、栗原はなだめて、「だから細かいことまで正確に思い出していただきたいんです」

「いや……それならいいんですが……」

と、宇佐見は、額の汗を拭った。

「坪内にシャンパンを注いだのは、あなたですか?」

「いえ、モデルの女の子の一人ですよ。でも同じびんからみんなに注いでましたからね」

「グラスは?」

「テーブルにあった、新しいグラスです」

「坪内は自分で取ったんですか?」

宇佐見は、ちょっと考えて、

「ええ、確かに自分で適当に取りましたよ」

片山も、その辺のことは憶えていた。

実際、坪内は自分でグラスを取り、女の子が注いでやっていた。

——つまり、その時点では、坪内のグラスには、青酸カリが入っているはずがないということである。

薬が入れられたのは、その後ということになる。

「それから坪内は乾杯しようとして——」

あのとき、坪内のグラスは、みんなの目にさらされていた。つまり薬は入れられない。

「明かりが消えた。——そこが妙だな」

と栗原は言った。

「停電の記録はありません」

と根本が言った。

「明かりのスイッチは上にある。誰かが消したわけだ」

「そうだ、ドアも閉まってたんですよ」

と、片山は言った。

「なぜ分かる？」

「開いていれば、上の光が洩れ入って来るはずです」

「明かりを消したのが誰か。共犯者かもしれんな」

「でも何のためでしょう？」

「うむ……」

栗原が考え込む。

「毒を入れるためじゃないんですか？」

と、宇佐見が不思議そうな顔で言った。

「しかし、考えてごらんなさい。他人のグラスに毒を入れるというのは、かなりデリケートな作業ですよ。真っ暗なところで、どうやって他人のグラスの位置が分かります？」

「なるほど……」

宇佐見が何度も肯いた。

「そして、明かりが点いた。絵が切り裂かれているのが見付かる。坪内は、あなたへグラスを渡しましたね」

「ええ、人を使うのは慣れっこになっている男ですからね」

「あなたは右手に自分のグラスを持ってましたね。そして左手で、坪内のグラスを持った」

「はい」

「で、坪内が戻って来たとき、彼にグラスを返した」

「そうです」

しばらく沈黙があった。

「——どうもそのときにグラスへ毒が入れられたとしか考えられませんね」

と根本が言った。

「待ってください！」

宇佐見は青くなった。「私はそんなことはしません！　どうして坪内を殺したりするんです？　彼がいなくなったら、私は大損ですよ」

「待ってください」

と片山が言った。「確かに、みんなの注意はあのとき、いったん絵のほうへ引きつけられました。でも、宇佐見さんに毒が入れられたかどうか、疑問ですね」

「どうしてだ？」

「宇佐見さんは、テーブルから、かなり離れて立っていたんです。坪内が戻って来てグラスを受け取ったときも、同じ位置にいました。——両手にグラスを持ったままで、毒を入れられますか？」

「よほど器用な奴なら——」

「私は、折り紙つきの無器用なんです！」

と、宇佐見は熱心に言った。

「やっぱり難しいでしょう。それに、その間にいったんテーブルのほうへ行って、グラスをテーブルに置き、毒を入れて、また両手に持ってその位置に戻るというのは、離れ技ですよ」

「ほかの人間の目につくか」

「ええ、たぶん。――テーブルとの間には、何人もいたと思います。それをかき分けてテーブルの所まで行くのは難しいですよ」

「ふむ……」

栗原は考え込んだ。

そこへ、晴美が、飛び込んで来た。

「ねえ、この絵を見て！」

と、一枚の絵を見せる。

それは、あの〈暴行の後〉や〈流血の朝〉に劣らず、ゾッとするような生々しさに満ちた絵だった。

ロープが下がって、女が首を吊っている。ネグリジェか何か、薄い服をまとった女の体は、今にも揺れ出しそうにすら見えた。

「こ、この絵はどこに？」

と宇佐見が飛び上がった。

「下のアトリエ。ほかの絵の下に隠してあったの」

「これは凄い！」

と宇佐見は興奮していた。

「気味の悪い絵だな」

と、栗原が首を振る。「こんなもの描いてりゃ、殺されるわけだ」

「この生々しさは……」

と片山は呟いた。

「でも、まさか、本当に首を吊った女を描いたんじゃあるまいな」

「でも、もし……」

と晴美が言った。

絵の中で、女の顔は多少うつむいているが、一応、顔の感じはつかめる。

「課長、どうしましょう？　この絵の顔を――」

「テレビにでも流すか。行方不明者の中にいるかもしれん」

「失礼します」

と声がして、今村亜紀が立っていた。

「君、何か」

「今、お話が聞こえたので。その絵を見せてもらえますか？」

「いいよ、もちろん」

亜紀は、入って来ると、その首を吊った女をじっと見つめていた。

「――似てるわ」

と呟くように言った。

「誰に？」

「モデル仲間だった女の子です。ある日突然、いなくなって、でもきっと田舎へ帰ったんだろう、とそんなに気にしなかったんです」

「それきり何も？」

「さあ。――私、その前に、モデル業をやめてしまっていたので、どうなったか分かりません。何か知らないかと問い合わせが来たので、私も、いなくなったのを知ったんですもの」

「名前は分かる？」

「川井ちづるだったと思います」

と、亜紀は言った。「モデルの紹介所に問い合わせれば、何か分かるかもしれませんけど……」

「それはいつ頃のこと？」

「たぶん……一年ぐらい前だと思います。もう、坪内は有名になって、この家に住んでいたはずですから」

「その娘の実家を調べて、どうなったか問い合わせてみろ」

と栗原が言った。

「――ホームズ！　どうしたの？」

と、晴美がびっくりして声を上げた。

ホームズが、足を泥だらけにして入って来たのだ。

「宝捜しでもやったのか？」

と、根本が笑った。

「片山さん」

石津が顔を出した。「いや、参りました」

「どうしたんだ？」

「ホームズです。庭へ出て、芝生を掘っくり返しちゃって、ひどいんですよ」

晴美が片山の顔を見た。

「お兄さん。もしかして」

「なんだ？」

「ホームズは、庭に何かが埋まってるって教えようとしてるのかもしれないわ」

——しばらく誰も口をきかなかった。

「よし」

と栗原が言った。「庭を掘ってみよう」

それは比較的浅い所に埋められていた。

せいぜい一メートルぐらいのものだった。ビニールに包まれた、それは、ロープでグルグル巻きになっていた。

「引っ張りあげろ」

と、栗原が静かに言う。引き上げられて包みを開けると、ほとんど白骨化した死体が現われた。

「出たか」

栗原はホッと息をついた。「片山、早速その川井ちづるという娘かどうか——」

と言いかけて、言葉を切る。

片山は、真っ青になって、芝生の上に座り込んでいたのである。


「——大変な騒ぎね」

と、晴美は朝食のときに、新聞を開いて言った。

「殺人狂画伯、か。それでも、坪内の絵は馬鹿高い値がついているらしい」

「物好きが多いのね、世の中って」

片山は、欠伸をしながら、

「しかし——それに——しても、当の坪内を殺したのが誰か、まだ分かっていない」

「そうね。機会があったのは、宇佐見だけじゃない？」

「しかし、いつ入れたか、だな」

「そうか。あのシャンパン以外のものに入っていたとは考えられないの？」

「無理だな。あの量の青酸カリじゃ、即死だそうだから」

「ふーん」

と晴美は考え込んだ。

「おい、推理もいいけど、みそ汁を温めてくれよ」

「あ、そうか」

と晴美はあわてて台所へ立って行った。

あの庭の死体は、川井ちづるのものと確認された。そこからは、傑作を描くために、本当に女を殺して描いていた、一人の狂人の姿が浮かび上がる。

しかし、はっきり言って、片山は、坪内がそんなタイプの、狂気をひめた画家とは思えなかった。

もちろん、西崎美保殺しについても、坪内の犯行と推測されていた。

だが、その坪内が毒を盛られて死んだ。——妙な話である。

自殺説も出ていた。しかし、あのパーティでの様子から、自殺とはとても考えられない。

「昨日、宇佐見って画商から電話があったのよ」

と晴美が言った。

「へえ、なんだって！」

「あの首吊りの絵が、何千万円って値がついたんですって。私が見付けたから、いくらかお払いしたいって。まったく、冗談じゃないわ！」

「死んだ娘の親にしてみりゃたまらないだろうな」

片山は首を振った。「おい、お茶漬けにしてくれ」

「忙しいのよ、私。自分で、お茶ぐらいかけてくれない？」

と晴美はにべもなくはねつける。

眠っていたホームズが、ふと顔を上げると、ニャーオ、と声を上げた。

暗闇《くらやみ》の中で

「こうも変わるもんかしらね！」

晴美は目を丸くした。

片山から聞いて、画商の宇佐見のオフィスを訪ねて来たのだが、そこはもう空で、〈移転しました〉という貼り紙があった。

その指示に従って行くと、目を見張るような、立派なビルに出くわしたのである。しかし、よく見ると、宇佐見はその中のフロアを二つ使っているのだと分かった。

いくら何でもビルを建てるのはちょっと早すぎるような気がしたのだ。——それにしても立派になったことは変わりなかった。

「ええと……三階と四階か、エレベーターは……あっちよ」

晴美は独り言を言っていたわけではない。晴美はホームズを連れて来ていたのである。

エレベーターの扉が開くと、何やら、えらく派手な格好の女が出て来て、晴美はぶつかりそうになった。

「あ、失礼——」

と言って、その女は、「あら、刑事さんの妹さんね」

「え?」

と見直して、晴美はびっくりした。坪内の未亡人ではないか!

「あら、猫ちゃんも。絵でも買いにいらしたの?」

「ええ、このホームズが、わりと画才がありまして」

と、晴美はいい加減なことを言った。

しかし、たいしたもんだわ、と晴美は思った。亭主が死んで、まだ何週間か……。それであのキンキラキンの服装である。

「女は魔物ね」と晴美は呟いた。

宇佐見のオフィスは、客がひしめいていた。――というのは、ちょっとオーバーだが、しかし、順番待ちの客が、十人は下らない。晴美は、待つ気もしないので、帰ろうかと思ったが、そのとき奥のドアが開いて、宇佐見が顔を出した。

「次の方……。おや、片山さんの妹さん！　さあ、どうぞ！」

と、宇佐見が晴美とホームズを招き入れる。

「でもほかの方が――」

「いいんです、持たせておけば。さあどうぞ、おかけください」

なんとも豪華だが、趣味の悪い応接室だった。これでよく画商をやってられるわ、と晴美は感心した。

「ところでご用件は？」

と、宇佐見が、慣れぬ葉巻などふかして、むせ返った。

「実は兄に頼まれて参りましたの。――坪内さんを殺した犯人は、まだ分かっていません」

「早く逮捕していただきたいものですな」

「ええ。うちの兄ときたら、てんでやる気ないんですもの、あれじゃね。――エヘン、それで、ぜひあのパーティの模様を再現してみたいということになりまして、宇佐見さんにもご協力いただきたいんですけど」

「再現？　なるほどよくミステリーでやる、あれですな？――面白い！　ぜひ協力させていただきますよ」

「まあよかったわ！」

晴美は手を打った。ホームズも――手は打たなかったが、その代わり（かどうか）欠伸をした……。

「で、絵はまだ揃っておりまして？」

「絵といいますと？」

と、宇佐見がキョトンとして、訊き返す。

「もちろん、あのパーティに飾ってあった絵ですわ。ぜひ、それも同じように飾りたい、と――」

「絵をですか！　しかし、それは――」

宇佐見は引きつったような笑みを浮かべて、「適当に何かかけときゃいいじゃありませんか」

「そうはいきません！」

と晴美は断固、主張した。「兄は徹底してやる人なんです。黒沢明と片山義太郎とどっちかと言われるくらいの完全主義者でして」

「はあ……。しかし、もう売れてしまったものもありまして……」

宇佐見は渋っていたが、ともかく、できるだけ元のとおりに揃える、と約束させられてしまった。


「――これで犯人が分からなかったら、このパーティの費用はどうなるんだ？」

と根本刑事は言った。

「僕と根本さんの月給から引くと、課長が言ってましたよ」

「おい、冗談じゃないぜ！」

根本が目を丸くした。

坪内邸の地下のアトリエには、殺人のあった夜と同じメンバーが揃っていた。料理や飲み物も出ていたが、なんだか、みんなぎこちなくボソボソとしゃべっていて、いっこうに意気が上がらない。それも当然だろう。肝心のホストが死んでしまっているのだから。

「——やあ、遅れたかな」

栗原の声に振り向いて、片山と根本は目を見張った。栗原警視が、白のスーツ、赤いシャツ、紫のネッカチーフといういでたちで現われたのである。

「どうも、皆さん!」

と、栗原が声をかける。「本日はわざわざお集まりいただいて恐縮です!」

根本が片山をつついた。

「おい、どうしたんだ、課長の格好!」

「さあ。坪内の役をやるんで、ちょっとめかしてみたんでしょう」

「俺はまた仮装行列に出るのかと思ったぞ」

晴美と今村亜紀がやって来た。

「けっこう、気分出て来たじゃない?」

「本当ね。あの晩みたいだわ」

と、亜紀は壁の絵を見回した。「でも、よく宇佐見が絵を揃えたわね」

「高値のついてるのは、凄い保険をかけたみたいよ。今日は切り裂く人はいないでしょうけどね」

「宇佐見はどこにいるの?」

「ほら、あそこ。落ち着かない様子で立ってるわ」

「そばにいるのは……坪内の奥さん？　驚いた！」

亜紀がため息をついた。――実際、坪内栄子は、とうていあの夜の「再現」とは言えない、大胆なドレスを着て、宇佐見にまとわりついていた。

しばらく時間がたって、少し緊張もほぐれて来た頃、栗原がまた声を張り上げた。

「皆さん！　あと五分で八時になります。そのときに明かりが消えますから、あの、だいたい自分のいた位置に、立ってみてください。――おい、シャンパンを抜け！」

ポン、ポン、ポン、とシャンパンの栓を抜く音がして、みんなの新しいグラスにシャンパンが注がれる。

「――いいですか？　では、あと一分。――おい、片山、準備はいいのか」

「はい、石津がスイッチの所にいます」

「時間はピッタリだろうな」

「さっき合わせましたから、大丈夫です。あと四十秒で――」

と言ったとたん、明かりが消えてしまった。

「あいつの時計、どうなってるんだ！」

片山は頭へきて言った。

「仕方ない、このまま一分ほど待ちます」

と栗原の声がした。

が、一分はとっくに過ぎたというのに、いっこうに明かりが点かない。二分、三分……。

そろそろざわついて来る。

「片山！　明かりを点けろと言って来い！」

「はい！」

と片山は答えたものの、ドアがどこなのか、見当がつかない。

あっちでぶつかり、こっちでつまずいているうちに、奇跡的に扉の把手《とって》に手が触れて、片山はアトリエを出て、階段を駆け上がった。

石津がスイッチの前で欠伸をしている。

「やあ片山さん、トイレですか？」

「馬鹿言え！　どうして明かりを点けないんだ！」

「だってまだ十分たってませんよ」

と石津は言った。

「早く点けろ！」

片山が戻って行くと、なんだか、いやにアトリエは静かだった。

「なんだ、どうした！」

と片山は訊いた。

「あの人が……」

晴美が指さすほうを見ると、宇佐見が床に倒れている。

「なんだ、筋書があのときと違うじゃないか」

宇佐見の上にかがみ込んでいた栗原が、起き上がって、

「こいつは死んでるぞ」

と言った。

「——みんな、帰らないように。どうやら、また毒を盛られたらしい。根本！　全員を上の居間へ移せ！」

「片山、これも予定に入っとったのか？」

と栗原は言った。

「いえ、別に……」

「殺人を一つふやして、どうする気だ！」

片山は、一つ咳払いをして、

「事件は解決しています」

と言った。

「——なんだと？」

と、栗原は訊き返した。

居間には、片山たち、それに亜紀と、坪内栄子が残っていた。ほかの客たちは帰して、もう夜中近い時間である。

「本当に分かってるのか？」

と栗原が訊いた。

「はい。実は……ホームズが、僕のお茶漬けを——」

「なんだと？」

「いえ、ですから、お茶漬けがホームズで、晴美がニャーオと鳴いて――」

「落ち着いて!」

と晴美が言った。「私が、どうしてニャーオと鳴くのよ?」

「いや……。だから、結局、暗がりの中で、グラスに毒を入れられたのは、お茶漬けに自分でお茶をかけるのと同じで、自分しかいないということなんです」

「何が『同じ』かよく分からんな」

「いや、ともかく、暗い中では、自分のグラスに毒を入れるしかない、ということなんですよ」

「じゃ、坪内は自殺したというのか?」

「いいえ。毒を入れたのは、宇佐見です」

「宇佐見が?」

「ええ。明かりが消えている間に、自分のグラスに毒を入れる。そして明かりが点く」

「絵が裂かれていて、騒ぎになった。そして坪内は宇佐見へグラスを渡す。――そうか、坪内にグラスを返すとき、反対のほうを返したんだな!」

「おそらく持ち換えたんだと思いますね」

と片山は言った。「左手のでなく、右手に持っていたグラスを返せば、憶えている人もいるかもしれない。みんなが切り裂かれた絵に注目してるとき、右と左のグラスを持ち換えるぐらいはできますよ」

「なるほど。しかし、明かりが消えるのも、絵が裂かれるのも、宇佐見は知っていたというのか?」

「そうです。——考えてください。いくらあの西崎美鈴がいいカンをしていても、明かりが消えたとき、偶然、目当ての絵の前にいたなんて、考えられますか?」

「なるほど……」

「暗い中で、他人のグラスへ毒が入れられないように、あの闇の中で、目指す絵を切り裂くことができたのは、予《あらかじ》め、あのとき明かりが消えると分かっていたからです」

「というと……」

「奥さんです」

と、片山は栄子のほうを見た。

「私が?」

と栄子はタバコをふかしながら言った。

「あなたは、西崎美鈴に、あの絵を破ってしまえとそそのかした。明かりを消してあげる、と言ってね。もちろん美鈴は、あなたの好意に感謝したでしょう。あなたが手を貸したことは、その代わり黙っている、という条件で。——しかし、それは、ご主人を殺すための計画の一部だったわけですね」

「私が主人を殺すの?」

「あなたが、宇佐見を、そそのかしたんじゃありませんか?」

「馬鹿言わないで。——夫に毒を盛ったのは、宇佐見なんでしょ?」

「そうです」

「じゃ、それでいいじゃない。宇佐見はそれを苦にして自殺した。これで万事解決ね」

「そうはいかないよ」

ドアの所で声がした。――宇佐見が立っていた。

「あなた……」

栄子が青ざめ、身震いした。

「さっき明かりが点いたとき、あんたはすぐ近くにいた。だから用心して、そちらの課長さんから手渡されたほうを飲んだんだ」

「もう一つのほうは分析に回したよ」

と根本が言った。「青酸カリが検出されるだろう」

「あんたは恐ろしい女だよ」

と、宇佐見は言った。「夫に売れる絵を描かせるために、私に女を殺すのを手伝わせた。――坪内も哀れなもんだ。いつもびくびくしてたよ。しかし、あんたなしじゃ、自分の絵が一円にもならないことを知っていたから、黙っているほかはなかったんだ」

「絵のために女を殺したのか?」

と栗原が言った。

「最初は、坪内自身が今村亜紀さんに暴行し、それを描いたんです。その後、同じようにやろうとして――川井ちづるは首を吊ってしまった。奥さん、あなたはご主人にそれを描かせたんですね。そしていよいよ行き詰まると、西崎美保を殺すことを考え、私に手伝わせて実行した」

「どうして亭主を殺したんだ?」

「もうだめだったんです」

と宇佐見が言った。

「同じことを何度もくり返せないし、坪内は、あれ以上、いいものは描けません。それに怯えていて、いつ女を殺したと告白するかもしれなかったんです。だから、殺してしまおうと……」

「嘘よ！」

と栄子が叫んだ。「この嘘つき！」

「今、死ねば、坪内のほかの絵の値もぐっと上がります。そのほうが得だと計算したわけなんですよ」

と宇佐見は寂しそうに笑った。「——でも私も怖くなったんです」

「いつ殺されるか、と？」

「ええ。私を通さず、直接売れば、彼女は丸ごと儲かるわけですからね。それに私も女を殺したことで、気が滅入っていて……。彼女にしてみれば、片付けておかないと、いつしゃべり出すか、というところだったんでしょう……」

「この嘘つき野郎！」

と、栄子が、宇佐見に殴りかかった。

根本がその手首をがっしりとつかむと、

「諦めなよ。宇佐見はすっかり認めてるんだから」

栄子は、荒く息をすると、根本の手を振りほどいた。

「——坪内のせいよ。元はと言えば、あの人に才能がなかったから。私がいなきゃ何もできない人だったのよ」

「話はゆっくり聞くぜ」

と根本が栄子を促した。

「——これで、パーティ代がなんとかひねり出せるな」

と栗原は言った。「しかし、あの女、金が欲しかったんだろう。それにしちゃ、絵を破かせるなんて、大胆なことをやったもんだなあ」

「逆ですよ、課長」

と片山は言った。「あの裂かれた絵、凄い値がついてるんですよ。ちゃんとそれを見越してたんですよ」

「なるほど……」

栗原はため息をついて、「俺の絵もちょっと破いてみるかな」

と言った。

ホームズが、ニャオ、と鳴いた。


「——またなの?」

と晴美が言った。

「仕方ないよ。課長の命令だ」

片山は肩をすくめた。

二人は、あのギャラリー〈Z〉へと向かっていた。栗原の新作が展示してあるというのでやって来たのである。

「今度は何なの?」

「それが分からないんだ」

「じゃ、賞めようがないじゃないの!」

「そこなんだ。またライオンをダックスフントなんて言うと、課長、ショックを受けるからなあ」

「だって、そう見えたんだもの」

「今度は素直に訊こう。これは何ですか、って」

「それも気の毒な気もするわね。でも仕方ないか」

二人はギャラリーへ入って行くと、栗原が上機嫌で、どこやらの知人と話しながらやって来た。

「いや、まことにみごとな馬の絵でした」

とその客は言って、帰って行く。

「——どうやら今度は馬らしいぞ」

と片山は囁いた。

「見て馬って分かるらしいじゃないの。たいした進歩だわ」

栗原が二人に気付いて、

「おお、来たか!」

とやって来る。

「どうも……」

「ぜひ見てくれ。今度のは、特に評判がいいんだ」

と栗原はご満悦だが、それは当然で、賞めそうな人間しか招《よ》んでいないのである。

「こういう殺伐とした仕事をしていると、絵ぐらいの趣味がなくてはな」

と栗原は言って足を止めた。「さあ、これだ！」

これが馬？　片山は、その茶色いフニャフニャした図形から、なんとか馬を思い浮かべようとした。——そして、ヒョイ、と絵の下を見た。なるほど、それで分かった！

赤いマジックの大きな字で、〈馬〉と書いた札が、ついていたのだ。

御所前お公家探偵社

山木《やまき》 美里《みさと》

日日是犬日《にちにちこれいぬにち》

京都市生まれ。

記憶にはないが、生まれる前からスピッツの先輩がいたらしい。犬を切らしたことがない家庭で育った筋金入りの犬派。

日本を代表する猫といえば三毛猫であるという認識を持つ。

ちなみに、赤川先生の「三毛猫ホームズ」シリーズ第一作と出会った頃、わが家にいたのは、犬将軍様も愛した国犬である狆《ちん》。

将来は女刑事になろうかと夢を抱いていた少女時代、わが家にはパンの盗み食いが特技のイケメンポメラニアンがいて、やはり女刑事の相棒は泥棒よね……とうなずきつつ「夫は泥棒・妻は刑事」シリーズを読み漁る。

いざ就職期を迎え、婦人警官の採用試験に臨もうとしたところ、身長が受験資格に満たず早々に夢やぶれる。

じゃあ「三姉妹探偵団」のように刑事を恋人にするか……と気を取り直し、妹分のおしゃまなヨークシャーテリアを三女の珠美に見立て、自分は次女の主人公になりきり、夕里子に感情移入しつつシリーズを読み漁る。

赤川先生の作品と共に青春時代を過ごし、家にこもって妄想を紙にしたためながら静かに年を重ねる。

二〇〇八年、第六回北区内田康夫ミステリー文学賞大賞受賞。

二〇〇九年、神狛しずのペンネームで第四回『幽』怪談文学賞短編部門大賞受賞。

既刊に『ホタル探偵の京都はみだし事件簿』（山木美里名義・実業之日本社）、『京都怪談　おじゃみ』、『京は成仏びより』（神狛しず名義・KADOKAWA）など。

当時、受賞と出版の喜びを分かち合った同居犬は二匹の白茶シーズー。

二〇一八年、北区内田康夫文学賞受賞者によるアンソロジー企画『浅見光彦と七人の探偵たち』（論創社）に参加。

女刑事になれず、泥棒の夫も刑事の恋人もできず、セーラー服で機関銃をぶっ放すカイカンを味わうこともなかったが、京都府下、奈良との中間点に位置する五里五里の里で、それなりに楽しく暮らしている。

現在の同居犬は狆柄の白黒シーズー。

昨今の猫ブームを羨み、販売される猫グッズの多彩さに嫉妬を禁じ得ない。

ショッピング時の口癖は、「これが犬柄やったら買うのに」

とはいえ、猫も好き。

一緒に暮らしてみたい猫種は体長が猫界最大級に育つというメインクーン。

もちろん、神秘的な三毛猫も好き。

でも、やっぱり犬が好き。

1

「ばあやは口惜しゅうございます……」

茶々木竜子《ささきたつこ》は近頃ますます皺の深さが増した目尻を押さえ、よよと嘆いた。

「日本の名家百選に数えられ、かつては御所の西一町に絢爛豪華な邸《やしき》をかまえておられた鞠小路《まりこうじ》家の若様が、みすぼらしい土蔵で庶民の如く労働なさるおつもりとは。日々の糧など、このばあやがなんとでもいたしますゆえ、坊ちゃまは一日も早う奥方様を迎え、ご家門再興のために高貴なるお子様をわんさかこさえてくださいませ」

「とは言いましてもねえ、竜子さん。名家百選云々は、私が生まれるずっと以前のこと。一町の邸なんて話に至っては、千二百年もいにしえの夢物語でしょう。いまの時代に公家筋もなにもありません。成人男子たるもの、学業を修めたのちは、嫁取り跡取り以前に働いて収入を得ませんと」

この春に京の名門皇宮大学修士課程を修了したばかりの鞠小路稀麻呂《まれまろ》は、膝に抱いた狆《ちん》の背を撫でながら、乳母の竜子におっとりとしたほほ笑みを返す。

十数年前までは、一町とはいかないまでも豪邸を所有していた鞠小路家であったが、いまは立派に没落している。名家の財に集《たか》る悪しき輩に騙された祖父、是麻呂《これまろ》がいつの間にか背負っていた莫大な借金を、稀麻呂の父、益麻呂《ましまろ》が土地邸と家財を売って返済し終えてみれば、辛うじて残ったのは十数坪の土蔵部分のみ。無常を感じて都を離れた稀麻呂の両親は現在、水尾《みずお》の柚子農家に世話になり、農業ライフを満喫している。

「古い土蔵は堀川《ほりかわ》ビルドのご隠居様がお洒落で快適な住居にリノベーションしてくださいましたし、深草《ふかくさ》電化のご隠居様には最新便利家電を揃えていただいたではありませんか。私と竜子さんが二人で住まうには、立派過ぎるほどのお城ですよ。それに、仕事を始めるに当たっては、こうしてお得なアドバイスをくださる墨染《すみぞめ》税理士事務所のご隠居様もいてくださる。誠に有り難くて、どこにも足を向けて寝られませんねえ」

稀麻呂が土間より一段高く設えられた京間に頭を下げると、そこで碁盤を囲んでいた三翁が顔を上げた。

「稀ぼんまで水臭いこと言うたらアカンで」と、堀川翁。

「せや。是さんも益くんも、こうなるまで黙っとるとは、水臭いことこの上ない。ちぃとは頼ってほしかったわ。今後は全力で稀ぼんの力にならせてもらわんことには、儂らの気ぃがすまんわい」と、深草翁もうなずいて碁盤にパチリ、と石を置く。

「ふん……まあ、堀川と深草の両爺さんには感謝してもようございますよ。ただ、ここを住居兼事務所にしたら節税できるなどと、みみっちい入れ知恵で坊ちゃまを唆《そそのか》した墨染のジジイにだけは、腸が煮えくり返る思いでございます」

竜子の恨み節に、真ん中で囲碁の対局を見守っていた墨染翁は心外そうに唇を尖らせる。

「税金対策をなめたらアカンで。車やらなにやら、若い稀ぼんにはこれから仰山《ぎょうさん》入用があるやろう。そういう大きいモンはもちろん、客に出す茶の一杯に至るまで全部を必要経費で落としてみぃ。みみっちいどころやない金額が浮くはずや」

「鞠小路家の若様がこせこせと税金対策とは、情けなや。しかも、表に掲げる看板をそのような安っぽいホワイトボードにマジック書きで済ませるおつもりとは、いかに坊ちゃまのお蹟《て》が美しかろうと賛成いたしかねます。ところで……先刻から描いていらっしゃる絵はなんの印でございますか？」

竜子はホワイトボードの隅に描かれたイラストを指して首を傾げた。

「なにって、美犬《みいぬ》ですが」

絵を見た狆が不服げに「ブブッ」と鼻を鳴らせて稀麻呂の膝からテーブルに跳び乗り、後ろ足でホワイトボードを床へ蹴り落とした。

「……コリャひどい」

京間から下りてホワイトボードを拾い上げた墨染翁が首を横に振る。

「狆というより、おかっぱ頭のもののけやがな。そら、美犬も怒るわ」

「いや、狆の似顔絵も看板の素材もひどいが、なにより問題は、この味もしゃしゃりもない屋号やで」

「せやな、『なんでも屋』はいただけん。鞠小路の名を入れて公家らしく、且《か》つ、敏腕探偵っぽさをアピールした、格調高い看板にせなあかん」

堀川翁と深草翁の助言に励まされ、竜子も「そうでございますとも。坊ちゃま、後生ですからお考え直しくださいませ」と、両手を擦り合わせて説得を試みる。

稀麻呂は「お気に召さないなら、似顔絵は消しましょう」と、美犬をテーブルの上から自らの膝に抱き戻し、三翁と竜子に苦笑を返した。

「ですが、もう公家ではありませんし、探偵の技能もないのですから、『なんでも屋』が正解なのです。大したことはできませんが、お暇で寂しい方のお話し相手やお忙しい方の愛犬お散歩代行など、できることはなんでもいたしますよという事業の趣旨を的確にお伝えできるマストな屋号かと……」

しかし、稀麻呂の主張は新たに出現した二翁によって遮られた。

「開業祝いを持ってきたでー」

「まだ看板がないと聞いたさかい、うちの弟子どもを総動員して三日三晩不眠不休で彫り上げたわ。入口に掲げておくれ」

未晒クラフト紙に梱包された板状の荷物を二人がかりで運び込んできたのは、八瀬《やせ》木材の隠居と山科《やましな》彫芸の伝統工芸彫師。

稀麻呂は膝の美犬を竜子に預け、恭しく梱包を解いた。

鞠と戯れ踊る狆の細密な透かし彫りに縁どられた、毛筆体の浮き彫り文字。この最高級桧の一枚板看板を、公家でも探偵でもないので掲げられぬと固辞できようか。

「……お心遣い誠にいたみいります」

斯《か》くして。都にソメイヨシノが咲き初める頃、京都御所下立売御門《しもだちうりごもん》前に『鞠小路お公家探偵社』は誕生したのである。

2

「まったく……ここはさしずめ、託児所ならぬ託爺所でございますね」

知り合いの老人ばかりが集う京間を睨み、竜子は深く嘆息した。開業して三日。彼ら以外で玄関扉を開くのは、新装開店のカフェと勘違いしたうっかり者ぐらいだ。

「ごめんください」

「ここは飲食店ではございませんし、蔵で商う質屋をお探しでしたら、北へもう五分ほどお歩きなさいませ」

乳母兼秘書となった竜子は、扉の隙間から顔を覗かせた女性二人組を振り返り、お決まりの文言で追い払おうとした。

「あの……うちら、相談したいことがあってきましたのやけど」

「あらら、これは失礼いたしました。どうぞお入りくださいませ」

竜子は慌てて京間の上り口に衝立を広げ、『お口チャック』の仕草で老人たちを黙らせてから奥へ茶の用意に向かう。

「座ったままで失礼いたします。私、責任者の鞠小路と申します。あちらが秘書の茶々木さんで、別室に詰めておられるのが特別名誉探偵の方々。こちらがアシスタントの美犬です」

首に赤い縮緬《ちりめん》のよだれ掛けを巻いた美犬が、膝の上で「フフン」と低い鼻をそびやかす。

「はあ。よろしくお願いします」

土間の応接セットで稀麻呂と向き合った依頼人第一号は、伏見区で雑貨屋店主をしている牛窪友《うしくぼとも》美《み》と、専業主婦の梅垣道子《うめがきみちこ》と名のった。

「この子を極悪人の梅垣潮《うしお》と別れさせたいのです。せやないと、殺されてしまいます」

二人掛けのソファに座るなり、牛窪が身を乗り出して訴える。

「これはまた、いきなり物騒なお話ですねえ」

稀麻呂は牛窪の隣で俯いている梅垣夫人の道子に向かい、「ところで、この上なく悪い人とは、具体的にはどのような行いをなさる人でしょう？」と、首を傾げた。

「わ、わ、悪い人だなんて、思いたくはありません。ただ、疑わしいことが続いて起きて、裏切られていると思ったら怖くなって家を出たけど、離婚に踏み切るには浮気の証拠が必要かと思って……」

「つまりは浮気調査のご依頼でしょうか」

「いいえ……はい……いいえ？」

道子は大きな瞳を不安げに潤ませて「ううう、牛ちゃん……っ」と、隣に座る牛窪の腕に縋《すが》りつく。

「支離滅裂でスンマセン。この子、人見知りで緊張しぃなんです。ほら、しゃんとして。自分のことやねんから、しっかり喋りぃや、菅《すが》ちゃん」

菅とは梅垣道子の旧姓らしい。まるで子どもを励ますかの如く道子の背中を擦る牛窪だが、二人は同じ丑年生まれの三十三歳で、中学からの親友同士ということだ。

「だって、なにをどこからどう話せばいいのかわからないわ。牛ちゃんから説明してよ」

「まあまあ、まずは喉を潤されてから、焦らずごゆるりとお話しなさいませ。お抹茶でございますよ」

竜子が抹茶茶碗と生菓子をのせた盆を持って戻ってきた。

「おおきに有り難うございます。お茶をよばれたら、この子もちょっとは落ち着くと思います」と、牛窪。

「え、ええ。受験など、勝負事の前にはいつも茶の湯で心を鎮めて乗り越えてきました。まさに天の助けです。ああ、きれいな泡。どちらのご流派ですか？　わたしたちは武者小路千家流のお教室に通っていて……」と、抹茶茶碗に顔を突っ込んで過呼吸気味の息を整える道子。

「わたくし、不調法なもので茶の湯の心得がありませず……恥ずかしながら、流派はあれにございます」

奥のキッチンスペースを振り返る竜子の視線の先には、コンセントに繋がれたカプセル式ドリンクマシーン。

「あ、あら。いえ……茶筅で点てたものとなんら遜色のない結構なお手前で、おかげさまでほっとしました。ごちそうさまでした」

一息ついた道子は、ここ数か月の出来事を語りはじめた。


「……主人は奥嵯峨に両親から相続した土地を所有しており、そこの納屋・畑・茶室を近くの会社などに貸して副収入を得ていました。そこが放火被害に遭ったと報せを受けたのは、クリスマスの深夜でした。母屋と茶室、そして私有地の西端に遠く離れて建つ納屋まで全焼してしまいました」

「昨年末に頻発した奥嵯峨の連続放火事件か。儂の後輩が記事を担当しとったから、あとで資料を持ってこさせるわ。たしか、何件かの火災現場周辺で若い金髪男の目撃情報がとれたものの、犯人は未だ捕まっとらんのやなあ」

衝立向こうの託爺所で耳を欹《そばだ》てていた老人たちの一人、洛央新聞元事件記者の北白川《きたしらかわ》翁が声を上げた。

「そ、そうです。でも、最初に疑われたのは、納屋の賃貸契約を結んでいた健康器具会社の社長でした。燃えたのが借金をして開発したのに売れなかった『青竹ランナー』という商品の大量在庫だったため、ゴミ処理をしたうえに補償金で返済とは都合がよすぎると怪しまれたようです。社長は二十五日夜の犯行時は婚約者と韓国を旅行中だったとアリバイを主張し、二十四日に日本を出国して二十七日に帰国していることが証明されて、容疑が晴れました。そして、次に放火の疑いをかけられたのがわたしの主人でした」

「家を燃やされた被害者でしょうに。どうしてまた？」と、目を丸くする竜子。

「火災保険がおりるからです。それに、古家が付いているよりも土地だけになったほうが資産価値はすこし上がるようです。母屋は築年数が古く倒壊寸前だったので、主人は『取り壊す手間が省けた』と笑っていました。とはいえ、大金を儲けたわけではないのです。放火と保険金詐欺の罪で犯罪者として刑罰を負うリスクにはとても見合いません。動機として薄く、警察は金髪男による連続放火事件の一つとして、あっさりと主人への疑いも解きました。年末は犯罪多発で忙しそうでしたので、別の事件として捜査するのが面倒だったのかも知れません」

「普通に考えたら、ただの放火犯がデコボコの荒れ地をエイコラ越えて、わざわざ遠くの納屋まで火ぃ点けに行くと思います？　納屋を一番燃やしたかったのか、納屋も全焼にして火災保険金をたくさんもらいたかったのか、その両方で、二人は共謀しているかでしょうに。警察ってほんま、ええ加減やわ」と、胸の前でこぶしを振って憤慨する牛窪。

「梅垣氏に現場不在証明はあるのですか？」

「ク、クリスマスはわたしと一緒に自宅マンションにいました。でも、ほかに実行犯がいればアリバイなんて無意味です。主人に頼まれて自分がやったと、のちに愛人を名のる女性から電話がありました」

「負債を抱えていた会社社長はともかく、大した利も得ない梅垣氏が実行犯を頼んでまで放火事件を起こす理由とはなんでしょう」

「も、もしかすると、保険金受取マニアなのかも知れません。前妻を癌で亡くした際にも得たはずですし、去年の秋にわたしと再婚してすぐ、取引先へ向かう途中に車の接触事故で大腿骨を骨折して、入院治療費とその間のお給料が労働災害補償保険から支払われました。主人は『寝ていて給料をもらえるとは有り難い』としきりに言っていました。ほかにも、ここのところ物が壊れてこまごまと保険金保証される頻度が高かったのです」

「ですが、いささか無理がございませんか?」

ノートに『保険金受取に偏執傾向有』と走り書きした竜子が、手元から顔を上げた。

「故意に癌を患わせることなど不可能ですし、いくら入院治療費が支払われ、仕事を休んで病院のベッドで寝ている間のお給料が入るとしても、実際に大腿骨を骨折する苦痛を味わったのでございましょう? おお、考えただけで痛い……」と、自らの太腿を撫で擦って身悶える。

「いつどこからかはわかりませんが、はじめは正当な受給でも、受け取るうちに保険金の『有り難味』を肉体的苦痛に勝る快楽に感じるようになったのかも知れませんね。それをまた得たいという欲望から、とうとう詐欺行為に手を染めたのではないでしょうか」

「だとすれば病んでいらっしゃる……お気の毒に」と、いたわしげに瞑目する稀麻呂。

「ちょっと、ほんまに気の毒なのはこの子ですよ。梅垣潮は保険金受取マニアが高じて快楽火災保険金詐欺放火事件を犯しただけやありません。もっとえげつない悪行を企て、この子を生贄にするつもりです！」

声を荒げる牛窪の隣で、道子がまた緊張状態に陥り、ガタガタと震えはじめる。

「わ、わたしは主人を信じたいのです。でも、三日前、見知らぬ男に襲われて……怖くて堪《たま》らない……」

竜子は稀麻呂の膝から美犬を取り上げ、道子に「小動物には癒し効果がございますゆえ、抱いておられませ」と押しつけた。

主人から離された美犬は嚙み殺しそうな目で竜子を睨んだが、稀麻呂に「美犬、アシスタントの腕の見せ所ですよ」とほほ笑まれると、諦めて道子に寄り添った。

「……温かいです」

道子は息を整え、美犬のなめらかな毛並みを撫でながら、自らの身に降りかかった快楽生命保険金詐欺殺人未遂事件について説明しようと声を絞り出した。

3

雨が降っていた。

咲き初めのソメイヨシノはまだ固く、花びらを散らせることはなかったが、水滴を受けて重そうに項垂れていた。

赤い花模様の傘をさして川沿いの歩道を歩く道子もまた、項垂れていた。

出会って半年と二週間。結婚して半年。前妻と死別している男とのスピード婚は、当然周囲から猛反対された。しかし、道子は梅垣潮を運命の相手と感じて人生を託した。

結婚して早々に夫の事故入院があってたいへんだったが、毎日病院に通い、べったり一緒に過ごせたので、痛くて不自由な思いをしている夫には悪いと思いつつも、ハネムーン気分が楽しめた。

お気楽な専業主婦生活は、思い描いていた幸せそのものだった。

「菅ちゃんの旦那、保険のお世話になってばっかりやん。ちょっとおかしぃない？」

火災のあとも小さなトラブルが続いたが、大して気にしていなかった。長い人生、不運が重なる時期もあると思っていたので、親友の心配を笑い飛ばした。

「うーん。星の巡りでも悪いのかな。わたしと結婚して運気が落ちたと思われたらいやだから、一緒にお祓い旅行にでも行ってくるわ。ねえ、厄除けで有名な所ってどこかしら。せっかくだから、温泉のある所がいいな」

そんなふうに能天気でいられたのは、夫の愛情を疑っていなかったからだ。

幸せは、一本の電話で簡単に揺らいだ。

『潮の浮気相手でーす。でも、前の奥様がご存命の頃からの仲だから、あたしにとってはあんたのほうが彼の浮気相手なのよ』

電話は夫が仕事に出ている昼の間に度々かかってくるようになり、女は自分が放火の実行犯だと自慢げに告白した。

『あたし、潮の頼みならなんでもきいてあげるの。母屋にも茶室にも、ついでに納屋にも畑にも火を点けて、葱の一本も残さずにみぃんな燃やしてあげたわ。でも、茶室はあたしたちのサカサクラゲだったから惜しかったな。うふふ、密会宿を意味する古い隠語だと潮が教えてくれたのよ。クラゲを逆さに描くと温泉マークに似ているからですって』

楽しそうな声を聞く度に、苦しくなった。

胸苦しさを一人で抱えきれなくなった道子は「浮気者」と書き置きを残して家出し、親友にしばらく泊めてくれと泣きついた。話を聞いてもらい、ソファに寝床をつくってもらって、泣き疲れた身体を横たえた。

しかし、二時間ほどのちに目覚めて遅い夕飯を食べると、親友は「やっぱり今日は帰りぃ」と、道子を諭した。

「ここに居ってもなんも解決せぇへんわ。まずは菅ちゃんが旦那に問いただして話し合うしかないやろ？　ほら、勇気出して、決着をつけてきよし」

もっともだ。しかし、問いただすのは怖い。甘い考えだが、弁明に来てくれると信じて親友の家で夫の迎えを待ちたい。戻ってもう一度頼もうか……。

「あのう、ちょっと」

街灯と街灯の間の薄暗がりで、後ろから追いついてきたスウェット姿の男に声をかけられた。傘はささず、パーカーを被り、マスクをし、夜なのにサングラスをかけている。

「あんた、梅垣さんの奥さん？」

「そ、そうですが、どちら様で……っ」

いきなり伸びてきた手に首を絞められ、道子の手から傘が飛んだ。

必死に抵抗して何歩か逃れるが、すぐに追いつかれて地面に引き倒される。

もうだめだ……と、目を閉じかけた瞬間、道子の耳に叫び声が聞こえた。

「てやあぁぁっ！」

上段の構えで勇ましく飛び込んできた親友が、道子にのしかかる男の背に、閉じた傘を振り下ろす。

男は身を捻《よじ》って避け、傘の剣を両手で摑んで奪い取ろうとする。

二人はしばし揉み合っていたが、男が突然「ぐうっ……！」と呻いて後退った。

押さえたわき腹あたりのスウェット生地が見る見るうちに深紅に染まり、指の間からどくどくと溢れ出た血が濡れた地面に流れ落ちて、禍々《まがまが》しい色の水溜りをつくる。

傘の石突部分が腹に刺さったのだ。

「ううううっ、くそっ……」

忌々《いまいま》しげに吐き捨てると、男は鉄柵を乗り越え斜面を下って、土手の暗がりへと消えて行った。


語り終えた道子は美犬に頰ずりし、ぐったりとソファの背に寄りかかって目を閉じた。

「わ、わたしは、主人が保険金殺人用に用意した妻なのかも知れません。そ、そんなわけで、牛ちゃんがこの近くにウィークリーマンションを借りてくれました」

「うちの家は梅垣潮に知られているさかい、危ないでしょう。伏見の店を引き払うて移転先を見つけたら、この子と暮らそうと思うてます。この辺はうちらの母校の近くで、御所も病院も警察もあって環境がええし……まあ、その分地代は高いですけど」と、牛窪。

「……残念ながら、私の手に負えるお話ではなかったようです。直ちにここから徒歩二分の京都府警察本部へ行かれて、いまと同じご説明をなさることをお勧めいたします。お役に立てませず申し訳ありません。せめて私も相談窓口まで付き添いましょう」

稀麻呂が丁重に依頼を断り立ち上がろうとすると、息も絶え絶えだった道子がカッ、と目を見開き、「警察はだめです！」と、叫んだ。

「この三日間にそれらしい死体が川辺で発見されたというニュースはありませんでしたが、傘の石突が刺さった男がどうなったのかわかりません。下手《へた》に警察と関わったら、牛ちゃんが過剰防衛……いいえ、もしかしたら傷害致傷や致死の罪に問われかねません」

「大丈夫ですよ。自己だけではなく、他人の生命を守るためにやむを得ず襲撃者を傷つけた場合にも、正当防衛は認められます」

稀麻呂が請け合ったが、道子は人質ならぬ犬質とばかりに美犬を抱きしめ、頑なに首を横に振り続ける。

「で、でもだめです。牛ちゃんは剣道の有段者です。昔、清掃時間中にいじめに遭っていたわたしを助けてくれた時、取り上げた箒が当たって加害者が怪我をしました。牛ちゃんはなにも悪くないのに、暴力事件を起こしたことになってしまって……」

「うちはすぐに警察へ連絡するつもりやったけど、この子、この件に関しては頑固でねえ。大昔のことをいつまでも気に病んで……あほやなあ、菅ちゃん。ほれ、わんちゃんが嫌がっとるやないの、放したりぃ」と、道子から美犬を取り上げてソファの下に解放してやり、牛窪は苦笑する。

「あの時、やっぱり泊めてあげようと思い直して追いかけて行って、ほんまによかった。菅ちゃんを助けることができたんやから、傷害致傷やろうが致死やろうが食ろうても屁ぇともないで、どーんとこいや。さあ、警察へ行こう」

「だめよ。わたしの死に場所だってなんだって牛ちゃんが決めてくれていいけど、警察には行かないわ。ここは譲らないから」

「……まるで、道真公《みちざねこう》と守護聖獣にまつわる伝説のようでございますねぇ」

二人掛けソファで手を握り合う道子と牛窪を眺め、竜子はしみじみつぶやいた。

天神・菅原道真と牛の縁《えにし》は深い。

道真公は乙丑《おのとのうし》六月二十五日生まれ。大宰府左遷の道中に政敵、藤原時平《ふじわらのときひら》の放った刺客に襲われたが、斬りかかられようとしたまさにその時、松原から飛び出してきた牛が刺客の腹を角で突き殺し、道真公を救ったという。道真公はのちに、自分の遺体を乗せた牛車が進むままに埋葬地を決めさせよと遺言した。享年五十九歳。その没年もまた丑年であった。

「そうですよ。うちはこの子の守護聖獣を自負しています」と、胸を張る牛窪。

「牛とは浅からぬ縁があると思っていましたが、生涯の愛を誓った『ウシオ』は悪い牛でした」と、涙ぐむ道子。

「悪い牛は警察に退治していただくのがよろしゅうございますよ」

竜子が説得するも、道子はやはり首を横に振る。

「闘う気概などありませんので、逃げます。罪の弾劾も逮捕も望みません。慰謝料もいりません。ただ、最後に愛人の顔を見ておきたいだけです。探偵さんが主人と愛人との密会証拠写真を撮ってくださったら、それを離婚届に同封して送り、別れのけじめとするつもりです。愛人はどこで調べたのか、わたしの携帯にまで電話をかけてきて『新しいサカサクラゲは朱雀《すざく》ホテルになったので、リッチな気分』だと自慢しました。きっとそこに現われるでしょう。これが主人の写真です」

道子は暗い面差しでバッグの中をかき分け、写真と一緒に「些少ですが手付金です」と、テーブルに封筒を置いた。

「ほな、よろしくお願いします」

牛窪が気遣わしげに道子の腕をとってソファから立ち上がらせ、二人は一礼して玄関扉を出て行った。

放火事件に保険金詐欺事件、果ては殺人未遂事件というサスペンスフルな話であったが、結局、お公家探偵社の初仕事は、浮気調査と相成ったのである。

4

「良いお方でございますねえ」

竜子は茶器を盆に片付けながら、口元に笑みを浮かべる。

「……極めて悪い牛では？」

稀麻呂は膝に戻ってきた美犬を撫でながら、梅垣潮の写真を眺めてつぶやいた。色が黒く、がっしりとした筋肉質の体形。顔の造作は整っており、眠たげな二重瞼の目元が一見優しそうな印象を与えている。総じて牛っぽい男だ。

「いいえ、牛窪友美さんのことでございますよ。親友のためなら火の中水の中。なんと尊い忘己利他《もうこりた》の精神でございましょうねえ。坊ちゃまの奥方様候補にいかがです？」

「丑年生まれですと、私よりもずいぶん年上ですが」

「坊ちゃまには姉さん女房がお似合いかと存じますよ。とはいえ、ただ年上であればいいというものでもございません。依頼人の道子さんは男の庇護欲をかきたてる類《たぐい》の美女なれど、あのように神経が細くては、鞠小路家の奥方様はとても務まりません」

「務まるもなにも、依頼人はすでに余所の奥方ですから……」と、眠そうに欠伸をかみ殺す稀麻呂。

「その点、背がお高く小麦色の肌は健康的。均整のとれたしなやかな上半身に、しっかりとバネのある下半身。弱き者を懐に庇い闘う勇猛果敢さを持ち、面長で鼻が高く、睫毛に縁どられたきかん気そうな瞳がチャーミング。ばあやのお勧めは断然、牛窪友美さんのような女性でございます」

「はあ。私は自分好みではない女性の容姿を記憶する能力に欠けておりまして……茶色くしなやかな体つきでバネがあって、護るべき対象を懐に庇い、鼻面も睫毛も長く、勇猛できかん気な大型生物という評価を脳内で再構築しますと、もはやカンガルーの姿しか浮かばないのですが……ほかならぬ竜子さんのお望みとあらば、いずれはそのような妻を迎えるよう尽力しましょう」

午後の陽射しが心地よく眠気を誘っていた。鼻をプヒプヒと鳴らして眠る美犬を胸に抱え、稀麻呂もうとうとと舟をこぎ始めた。

「お目覚ましでございますよ」

意識が覚醒した絶妙のタイミングで目の前に桜茶と甘味噌を塗ったお焼きが置かれ、稀麻呂は目を瞬く。

「なんという失態でしょう。就業時間中に居眠りをしてしまうとは……あれ？　梅垣氏の写真はどこへ？」

テーブルの上から写真が消えている。

「朱雀ホテルと京古《みやこ》テレビと船岡《ふなおか》写真館の三ジジイが、『我こそが稀ぼんの初仕事をアシストする』と奪い合いながら持って出ました。行先は朱雀ホテルでございましょうね。墨染のジジイも奥嵯峨の親戚がどうとか宣《のたま》いながら出て行きましたが」

「では、私も朱雀ホテルへ向かい、張込みに合流してきます」と、美犬を預けようとする稀麻呂を、竜子が押し留める。

「暇を持て余している隠居どもには、適度な仕事がよい惚け防止になりましょう。爺様方のことは放っておかれませ」

「そうそう、ババメの言うとおり」

後輩記者が届けにきた茶封筒を手に玄関口から戻ってきた北白川翁が、竜子に同意した。ちなみに、ババメとは老婆の蔑称ではなく、丹後地方の高天山《たかてんやま》に棲んでいたと伝わる人喰い竜の呼び名で、竜子のあだ名である。

「長らくお疲れさんと労われて、ただじっと座布団の上で過ごす余生なんぞ、つまらんわ。趣味もなくぼんやりしとったら、認知症まっしぐらやで。儂ら、ここに出仕してくるのがなによりの健康法やねん」

北白川翁は二人掛けソファに「どっこらせ」と座り、テーブルに奥嵯峨連続放火事件の関連資料を並べはじめた。

「まあ、仕事が浮気の証拠写真だけでええのやったら無用の資料やけど、せっかく届けてもろたさかい、ちょっと見てみよか」

「面白そうでございますね」と、竜子も興味を示し、北白川翁の隣に腰掛ける。

二人はまず、関係者の名前を線で繋いだ人物相関図に見入った。

「中心人物は梅垣夫妻……で、こっちが茶室の『梅垣庵』を借りていた婦人茶会の会長と会員、畑の『梅垣ファーム』を借りていたシルバー農好会の代表とメンバー……それから、納屋の『梅垣倉庫』を借りていた健康器具会社『藤平《ふじひら》ヘルス』の藤平社長とその婚約者の時任愛良《ときとうあいら》やな」

「そして、これが倉庫にあった『藤平ヘルス』の売れ残り商品でございますね」

竜子は紙束の中から『青竹ランナー』の宣伝チラシを抜き出した。水着姿で腰にメジャーを巻きつけた女性が満面の笑みで商品を掲げる写真の横に『サンキュー！　パッと、くびれ美人』とある。

「なんじゃャコリャ。商品名からして大型マシーンかと思うたが、要は土踏まずの部分に青竹踏みのくっついた草履やないか。こんなしょうもないモンに誰が三千九百八十円も出すねん。くびれ美人？　なるわけないやろ、あほか」

北白川翁は『青竹ランナー』を散々にこき下ろし、チラシを放り投げた。

舞い上がった紙の動きに反応した美犬が稀麻呂の膝から立ち上がり、テーブルから滑り落ちる寸前のチラシをバシッ、と前足で押さえた。

「おお、ナイスキャッチや。おおきに、美犬」

北白川翁は惜しみない拍手で美犬の俊敏さを讃えたが、テーブルと肉球の間からチラシを救い出した竜子は「なにがナイスキャッチやら」と、苦言を呈する。

「ひと様からお借りした資料をぞんざいに扱うとは、あきれた無神経ジジイでございますね。ご覧なさいませ、美犬が押さえたせいで、角に折り皺がついてしまいましたよ」

「こんなん大したことないない……おっ？」

チラシの折り皺を撫で伸ばした北白川翁は「美犬のおかげでおもろいことに気づいたぞ」とつぶやいた。

「なんでございます？」

「よう見たら、隅に『モデル・時任愛良』とある」

「へえ……つまり藤平社長は、婚約者をチラシモデルにして宣伝費用を安くあげたわけでございますね？　ケチくさい男ですこと。どうりで、痩身器具のモデルにしては大してくびれてもいない、いけ好かない整形顔のおなごだと思いましたよ」

今度は竜子がチラシモデルの容姿を散々にこき下ろした。

「そうか？　なかなかに男心をそそる、色っぽいねえちゃんやと思うがなあ。稀ぼんはこういうタイプ、どない思う？」

「けっ、おなごを見る目のない色ぼけジジイはすっこんでおられませ。坊ちゃま、ばあやはこのように意地の悪そうな目つきをした似非美人が一番好きませぬゆえ、よおく覚えておいてくださいませね」

二人からチラシを突き付けられた稀麻呂は「すみません」と自らのこめかみを押さえた。

「チラシの女性は私の好みではありません。よって、この顔を覚えておくというお約束はできかねます」

「よろしゅうございます。では、美犬にお願いしておきましょう。この手のおなごが不届きな色仕掛けで鞠小路家に近づこうとした際には、直ちに喉笛を噛み千切って成敗し、坊ちゃまをお護りするのですよ」

竜子に頼まれ、「承知」とばかりに「ブヒャン」とくしゃみをする美犬。

「あらら、美犬の鼻息でなにやら紙片が飛んでまいりましたよ。これは……記者さんがご近所住民に聞き取りしたメモでございますね……ええい、男のくせにちまちまと字の細かい……」

眉間に皺を寄せる竜子に「私が読みましょう」と手を差し伸べ、稀麻呂がメモを受け取った。

「……不審な金髪男を見かけたという目撃情報のほかに、『おんながきた』や『出たのはおとこ』や『おんなおとこ?』という走り書きがあります」

「最近の若者はジェンダーレスとかいって、よくわかりませんものねえ。女みたいにクネクネした金髪男という意味でございましょう」

「これはクリスマスの事件当夜に現場付近を徘徊していて危うく火災に巻き込まれかけたご老人の証言です。『ミミズが鳴いた』とも言っておられるようですが、証言能力に疑問がありますので、すべて×印で消されています」

「ミミズ? あんな虫が鳴くわけもありませんのに。その爺様はずいぶんと痴呆が進んでおいでですねえ」と、嘆息する竜子。

「ミミズは鳴くぞ、ババメ。正確にはケラの鳴き声やけど、秋の夜に地中からジーッと聞こえる音で、俳句で『蚯蚓《みみず》鳴く』は秋の季語や。まあ、真冬にそんなことを言うのは、どっちにしろ、うわ言やけど。年をとったら年月日や季節の感覚がわからんようになると聞くが……老いるとは切ないことやなあ」

北白川翁は両手で自らの側頭部を揉みつつ老化の悲哀を憂いた。

「いえ……このご老人は、案外しっかりなさっているのかも知れませんよ」

桜茶を一口含んだ稀麻呂は、お焼きに興味を示す美犬に届かぬよう皿を遠くへ押しやり、ポケットから出した犬用おやつを与えてから、推論を述べる。

「十二月の半ばから、奥嵯峨では放火によるボヤ騒ぎが頻発し、警察は若い金髪男を容疑者として探していました。梅垣氏はそれに乗じて犯行を計画し、愛人に依頼。愛人はクリスマスの夜、金髪の鬘と着替えを持って現場へ向かい、変装するために茶室へ忍び込みます。付近を徘徊していたご老人は『おんながきた』のを目撃し、興味を惹かれて近づきました。すると、暗い茶室から『ミミズが鳴いた』のですよ」

「茶室からミミズが鳴いた？」と、声を揃えてオウム返しする竜子と北白川翁。

「はい。茶道ではお湯の沸き加減に名前があり、釜をかけてしばらくすると聞こえてくるジーッという音を『蚯音《きゅうおん》』と言うのです。梅垣氏の愛人は犯行に及ぶ前に一服したのでしょう。それから男に変装し、金髪の鬘を被って出てきた。ご老人は『おんながきた』のに『出たのはおとこ』で、『おんなおとこ？』と、混乱したのではないでしょうか」

「なるほどなあ。ほな、この証言をした徘徊爺さんは、茶室に入っていく梅垣潮の愛人を見とるわけや。モンタージュをとるのは無理でも、朱雀ホテルで女の写真が撮れたら、同一人物かどうかの照合ぐらいはできるかも知れんな」

北白川翁がパン、と手を打ってうなずいたとほぼ同時に玄関扉が開き、船岡写真館の隠居が意気揚々と現われた。

「儂がいちばんのりじゃ！　稀ぼん、ええ写真が撮れたでぇ」と、小躍りしながら応接セットの後ろに回り込み、四つ切サイズに引き伸ばした印画紙を稀麻呂に渡す。

「んまあっ、このような真っ昼間から愛人とホテルで密会とは、なんという極悪牛男《うしおとこ》でございましょうね。まさに下衆の極み！」と、憤慨する竜子。

稀麻呂は自らの顔の前に写真を掲げ、「なぜでしょう……」と、遥か彼方の記憶を呼び覚まそうとするかのように目を眇《すが》めた。

「私はここに写っている女性を、遠い昔にどこかで見かけたような気がするのですが……」

ソファから立って「どれどれ？」と、写真を覗き込んだ竜子は、ガクリ、と首を垂れて瞑目してから、テーブルのチラシを摑んで稀麻呂に突きつける。

「坊ちゃま、しっかりなさいませ。そこに写っているのは、たったいまご覧になったこのおなごではございませんか」

ラウンジで梅垣潮と向かい合っている女は、『青竹ランナー』のチラシモデルにして『藤平ヘルス』社長の婚約者、時任愛良であった。

「……すると、どういうことになりますかねえ？」

鼻が触れる近さで稀麻呂に問われた美犬は、「エヘッ？」と、小首を傾げる。

「どうもこうも、両方の男を手玉にとって悪行三昧とは、なんと恐ろしい性悪女。野放しにしておくべきではありません。ばあやはこの女狐を警察に告発すべきと考えます」

竜子はチラシの時任愛良を睨みつけた。

「せやけど、稀ぼんが受けた依頼は密会の証拠写真だけやろ？　ほな、これで仕事は終わっとる。即日解決や。敏腕探偵はウダウダ時間をかけへんものやで」と、船岡翁。

「とはいえ船岡はん。これ、密会写真というにはちぃと弱いのとちゃうか？　昼間にホテルのラウンジで向かい合うて茶ァ飲んどるだけやないか。手を握り合うているわけでなし、楽しげですらなし……」と、ケチをつける北白川翁。

「ふん、甘いな。女の手元をよう見てみぃ。客室のカードキーじゃ。こいつらはこれから部屋へしけ込みよるぞと、先の展開までハッキリと読める決定的一コマやないか」

「甘いのはあんたや」

　写真の出来栄えに胸を張る船岡翁に、「この抜け駆け爺さんめ」と、突っ込みを入れつつ入ってきたのは、京古テレビ理事の大政《おおまさ》翁と朱雀ホテル会長の中堂寺《ちゅうどうじ》翁だ。

「一枚撮ったら慌てて焼き付けに帰りおって。せやけど、梅垣潮はラウンジで十分ほど話したあと、一人でホテルを出て行ったで。功を焦って失敗したなあ」と、大政翁。

「うちの給仕がちらっと盗み聞いた話では、梅垣潮は女に『道子をどこで見たのか』と聞いていたらしいで。あの女は愛人とちゃうんちゃうか」と、中堂寺翁。

「保険金殺人未遂の件で警察に駆け込まれる前に、自分たちで道子さんを捕まえようと、二人で情報交換しながら手分けして探しているの図……とも考えられましょう」

　竜子は船岡翁撮影の密会写真を憎々しげに指で弾く。

「女のほうはカードキーを持って客室フロアへ戻ったさかい、うちの局の盗撮部隊を送り込もうか？」

「それより、部屋番号は割り出してあるのやから、密会の動かぬ証拠が撮れるように客室係に隠しカメラを設置させようか？」

稀麻呂は「いえ……調査は法に触れない範囲でお願いいたしますね」と、暴走老人たちをやんわりと宥めた。

「では、坊ちゃまは梅垣潮の愛人はこのおなごではないとお考えになって、調査を続行なさるおつもりなのでございますか？」

「そうですねえ。梅垣氏に頼まれて奥嵯峨のクリスマス放火事件の実行犯となった愛人と、イブに日本を出国してクリスマスには韓国旅行中だった藤平社長の婚約者とを、一人の人間が両立することは不可能ですから」

「あっ……うっかり失念しておりました！」

竜子は自らの額をペチリ、と叩いた。

「せやせや、たしかにけったいな話や。ほな、とりあえず、奥嵯峨の徘徊爺さんにチラシとこの写真を見せて、時任愛良が放火犯と同一人物か否かを確認してみたらどないや？」

北白川翁の意見に「そうですね。いまから行ってきます」とうなずいて立ち上がろうとした稀麻呂だが、美犬が留守番を拒否して胸にしがみついたため、セーターに爪が絡んで動けなくなった。

「ただいまー」

そして、竜子手編みのセーターも美犬の爪も傷めぬようにと苦心している間に玄関扉が開いて、墨染翁が帰社したため、またも出かける機会を逸してしまった。

「おっ、うまそうなお焼きやな」

墨染翁はテーブルに近づくなり、手つかずのお焼きに手を伸ばす。

「うーん、うまい！　葱の風味が甘味噌とよう合うとるわ……ほれ、美犬も一口食べてみい」

小さく捥《も》いだお焼きの欠片《かけら》を美犬に差し出す墨染翁の手を、竜子が「たわけ！」と一喝して叩いた。

「な、なんや？　人の食べてるモンを与えるのがしつけに悪いのはわかるけど、ほしそうにじっと見とるのに、かわいそうやろう。一口ぐらいやってもええやないか……イテッ！」

竜子はさらに墨染翁の踵を蹴り飛ばす。

「すみません、ご隠居様。犬に葱は毒なのです」

床に落ちたお焼きの欠片を拾おうと身を乗り出す美犬を抱え直し、おっとりと頭を下げる稀麻呂。

「とはいえ竜子さんも、乱暴はいけませんよ」

「なれど坊ちゃま、鞠小路家のお犬様に害を為そうとは、こやつ、不届き千万なジジイでございます」

「毒？　害？　アホ言いなさんな。葱には殺菌効果や鎮静作用があって、肩コリや疲労回復の効果もあるんやで。風邪の予防にもええし、毒どころか万能薬やぞ。そんなことも知らんのかいな」

「ところがですね、ご隠居様。犬は、葱に含まれるアリルプロピルジスルファイドという物質を消化できないため、摂取すると赤血球が破壊され、溶血性貧血や血尿などの症状が出て、死に至る危険性もあるのです」

稀麻呂の怖ろしい説明を理解したのか、美犬が「ネギイィィ」と、悲鳴を上げた。

「アリル……ほへえ？」

「ほへえやあらへんで、墨染はん。詳しい成分の話はともかく、葱や玉葱は犬に食わしたらアカン食品やというのは常識でっせ。よう覚えときなはれ」と、北白川翁。

「いや、そないに責めたったら気の毒や。犬を飼うたことがなかったら、わからんよ」と、船岡翁。

「うん、儂も知らんかった。九条葱はぬた和えにしてもええし、鍋に入れたらトロッと甘みが増して、たまらんのになあ。あんなうまいモンが食えんとは……ああ、犬に生まれんで良かったわい」と、大政翁。

「もちろん九条葱もうまいが、群馬の下仁田葱もええし、白い部分の多い埼玉の深谷葱も鍋に合うで。美犬には悪いが、なんや無性に葱が食いとうなってきたわ。今晩はここで鴨鍋パーティーと洒落込もうか」と、中堂寺翁。

「ええい、ジジイども、なんの話をしているのですか。うちで鍋パーティーなど、冗談ではございませんよ。用がないなら即刻、自分の家へお帰りなさい。ハウス！」

竜子は葱談議に花を咲かせるご隠居たちを追い出そうと声を荒げた。

「ふん、用ならあるぞ。ドロンパの画像を持ってきたんや」

墨染翁がポケットからSDカードを出して肩をそびやかす。

「ドロンパ……ああ、小型無人航空機のことですね」と、稀麻呂。

「ドローンでございましょ?」と、冷たい目で突っ込む竜子。

「そうそう、それや。奥嵯峨に住んどる娘夫婦がクリスマスイブに孫に贈って、次の日に撮影会をしたんやと。せやから、十二月二十五日の事件現場周辺風景がバッチリ写っとるで。みんなで見ようや」

墨染翁が持参したデータをタブレット端末で再生し、一同で囲む。

「……遠くのほうに映っとるのが梅垣の敷地やな。この辺が母屋で、これが茶室やろう。ほんで、豆粒みたいな人間が仰山集まって作業しとるこの辺が畑で、ここが納屋。画像が揺れて、降りてきて……操縦しとるのはいちばん上の孫や。どや、大きいなったやろ?」

上空からの付近映像はあるものの、ほとんどが墨染翁の娘夫婦や孫の遊ぶ姿で、ほかのご隠居たちはすぐに飽きてタブレットから離れ、京間へ引きあげていった。

「よう考えたら、空撮映像がなんの役に立つんじゃ」と、船岡翁。

「当日というても昼間で、火災は夜やしなあ」と、大政翁。

「要は孫自慢やないか」と、中堂寺翁。

「つまらん。無理やり見せられる余所の孫自慢映像ほど苦痛なものはないわ。ババメ、茶ァいれておくれ」と、京間から竜子を呼ぶ北白川翁。

美犬がまた「ネギイィィ」と悲鳴を上げ、稀麻呂の膝から飛び降りて竜子の足元へ走ってきた。

「おやまあ……美犬までもが逃げてきましたか。坊ちゃまも、つまらぬ上映会にいつまでも付き合ってやることはございませんよ。お人が好いにもほどがありましょう」

竜子はタブレット端末を覗き込んで熱心に墨染翁の説明に耳を傾けている稀麻呂に声をかけたが、人の好い坊ちゃまは「つまらないなんて、とんでもないですよ」と、口元に花開くようなほほ笑みを浮かべた。

「たいへん役に立つ、興味深い映像です」

5

翌日午後に一人で探偵社を訪れた道子は、昨日よりもさらにやつれた風情で、スプリングコートを脱ぐ際に左手首に大きな絆創膏が貼られているのが目についた。

「では、調査報告をさせていただきます」

「あ、あの……少し待っていただけませんか？　わたし一人では心細いのですが、何度電話しても牛ちゃんと繋がらなくて……」

「牛窪さんはいらっしゃいません」

稀麻呂はバッグから携帯電話を出そうとする道子を制した。

「午前中に来ていただき、先に調査報告を終えております。これから別の予定が入ったので、道子さんとはしばらく会えなくなると仰っていました」

「そ、そうですか……そうですよね。店舗の移転準備で忙しいのに、甘え過ぎですね……わかりました」

背筋を伸ばした道子が深く息を吐くのを待ってから、稀麻呂は『青竹ランナー』のチラシを差し出す。

「この女性が誰か、ご存じですか？」

「はい？　この商品は主人が仕事の義理で買わされたとかでいくつか自宅にありますし、チラシは奥嵯峨の家周辺に貼ってあるのを見たことがありますが、モデルさんがどなたかまでは存じません

「……時任愛良さんですか」

記されている名前を読みあげ、道子はテーブルの上にチラシを返す。

「奥嵯峨へはよく行っておられたのですか?」

「いいえ。主人と結婚してすぐに『梅垣庵』の茶会に招かれ、牛ちゃんと一緒に参加したのですが、なんだか着物の品評会のようで居心地が悪くて。行ったのはその一度きりです」

「『藤平ヘルス』の藤平社長とご面識は?」

「ありません。主人の仕事のことはなにもわかりませんので、婦人茶会の方々と、入院の際にお見舞いに来てくださった会社の方数名のお顔しか存じませんが……それがなにか?」

問われた稀麻呂は、船岡翁撮影の密会写真をテーブルのチラシと並べ置く。

「昨日、朱雀ホテルのラウンジで撮られたものです」

「そ、そうですか。この方が主人の……」

道子はチラシと写真を見比べて密会相手が時任愛良であることを確認すると、呼吸をするのも辛そうに口元を押さえ、声を震わせた。

「主人を信じたい気持ちが消せず、もしかすると、電話の女は一方的に思いを寄せて愛人を騙っているのではないか、怖い目に遭ったのはストーカー女の陰謀ではないかと、心のどこかに勝手な希望を抱いていました。でも、こうして女の言うとおりにサカサクラゲで一緒にいるシーンを目にしたら、現実を受け入れるしかありませんね」と、バッグから封筒を出してテーブルに置く。

「迅速な調査に感謝いたします」

しかし、稀麻呂は封筒を道子の前に押し戻して「私の調査報告はここからですよ」と、おっとりとした口調で告げた。

「梅垣道子さん。あなたは、悪い牛から離れなければいけませんね」

「は、はい。ですから、主人とは……」

「梅垣氏と一緒に写っているその女性、時任愛良さんは、藤平社長の婚約者です」

「え？　で、では、二股？　主人はこの女に騙されているのですか？」

「ええ。騙されて呼び出されたそうですよ。あなたの友人を騙る時任愛良さんに『道子さんのことで話があるから朱雀ホテルのラウンジで待っている』とね。わけのわからない書き置きを残して消えたあなたを必死に探していた梅垣氏は、すぐに駆け付けました」

「……わけのわからない？」

「書き置いたでしょう？『浮気者』と」

「あのう……この時任愛良という女性は、わたしに電話をかけていた人物で、主人の愛人且《か》つ、藤平社長の婚約者で、さらには放火の実行犯ですよね？」

「あなたに電話をかけていた人物ですが梅垣氏の愛人ではなく、藤平社長の婚約者ですが放火の実行犯ではありません」

「……わけがわかりません」と、眉間に皺を寄せて首を振る道子。

「お茶でございますよ。一服なさいませ」

竜子が抹茶茶碗を置き、道子がそれをゆっくりと飲み干すのを見届けてから、稀麻呂は静かに続ける。

「藤平社長とその婚約者の時任愛良さんは、ある人物とサカサクラゲの関係を結びました」

「……密会宿の関係？」

「隠語ではなく、サカサクラゲという生物は実在します。体内に褐虫藻《かっちゅうも》を飼って、藻《も》を光合成させるために逆さまの状態で水底に沈んでいるクラゲで、このクラゲと藻は互いから養分を得る共利共生の関係にあります。借金を抱えていた藤平社長と婚約者は、その困窮を放火による補償金弁済で救ってもらう代わりに、あなたと梅垣氏を別れさせる計画に加担することになったのです」

「つまり……主人のことが好きで、わたしを邪魔に思っている女性が、ほかにもう一人いるということですか？」

「いいえ。その女性はあなたのことが好きで、梅垣氏を邪魔に思っているのです。あなたを苦しめていた悪い牛は、牛窪友美さんです」

6

毎年、十月に入る頃にはクリスマスの予定を決めていた。その時期はどこもカップルで溢れていて、宿の手配がたいへんだからだ。『クリスマスに三十路女二人で旅行やなんて、ミジメー。わたしら、終わってるな』

親友と笑い合ったものだが、今年はもっと惨めだ。クリスマスに一人ぼっちの『クリぼっち』とは。

中二の二学期に牛窪の通う女学院の同じクラスに転校してきた美少女は、すぐにいじめの標的にされた。顔も性格も素行も薄汚れた頭の悪い女どもは、人を妬むことだけは一人前以上にする。牛窪はそういう女どもが大嫌いだった。

目を閉じて震えていた転校生は「正当防衛なのに」と泣いて訴えたが、清掃時間の逆襲は十分に暴力事件だった。牛窪は主犯格の豚女の顔を狙い、ささくれた箒の柄を故意に叩き込んだのだ。

菅道子はいじめを受け続けてきたために自分に自信がなく、いつもおどおどしていた。牛窪が「菅道子って、菅原道真公みたいな名前やね。道真公は学問の神様やから、あんたと友達になったら頭が良うなりそう。ほんで、うちは牛やから、あんたを護ったげる。ええコンビになれると思わへん?」と、話しかけると、大きな目をさらに見開いた後、とびきり愛らしい笑顔を見せてくれた。

それからずっと、菅ちゃんと牛ちゃんは一緒に過ごしてきたが、親友の結婚で牛窪は突然ぽつん、と一人になった。

菅ちゃんを返してほしい。

身体の半分を盗られたような喪失感に戸惑いながら暮らしていたら、雑貨屋に『青竹ランナー』という商品を置いてくれと男女二人組が訪れた。倒産品などの買取をしているディスカウントスーパーや古物リサイクル店などに片っ端から営業して回っているらしい。

牛窪の店は手作り品やアンティーク雑貨の買取しかしていないと断ったが、「倉庫に火を点けて補償金詐欺でも犯すか首を括るしかない」としつこく窮状を語られ、面倒だったのでいくつか購入した。相手は「売れたら、在庫は奥嵯峨の『梅垣倉庫』にまだまだありますから」と言った。

その頃、奥嵯峨では放火が頻発しているとニュースが流れていた。

うまくすれば、菅ちゃんを取り戻せるかも知れない。

道真公の奪還計画が牛窪の脳裏を廻《めぐ》った。

「そしてあなたは、互いの望みを叶えるために『藤平ヘルス』の二人と共利共生の関係を結び、二人が韓国を旅行中というクリスマスの深夜に納屋を放火しました」

稀麻呂がそこで話を切ると、牛窪はソファに深くもたれて目を閉じたまま「どうぞ続けて」と、促した。

「無事に補償金がおりて相手の願いが叶えば、次はあなたのために二人が働く番です。時任愛良さんは梅垣氏の愛人を騙って電話し、道子さんに夫への不信感を抱かせます。雨の日、道子さんがとうとう家を出てあなたの元へ来たので、このチャンスを逃す手はないと急遽シナリオを考え、赤い液体の入った袋を腹に仕込んだ襲撃者・藤平社長を傘の石突で刺し、道真と守護聖獣の伝説になぞらえた殺人未遂事件を演じたのです。過去のことから、道子さんが絶対に警察へは届け出ないと確信していらしたのでしょう」

「言わば、牛の猿芝居ってわけやね」

牛窪は他人事のように喉を鳴らして笑う。

「梅垣氏を信じたい道子さんでしたが、もともと自分に自信の持てない方です。自分など保険金殺人用の使い捨て妻なのだとすっかり怯えてしまい、守護聖獣の親友に頼って逃げるしかなくなりました。あなたの思う壺です」

「あとは、梅垣潮と女のツーショット写真を見せて、もう帰る場所がないことをあの子に納得させたら、道真公の奪還成功やったのになあ」

「ダメ押しの写真を撮らせるために、時任愛良さんがあらかじめ道子さんに伝えておいたサカサクラゲの朱雀ホテルに梅垣氏を呼び出し、これ見よがしにカードキーを手にして、どこかで張り込んでいるだろう探偵に密会をアピールしたわけですね」

「楽な仕事でしょう？　その写真をうちにくれて、手っ取り早くこの謝礼を収めたらええやないの。それをまあ、たった一日で、いらんこと調べてほじくり回して……おたくらになんの得があるわけ？　ええ加減にしてほしいわ」

迷惑げに非難された稀麻呂は、膝に美犬を抱いたまま前に倒れ、「良い加減を超えた調査報告となってしまい、ご期待に沿えませず誠に申し訳ございません」と、謝罪した。

「わが社は特別名誉探偵の方々のフットワークが軽やかで、秘書は完璧な記録をとってくださり、アシスタントは獣の勘で鋭いヒントをくれるものですから、私がなにもしなくても真相に辿り着いてしまったのです」

「……まあ、ええわ。正直、うちも疲れた。結果的には守護するどころか、手首を切ろうと思い詰めるまであの子をいじめてしもた悪い牛は、潔く去ります。これは新しい依頼料として置いていくさかい、菅ちゃんに伝言をお願いできる？」

牛窪は稀麻呂に道子へのメッセージを伝えると、大きく伸びをしてソファから立ち上がり、クリスマス火災の放火犯として警察へ出頭したのだった。

7

「で、でも……探偵さんはどうして牛ちゃんが放火したと思われたのですか？」

道子はソファに深くもたれて目を閉じたまま問うた。午前中そこに座っていた牛窪とほぼ同じ体勢だが、不貞腐《ふてくさ》れているわけではない。ショックのあまり真っ直ぐに座っていられなくなったので、竜子が寝かせて額に熱冷ましシートを貼ってある。

「うーん、気づかせてくれたのは美犬ですかねえ」

「……わんちゃんが?」

「違いますよ。坊ちゃまがご聡明であられるがゆえ。そして、貴き敬老精神を発揮なされ、二時間半にも及ぶ孫ラブジジイの糞つまらない一大スペクタクル孫自慢感動皆無巨編をご覧になるという苦行を敢行なさったからこそ、真相究明が成されたのでございます」

竜子は稀麻呂を褒めちぎりながら、タブレット端末を道子の前にかざし、墨染翁の持ち込んだドローン映像を見せる。

「編集済でございますのでご安心を」

「…………はあ」と、目を開けて画面を眺める道子に、稀麻呂は竜子の記録ノートを広げて確認をとる。

「愛人を騙っていた時任愛良さんは、『ついでに納屋にも畑にも火を点けて、葱の一本も残さずにみぃんな燃やしてあげた』と、仰ったのですね?」

「はい。納屋の放火はあくまでもついでだと強調したかったのでしょうか……たしかに、葱畑がありますね」

「対して、牛窪さんは『ただの放火犯がデコボコの荒れ地をエイコラ越えて、わざわざ遠くの納屋まで火ぃ点けに行くと思います?』と、仰いました」

「こちら、三十分後の映像でございます」

竜子が編集画面を道子に示す。

「ファームの方々が集まって……葱の収穫作業ですね」

「はい。しかし、葱がなくなっただけでは、ただ作物のない畑です」

「こちらが一時間後。そして、ずーっと送りまして、二時間半後にはこのように……」

竜子が示す映像に、道子は目を瞬く。

「ファームの方々が、畑の畝《うね》を掘り返していらっしゃる？」

「天地返しです。耕地の深層と表層を入れ替える作業をしておくと、土の中で越冬している害虫や雑草の根を表層に晒して退治するなどの効果があるそうですよ。十二月二十五日は『梅垣ファーム』の農園じまいで、シルバー農耕会のメンバー総出で春に向けての土壌づくりをなさったのだとか」

「こうなりますともう、デコボコの荒れ地にしか見えませんねえ」と、最終画面を確認してからタブレット端末の電源を落とす竜子。

「ぼんやりと画面を見過ごしていたのですが、葱畑が映ったところで美犬が鳴き声を上げて私の集中力を呼び醒ましてくれたので、語られた事件現場の相違点を思い出すことができました。まあ、単なる言葉上の問題で、なんの証拠能力もありませんが、牛窪さんにこの映像をご覧いただき、クリスマスの昼以降に天地返しされた畑を見たのかとお訊ねしましたところ、あっさりとご自身が放火犯であることをお認めになりました。昨夜、あなたが衝動的に手首を切ったことが、相当にこたえたようですね。『悪い牛は去る』と、警察へ出頭されました」

道子は大きく息を吐いて「牛ちゃんに会いに行かなくちゃ」と、身を起こした。

「牛窪さんから伝言をお預かりしました。『法的償いを終えたら京都を離れるつもりです。もしも赦してもらえるのならば、今生《こんじょう》でもう一度だけ挨拶をさせていただく機会をください。自分たちが道真公享年の五十九歳になる丑年、命日の二月二十五日に、仁和寺《にんなじ》でお待ちしています』とのことです」

御室《おむろ》の仁和寺御影堂東側には、大宰府に左遷される際、別れの挨拶に参上した道真公が、そこに腰掛けて宇多法皇を待ったと伝わる『菅公腰掛石』がある。

「しばらくって……そ、そんなに？」

「牛には、遠い約束をよすがにして新たに生き直す時間が必要なのですよ。察しておやりなさいませ」

竜子はテーブルから茶器を回収し、ちらり、と京間の衝立を振り返った。

「坊ちゃま、そろそろ依頼人がしびれを切らしていらっしゃるようですが……いかがいたしましょう？」

「あっ、次のお客様がお待ちなのですね？　長居をしてしまって……」と、慌てて立ち上がろうとする道子を制し、稀麻呂は訊ねる。

「これから、ご自宅へお帰りになりますか？」

「そ、そんな厚かましいことはできません。保険金受取マニアだとか、詐欺だとか、浮気者だとか、散々疑ってしまって、簡単に赦されることではありません。もちろん、主人にはちゃんと謝罪しなくてはいけませんが……いまはとても」

「いまを逃すともっと謝りにくくなると思いますよ。十五年以上親友の牛窪さんに騙されたら、半年の梅垣氏を疑ってしまうのも無理からぬことで、心の広い良い牛ならば許容範囲ではなかろうかと思うのですが……どうでしょうねえ？　依頼人の梅垣潮さん」

稀麻呂が声をかけると、衝立の向こうから牛のような大男がのっそりと姿を現わした。

「あ、あなた……」

「誰が『浮気者』や。なんか俺に言うことがあるんとちゃうか？」

牛男に両頬を引っ張られた道子は、色白の顔を餅のように伸ばして「ごめんなひゃい」と謝罪し、めでたく和解した新婚夫婦は、深々と頭を下げてお公家探偵社をあとにしたのであった。


「道真公が宇多法皇を待った仁和寺で、牛が道真公を待つ……なんとも哀切漂う情景が浮かびます。二十六年後、道真公と牛が感動の再会を果たせるとよろしゅうございますね」

美犬に水とおやつを用意し、竜子は「ほぅ」と息を吐いた。

「お互いが二年後の丑年に仁和寺に行ってしまって、うっかり邂逅しそうですが。まあ、それもいいのではないでしょうか」

稀麻呂は美犬がラグマットの上で水を飲んでいる隙に立ち上がり、烏丸通《からすまどおり》に面した窓に向かって、その長身を大きく伸ばした。

「うーん……人待ちには静かなほうがいいですが、これからの仁和寺といえば、御室桜ですねえ。私はあの背の低い里桜が桜の中で一等好きですよ。見頃はまだ半月ほど先かな……満開のたよりが出たら、ご隠居様方に留守を任せて一緒に花見に行きませんか？　竜子さん」

「ばあやは嬉しゅうございますが、情けのうもございます。坊ちゃまほどの貴公子なれば、花見に随行したいと願い出る若いおなごなど掃いて捨てるほどおりましょうに。ええい、坊ちゃまにやる気がないとあらば、ばあやが見繕ってまいりますゆえ、おなごのお好みをお聞かせくださいませ」

ノートを開いて「さあ、さあ」と詰め寄ってくる熱血乳母の勢いに負け、稀麻呂は「そうですねえ……」と、足元の美犬を拾い上げて竜子の眼前に掲げて見せた。

「色は白く髪は黒く毛艶が良く、虚空を見つめるミステリアスな眼差しと上を向いた慎ましい鼻とアルカイックスマイルが印象的で、無駄吠えしない温厚な小型生物が私好みです」

『わたしゃお多福御室の桜　はなが低とも人が好く』

鞠小路家若様の理想の嫁・美犬は、「よろしくね、ばあや」と言わんばかりに竜子の鼻をぺろり、と舐めた。

キッチン大丸は今日も満席

米《よね》田《だ》京《きょう》

南半球の三毛猫ホームズ

二十代後半の三年間を豪州・シドニーで過ごした。

当時は、いまと違って海外旅行がブームとなっていて、オーストラリアを訪ねる日本人観光客は、年間で百万人に迫る勢いであった。街中のいたるところに日本人が溢れていて、たとえるならば、最近の銀座における中国人のような賑わいを見せていたのだ。

そうしたツーリストに、現地の娯楽情報を提供する雑誌の編集を生業としていたのである。有名レストランを食べ歩いたり、人気スポットを体験取材したりと、観光客を楽しませる情報には事欠かなかったが、「生活者」としての自分の欲求を満足させてくれるエンタテインメント作品、とりわけ日本語の題材には飢えに飢えていた。何しろ、インターネットが存在しなかった時代のお話。

日本書店もあるにはあったが、関税やら手数料やらが、これでもかと上乗せされていて、とても手が出せるような金額ではない。

ハードボイルドを気取って、チャンドラーを原書で読んだりもしたのだが、それを堪能できるだけの英語力を当時は持ち合わせておらず、欲求不満はますます募るばかり。

そんなある日、市内のオックスフォード通りにある古本屋を何気なく覗いたら、書棚の最下段の片隅に並べられていたのが『三毛猫ホームズ』シリーズだったのだ。「旅の友」として携行してきたバックパッカーが、帰路の荷物を少なくするために、捨て置いていったものだろう。このシリーズは、日本に住んでいた頃から大ヒットしていて、もちろんその存在は知っていた。だが、フィリップ・マーロウを標榜する者にとっては、対極のような作品なので、敬遠して一冊も目を通したことがなかった。しかし、求めに求めた日本語のエンタテインメント作品。それも大ベストセラーを記録した伝説的なタイトルだ。一番端にあった一冊、『三毛猫ホームズの推理』を手に取ってページをパラパラめくってみると、アッという間にユーモアミステリの世界に取り込まれてしまった。一ドル（当時のレートで百円）を支払ってそれを購入し、自宅に戻ったのだが、三時間もしないうちに全話を読み切った。そして、その足で再度古本屋を訪ねて、残りの十三冊をすべて買い求めたのである。それらもまたたく間に読了。以来、定価の三倍という価格を負担して、日本から取り寄せるということが一年以上続いた。完全に中毒である。日本に帰国してからもその症状は続き、四半世紀が経過したいまもなお、同じ症状を……満喫している。

今回、その名前を戴いた本書に執筆できて、こんなに光栄なことはない。

よねだ・きょう　一九六四年東京都出身。全盲小説家。主な著書『ブラインド探偵《アイ》』（実業之日本社）、『浅見光彦と七人の探偵たち』（論創社）。

1

「オッシャ！」

少し間の抜けたかけ声と共に、松田大二郎《まつだだいじろう》は、タナキクマル号と名付けた真っ赤な自転車のペダルを力強く踏み込んだ。

その瞬間、右腕に筋肉痛が走るが、細かいことを気にしない性質《たち》なので、そんなものは無視することにした。

フリマアプリで五千円也にて手に入れたこの自転車との相性は、バッチリだと思っている。いまや通勤には欠かすことのできない相棒だ。

五月晴れの午前六時三十分。

目覚めてすぐにシャワーを浴びたので、気分は爽快。だから、昨日の疲れなど残っているはずがない、と今日も自分に言い聞かせている。

清々しい陽気が満ち溢れているが、まだ人影はそう多く見られない。

居住する築三十年のアパートのある西早稲田《にしわせだ》の坂道を新目白《しんめじろ》通りへ向けて、大二郎は一気に駆け下りる。

ビューーーーー。

風を切る音と共に、着ている服が胸や腹にピッタリと密着する感覚が好きであった。

それで、まだ少し肌寒いけれど、今日も昨年十月二十五日の最後のピッチングがプリントされた

「黒田投手引退記念Tシャツ」を着用している。

坂下にある停車場からは、ちょうど、クリーム色を基調にした都電荒川線が、終点・早稲田へ向かって走っていくところであった。

面影橋《おもかげばし》とその下に流れる神田川に一瞥をくれるが、コンクリートの護岸が高過ぎて、水の流れを目にすることはできない。

それでも、タナキクマル号を川の流れと同じ方向へ走らせる。

路面電車と川が身近にあるという環境が、故郷・広島を彷彿するようで大二郎は気に入っていた。

電車も川も、その規模は郷里のものにはるかに及ばないのだけれど。

文字通り、大きなカーブを描いている大曲《おおまがり》の交差点を通り過ぎると、飯田橋《いいだばし》の五差路に行き当たる。

交通量が多い割に信号の変化が早く、自転車通勤者にとって道中の最大の難関となっている。

でも、働き始めてから一ヶ月以上も毎日大過なく横断できているので、最近はそれほど緊張しなくなった。

ここからしばし、ＪＲの高架線に沿って走ることになる。

三崎橋《みさきばし》を渡るとハンドルをすぐに右へ切った。

この地点から水流は本流から分岐して、その名前を日本橋川と変える。

川の側道を少し行くと堀留橋《ほりどめばし》があり、首都高速の西神田ランプとなっている。

この場所を越えると、車両の通行はグッと少なくなるのだ。

ようやく直視できるようになった川面《かわも》に視線を落とすと、今日も色とりどりの鯉《こい》が群れを成していた。昭和五十年代に大量発生した害虫を駆除するため、この鯉たちが放流されたという話を聞いたことがある。澄んでいるとは言い難い都会の川で、闊達《かったつ》に泳ぐ魚群を目にする度に、昨年二十五年ぶりにリーグ優勝を果たした広島カープが連想されて、大二郎は頼もしい気持ちになる。と同時に、やはり大のカープファンだった大吉伯父《だいきちおじ》が、お前にだけこっそり見せてあげよう、と目の前に示してくれた「秘密」のことが頭をよぎるのであった。

そして次の瞬間には、昨年の九月に、この場所から川に転落して亡くなったその大吉伯父が偲《しの》ばれて、いたたまれない気持ちに包まれるのが常であった。

大二郎は伯父が転落したとされている新留橋《しんとめばし》のたもとに自転車を停車すると、合掌し日本橋川に黙禱《もくとう》して、目まぐるしく変化する気持ちを落ち着けた。

次の俎橋《まないたばし》を横目に睨んで靖国通りを左折したら、新人コックとして勤務するキッチン大丸《だいまる》は、もうすぐそこだ。

大吉伯父が、一九九一年カープが優勝したのと同じ年に創業したこの洋食レストランは、いまでは神保町《じんぼうちょう》のコスモス通り商店街で一番人気の行列店となっている。

昨シーズン、同級生トリオとして、カープを優勝に導いた田中・菊池・丸の三選手に敬意を表して命名したタナキクマル号のペダルを、大二郎は大きく踏み込んでラストスパートをかけた。

2

店舗裏の路地にある道路標識に自転車をロックして駐輪し、従業員通用口を解錠して入店するのが、ジャスト七時。

大二郎は、まず、五ヶ所ある天窓をすべて開け放って空気を入れ換える。次に床を掃除し、卓上に伏せてあるイスを所定の位置に戻したら、ナプキン、つま楊枝と醤油、ソース、カラシなどの調味料を補充した後に、十五席あるカウンターと四人掛けテーブル三卓を真心込めて清潔に磨き上げる。

ビッショリかいた汗をボディ用のウェットティシュで拭ったら、仕事開始から一時間が経過したこのタイミングで、調理人の象徴ともいえる真っ白いコックコートを身に着ける。

そしてここから、キャベツ二十五玉との格闘が始まるのであった。

常連客の八割が注文するカツカレーをはじめ、各種定食などの付け合わせとして、スライサーでは表現できない、絹糸のように細く、なおかつシャキッとした歯ごたえのある千切りとするのが、大二郎に課せられた使命。半分ほど終えると、激しい反復運動のために右腕の筋肉が疲労してパンパンになってくる。そうしているうちに、チーフコックの蕨谷《わらびたに》、セカンドコックの相馬《そうま》、サードの風間《かざま》が、三々五々と出勤してきて、「タマネギの皮むき」だの「タマゴの撹拌《かくはん》」だの何やかやと雑用を言い付ける。そのことで右腕はギブアップ寸前になるのだが、それにめげず最後の力を振り絞って千切りキャベツを仕上げ、定食皿に盛り付けて皿枠で十皿ずつ二列に積み重ねて、開店時間の十一時直前に、ついに準備完了。

この時点で、店外には満席以上の客数の行列が出来上がっているのが通例。

しかし大二郎が調理人らしく包丁を握るのはこの時までで、ここから先はホール係として接客を担当する。昨年末まではホール専属の女性がいたらしいのだが、結婚退職したということだ。

また、時間を見つけては溜まった食器を一気に洗うのも、新人コックの役割となっていた。

行列は絶えることなく、休憩を取るどころか、賄《まかな》いさえもまともに口にする余裕のない怒濤の時間が、ラストオーダーの午後八時まで続くというのが、キッチン大丸の日常であった。

大二郎は学生時代に、仲間と連れ立って、大丸のランチに挑戦しようとしたこともあったのだが、店舗の責任者だった伯父から「顧客第一」として、並ぶことはおろか店に近づくことすら禁止されていた。


人気レストラン特有の長蛇の行列が、ようやく姿を消した午後八時十五分。

最後の客が席を立つのを見送ると、チーフの蕨谷をはじめとする先輩コック三人は、自分の持ち場を片付けて、そそくさと帰り支度を始める。

「じゃあな、新入り。後は任せたぞ」

それぞれが派手な私服に着替えると、大二郎に素っ気ない声をかけ大丸を後にする。

「お疲れ様です。本日も勉強させていただき、ありがとうございました！」

新人らしく、感謝の言葉を述べて見送る。

まだ閉店作業が残されているとはいえ、大二郎が出勤してきて初めて一息入れられるのが、仕事開始から十三時間が経過した、このタイミングであった。

厳しい毎日だが、自分にとっていまは修行時代なのだから、こんな日常も当然だと心得ている。

厨房の床をデッキブラシで磨いて油分を除去し、各テーブル、カウンターのイスを卓上に伏せたら、ホールを掃きそうじする。四十五リットル入りに満杯になったゴミ袋三個を裏路地に面した通用口の外に置く。こうしておけば、契約している業者が翌朝までに収集することになっているのだ。

「松ちゃん、お疲れ様！」

路地の向かいから声が掛かった。

「あ、小堀。そっちもお終《しま》い？　お疲れ様！」

路地を挟んで裏口が向かい合っている「カレーハウス・ナマステ」の新人コック、小堀和明《こぼりかずあき》だ。

大二郎が今春卒業した、三鷹《みたか》市にある調理師学校で特に仲の良かった同級生で、四月に働き始めてすぐに、このゴミ置き場で偶然の再会を果たしたのだ。

以来、新人調理師ならではの世間話や、時には互いの店の経営批判などを束の間語っては、お互いを励まし合うのが恒例になっている。

「ウチも閉店なんだけどさ、じつは、今日は紹介したい人がいるんだ、ナマステの店長で本社の開発部長も兼ね……」

小堀が何故だか浮き足立っている様子だ。

「初めまして！　あなたが松田大二郎さんですね？　小堀くんからいつもお話を聞いてますよ！」

新入社員を押し退けて、白いワイシャツに黒い蝶ネクタイをした男が姿を現した。

「私は、ナマステ神保町店店長の矢野《やの》と言います。本社の開発部長も兼ねてます」

蝶ネクタイの男は大二郎に名刺を差し出してきた。七・三分けの髪型と縁なしメガネで真面目さをアピールしている印象。自分に対して礼節をもって接してくるこの男に、大二郎は悪くない印象を持った。

名刺にはナマステ店長の他に、「ザンシンホールディングス株式会社　取締役開発部長」という肩書きが記されている。

その会社が日本で有数の外食チェーンを統括する企業であることを、大二郎も無論知っていた。カレーハウスの他にも、寿司、焼肉、しゃぶしゃぶ、天ぷら、とんかつ、居酒屋、ファミリーレストラン、カラオケボックスなど飲食に関係する業種を多岐にわたってチェーン展開している新進の大企業だ。ただし、ナマステ神保町店は、メインストリートであるコスモス通りに店舗を構えることができずに苦戦を強いられているという噂は、大二郎の耳にも届いていた。

「前のオーナーの甥御《おいご》さんなんですよね」

矢野は微笑みを浮かべて、大二郎の瞳をじっと見つめて語りかけてくる。

「キッチン大丸さんは、いずれあなたが引き継がれることになっているとお聞きしてますよ」

痛いところを突いてくる。

「そういった話もありましたけど、オーナーだった伯父が昨年亡くなりましたし、自分はまだ修行の身ですから……」

前かけで手を拭い何気ない素振りを装いながらも、大二郎は、心の奥底に追いやっていた問題を炙《あぶ》り出されたようで、背中に悪寒が走った。

「いずれにしましても、以後お見知りおきをお願いいたします」

矢野は大二郎の右手を力強く握りしめると、くるりと踵《きびす》を返して店内へ戻っていった。ムスク系の香りが鼻を突いた。

その後を追うように店に戻った小堀は、親友ともいえる元同級生と視線を合わせることを敢えて避けているように感じられた。

大二郎は押しの強いライバル店店長のあいさつに圧倒されて、しばしの間、裏路地に佇んでいた。

しかし、矢野との出会いをきっかけにして、それまで何一つ疑問に感じることのなかった「大丸」に対して、わだかまりのようなものが小さく芽生えたのは、紛れもない事実であった。

3

今日もまた、大量のキャベツと格闘している。

ところが、大二郎はいつもと違って集中できないでいた。

理由は明瞭だ。

先ほどホールの床を掃除していた時に、突然訪ねてきた男が残した言葉が、脳裏から離れないでいたのだ。

大二郎は尻ポケットからその男がくれた名刺を引っ張り出し、まじまじと見つめて、今しがたの出来事を思い返した。


通用口の扉が大きな音でノックされたと思うと、こちらの返事を待つことなく、アルミ製のドアがいきなり開かれた。

「えー、おはようございます」

ダークグレイのスーツを着て、合皮製らしきファイルケースを小脇に抱えた五十がらみの小男が、そこに立っていた。

口元を緩めて笑顔を作っているが、小狡《こずる》そうな人物という第一印象を大二郎は抱いた。

「あの、どちらさんですか？」

床掃除の手を休めて、男に尋ねる。

「初めまして。私は、業務用精肉卸をしています三浦屋《みうらや》の鳩ヶ谷美雄《はとがやよしお》と申します。この地区を担当してますので、ごあいさつだけでもと思いまして」

鳩ヶ谷はそう言うと、店内へずかずかと入り込んできて、内ポケットから名刺を取り出し、頭を下げて大二郎に差し出した。

「あ、ウチは間に合ってますから、そういうの」

新規の業者の売り込みは拒絶するように、と蕨谷チーフからキツく命じられている。

「あの、おたく様が、前のオーナー様の甥御さんの松田大二郎さんでいらっしゃるのですか？　おいたわしや」

鳩ヶ谷は大二郎の持つ箒《ほうき》を見つめると、眉尻を下げて心底無念そうに呟《つぶや》いた。

「どういう意味ですか？」

いたわしいとは聞き捨てならない。それに何故、自分の名前を知っているのだろう。

「だってそうでしょう。本来ならば正統な後継者として、もっと中心的な仕事をされるべきなのに、こんな下働きのようなことをさせられてしまって……」

小男は少し涙ぐんでいるようにも見える。

「でもぼくはまだ、学校を卒業したばかりですから、こういったことから学んでいかないと……。あの、鳩ヶ谷さんは伯父と会ったことがあるんですか？」

大二郎は第一印象を改めて、情け深そうな鳩ヶ谷をそう悪い人ではないと感じるようになってきた。

「はい。精肉をお取引いただく契約が成立することは残念ながら叶いませんでしたが、度々励ましのお言葉を頂戴していました。大二郎様のこともよくお話しされてましたよ。ところで」

鳩ヶ谷は大二郎に一歩詰め寄り言葉を続ける。

「そのご様子では、この界隈で囁かれているこちらのお店に関しますあの噂を、大二郎様はまだ耳にされていないようですね」

頭一つ低い位置から、鳩ヶ谷は大二郎の顔を上目使いで覗き込んでくる。

「あの噂？　どういうことですか？」

予想もしなかった展開に、大二郎は落ち着かなくなる。

「あくまでも、この周辺の者たちが身勝手に口にしているに過ぎませんので、私から無責任に申し上げることは差し控えさせていただきます」

精肉卸業者はさらに大二郎に近づくが、口を閉じ視線を下へ向けてしまった。

「そ、そんな！　気になるじゃないですか、教えてくださいよ」

大二郎が懇願すると、鳩ヶ谷は軽く嘆息して口を開いた。

「致し方ないですね、差支えないことだけお話しいたしましょう」

ここまで言った鳩ヶ谷の顔が、一瞬だけほくそ笑んだように感じられた。

「前のオーナーの大吉様は、日本橋川で不可思議な亡くなり方をされましたよね。そして、大吉様亡き後、こちらのレストランにおいて、利得された方がいらっしゃる。私が申し上げられるのはここまでです」

　鳩ヶ谷は話を切り上げると、私に何かお手伝いできることがありましたら何なりとお申し付けください、と言い残して辞去した。

「おい新入り！　手が止まってるぞ！　ボケッとするな」

　キャベツの千切りが進んでいない大二郎に向けて、蕨谷の怒号が飛んできた。

「す、すみません」

　大二郎はチーフコックの顎《あご》の辺りを見つめながら低頭した。いつもと違い、反発する気持ちが少なからず含まれるおざなりな謝罪になってしまった。

　伯父が亡くなりもっとも得をしたといえば、この蕨谷チーフ以外ない、という考えは、この時はもちろん、鳩ヶ谷の話を聞いている最中から閉店するまで、ずっと頭の中から離れないでいた。

　キッチン大丸の店舗運営を掌握《しょうあく》し、売上まで操っている。給料なども好き放題もらっているのではないだろうか。

　その日はどうしても仕事に集中できずに、キャベツの千切りの他にも大二郎にしては珍しくミスを連発した。

　オープンキッチンで、客の目があるから殴られたり怒鳴られたりということはなかったが、相馬と風間からは刺すような視線で睨まれた。

「大の字、いい加減にしろよ」

　蕨谷に至っては、死角に連れ込まれた上で、耳元でこう囁かれて太腿に蹴りを入れられた。それにしても、「大の字」とは失礼な。店名の元になった神聖な文字だと言うのに。

ここまでされて、大二郎の頭の中に渦巻くドス黒い妄想は、さらに加速していった。

大吉伯父は本当に事故死だったのか……。

自分もこの店から排除されようとしているのではないか……。


この日、ナマステの裏口からゴミ袋を提げて出てきたのは、小堀ではなく店長の矢野であった。

この人のキャリアとキャラクターは、相談に乗ってもらうのに最適だ。まさに千載一遇ではないか。この機会を逃してはダメだ、と自分に言い聞かせる。

「あの、矢野さん。昨日はどうもでした。そ、それで突然変なことをお訊きしますが」

大二郎は唾を飲み込んで、はやる心を落ち着かせた。

「この界隈で囁かれているというウチの店に関する噂ってご存知ですか?」

取締役開発部長の瞳をじっと見つめて回答を待った。

「聞いたことは……あります」

矢野は困惑した表情を浮かべ十秒ほど沈黙した後に、一切の感情を消してそう応じた。

4

ダスターでテーブルトップを拭うと、アルコールがあまり得意でないと言った大二郎に、矢野は眉一つ動かすことなく、カルーアミルクを供《きょう》してくれた。

初めて座ったカレーハウス・ナマステのカウンター席。

礼を述べて、大二郎は甘いカクテルをひと口だけ舐めた。

黄色が目立つインド映画らしきもののポスターが、額装されて壁に飾られている。

この店も営業を終了していて、食器洗いをしていた小堀を早帰りさせたので、店内には大二郎と矢野の二人しかいない。

蝶ネクタイを外し、ワイシャツのボタンを胸まではだけた矢野は、初対面の時よりも男っぽく見える。

「大丸さんに関する噂を、お知りになりたいということですね」

矢野は無表情で大二郎の隣に腰を下ろすと、自分のために用意したスコッチの水割りをひと口啜《すす》って、語り始めた。

「そうなんです。ぼくは聞いたことがないんですけど、この界隈でまことしやかに囁かれているというじゃないですか、その噂ってやつが」

ゴミ置き場で、思いあぐねて声をかけた大二郎の真剣さを汲み取ったのだろう、矢野は閉店後の自分の店へ誘ってくれたのだ。

「あなたにとって愉快な話ではありませんが……それでも、お聞きになりたいですか」

ライバル店の店長は、本当に大二郎に知らせて良いかどうかを判断しかねているようだ。

「はい！　ぜひお聞かせください」

鳩ヶ谷がもたらした中途半端な情報だけでは、何が何だかわからずに息が詰まりそうなほど焦らされている。

「そうですか。覚悟を決めておられるということなんですね、その真剣な表情は。よろしい、お話しいたしましょう」

矢野は水割りをさらにひと口啜ると、本題となる「噂」に話題をシフトした。

「あなたの伯父様である松田大吉さんが亡くなられたのは、確か、昨年の九月の最初の土曜日、でしたよね?」

開発部長は水割りのグラスに右手を添え、大二郎に熱い視線を送りながら言葉を紡《つむ》ぎ出す。

「八月の終わりに台風が東京を直撃して、水位はいつもよりも上がっていたとはいえ、前オーナーが転落死したとされる新留橋は転落するような橋ではないし、日本橋川は溺れるような川ではない」

矢野はグラスを傾け、舌を湿らせてさらに話を続ける。大二郎はまばたきするのも忘れてライバル店長の語りを傾聴した。

「そんな状況から、口さがない連中が無責任に騒ぎ始めたんですよ……」

そこまで言うと、矢野は一瞬タメを作って重苦しそうに核心に触れた。

「誰かに突き落とされたのではないか、ってね」

眉根を寄せて、苦々しい表情になっている。

「そ、そんな! 警察からは、事故死と断定したと伯母《おば》のところへ連絡があったんですよ。新聞でもそのように報道されていたし」

大二郎は血相を変えて反論する。

「だから、無責任な噂と最初に断ったじゃないですか。でも大吉さんが亡くなったことで、利益を得ている方がいらっしゃるわけでしょ、大丸には。その方が疑われているということですよ」

冷静に結論づけた矢野に対して、大二郎は黙って頷くしかなかった。

そして、その首肯《しゅこう》がきっかけとなり、堰《せき》を切ったように大丸に対する不平、不満、愚痴を噴出させてしまった。

「……休憩なしで一日十四時間労働。確かにその勤務環境はブラックと断定せざるを得ませんね」

大二郎に顔を近づけて、さらに分析を重ねる。

「そして、それを主導しているのがチーフコックの蕨谷氏なのですね。噂の真相の解明も含めて、どうにかしないといけませんね」

矢野は義憤《ぎふん》に駆られたような表情で、問題点を指摘した。

「でも、伯父という後ろ盾がいなくなって、いまのぼくは一介の見習いに過ぎないですから……」

泣き出しそうな顔で肩を落とす大二郎。さらに愚痴がこぼれる。

「どうにかしたいけど、警察の調べも終わっているし、皆目見当がつかないですよ、どうしていいか……あーあ、このまま辞めちゃった方がいいのかなあ、大丸を」

大きく嘆息し、勢いよく首を横に振った。

「それは違います！」

それまで一貫して優しい口調だった矢野の言葉に、厳しさが込もった。

「真実はまだ不明ですが、もしも噂が本当だとして、後継する権利のあるあなたをイビリ出すことまでが奴《やっこ》さんの狙いだとしたら、思うツボじゃないですか！」

矢野は、まなじりを決して鼻息を荒くしている。

「でも、いまのぼくには残念ながら打つ手がありませんよ」

大二郎は俯いてポツリと呟いた。目に涙が滲んできたのを感じる。

「何を落ち込んでいるんですか、真の後継者！　このまま大丸が乗っ取られかねないんですよ！」

落ち着いた外見に似つかわしくない勢いで、弁舌をふるう矢野。

「私が協力しますから、真実を明らかにして、大丸を真っ当なレストランにしようじゃありませんか」

大二郎は開発部長から肩甲骨《けんこうこつ》の辺りを力強く叩かれた。

「でも、何をしたらいいのか……」

矢野の目を見つめて、すがるように問う。

「まずは、会社の現状を正確に認識することですよ。財務状況、財産目録、株主構成などを調べましょう。手始めに法人とあの店舗の登記簿謄本《とうきぼとうほん》を手に入れてください」

躍進する企業の役員らしく、冷静に立ち戻った矢野は、段取りでもしていたかのようにテキパキと指示を与える。

大二郎は、「登記簿謄本」がどういうものか知らなかったが、後でネット検索すればいいだろうと思い、その場はやり過ごした。

矢野は大二郎の肩を抱きかかえ、全面的な協力を約束します、と宣言して、その手に力を込めてくる。

「ありがとうございます。でも」

先ほどから拭いきれないでいる疑問を口にする。

「どうして、ぼくなんかにこんなに親切にしてくれるのですか?」

縁なしメガネの企業家は、大二郎の目をじっと見つめて即座に応じた。

「あなたが、ウチの大切な社員である小堀くんの親友だからですよ。松田さんが大丸の正統な後継者だということも、じつは彼が私に話してくれたのです」

青春ドラマのようなセリフを臆面もなく言い切った矢野に感動し、大二郎はこの人をどこまでも信頼しようと思った。

「先ほどお話ししました登記簿を早急に入手してください。私も自分のネットワークを駆使して情報を収集しておきますから。とにかく、『大丸を真っ当なレストランに!』。これを合言葉に闘っていきましょう」

大二郎は、制御不能に陥りかけていた昼間のことがウソだったように、勇気に満ちた気分で今後に立ち向かう決意を固めた。

5

ナマステで矢野と誓い合った熱気が冷めやらないまま、大二郎は自宅への帰途、問題の新留橋へ立ち寄った。

この場所で命を落とした大吉伯父に、熱い決意を報告するためだ。

午後十一時。

日本橋川を覆《おお》うように走る首都高速五号線から高圧ナトリウム灯の明かりが漏れてきて、視界はそれほど悪くない。

合掌し、大吉伯父の面影を頭に思い浮かべて、きっと真相を明らかにする、と申し伝える。

そうしていると何故か気持ちがリラックスしてきて、また大吉伯父が語った「秘密」のことが頭をよぎった。今回はいつもよりも鮮明にイメージが脳内に再生される。


大二郎が調理師学校に入学して上京し、初めて東京ドームでの巨人×広島戦を伯父と二人で観戦した二年前の八月。

試合は広島が先発・マエケンの絶不調で大敗し、憂さ晴らしにエース対決を制した菅野を広島訛《なま》りでコキ下ろしながら、ドームのある水道橋から、伯父の自宅マンションのある九段下《くだんした》まで一キロ弱の距離を徒歩で帰っていた時のことだ。

日本橋川に架かる新留橋を渡れば伯父の住むマンションはもうすぐそこ、という地点で伯父が不思議なことを言い出した。

「この川にゃ、『主《ぬし》』と呼ばれとる、ぶちでかい鯉がおるんよ。ほんで、その魚の鱗《うろこ》を手に入れたら、願いが叶うと言われとるんじゃ」

伯父は橋の欄干《らんかん》に両手を預けて、懐かしそうな顔で川を見下ろしている。

「ホンマか？　わしゃあ、オカルトっちゅうんは信じとらんけんなぁ」

大二郎は唇を尖らせて、騙されまいという気持ちをアピールした。

「ホンマのホンマじゃ」

伯父は振り返って、真剣な眼差しで大二郎を見つめてくる。そして、大丸の後継ぎのお前にだきゃあ伝えといちゃろう、と言って、俄《にわ》かには信じられない体験談を語り始めた。

「わしが店を始めた一九九一年の春先のことじゃ。仕事帰りの十一時過ぎに、この橋を通りかかった時にの、すぐ下の水面から、一メートルはあろうかっちゅう真っ赤な鯉が大きゅうジャンプしよったんじゃ」

伯父は両手を大きく広げて、「主」の大きさを示す。

「そのはずみで、一枚の鱗がヒラヒラと目の前に落ちてきての。霊験《れいげん》を感じたわしゃあ、それを拾ってカープの優勝と大丸の繁盛を願ったんじゃ」

首から提げていた赤いメガホンで手の平を叩いて、一つ、二つと願った数だけリズムを取った。

「まーた、作り話でかつごうとしとるじゃろ。信じられんもんは、信じられんわ」

大二郎は耳を塞《ふさ》いで首を横に振り、伯父の体験を捏造《ねつぞう》と決めつけた。

「そこまで言うんなら、これを見せちゃろう。その代わり口外無用《こうがいむよう》じゃけんな」

大吉伯父は懐に忍ばせていた紺色のお守り袋から、薄桃色で半透明に輝くハートの形をした物体を取り出すと、大二郎の目の前に掲《かか》げた。

「その年、広島は見事に優勝し、大丸はお前も知っとるように大繁盛店になったんじゃ」

伯父は鱗を摘まんだまま、鼻を膨らませて得意顔をしている。

「こないなもん見せられて、そないな話聞かされたら、信じるしかないわー」

大二郎はゴクリと唾を飲み込むと、その鱗に顔を近づけてまじまじと見つめた。

「もっとも、カープはそれ以来、優勝しとらんけどな。ハハハ」

大二郎はもう一度視線を落として、川面を見つめた。

するとまた、やり残したことがたくさんあるうちに亡くなった伯父が偲ばれて、自然と背筋が伸びて両手が合わさった。

葬儀のドサクサに紛れて、あの鱗の行方はわからなくなってしまったけれど、自分を後継者に指名してくれた大吉伯父のことだから、いまも天空から見守ってくれているに違いない。それを拠りどころに祈りを捧げた。

転落の真相が明らかになりますように。

大丸が真っ当なレストランになりますように。

何よりもこれ以上悪いことが起きませんように。

強く願い、ひたすら黙禱した。

その時、水面近くに野球のボールくらいの大きさの水泡と共に、大きな魚影が姿を現したのだが、目を閉じていた大二郎は残念ながら気づかなかった。

6

翌日は土曜日であった。

週末であり、キッチン大丸にとっても週に一度の定休日である日曜日の前日だ。

だからといって、人気レストランの忙しさは他の曜日とまったく変わらない。今日もまた、開店から閉店まで長蛇の行列が途切れることはなかった。

「それではお先に失礼させていただきます。本日も勉強させていただき、ありがとうございました」

カープのチームカラーの真っ赤なTシャツに着替えた大二郎は、先に帰宅するあいさつをすると、深々と頭を下げて通用口へ向かった。

事の真相がはっきりするまでは、わだかまりを感じさせるような態度は、できる限り控えようと決心したのだ。

「お前、ここんところボケッとしてるけど、来週から気持ちを入れ換えてビシッとしろよ！」

通用口のアルミドアを開けようとした背中に、蕨谷の叱責が飛んできた。決心をしていても知らず知らずのうちに態度に現れてしまったということなのか。


一つだけ、他の曜日と違うことがあった。

派手な私服に着替えたチーフをはじめとする三人の先輩コックは、反省会と称するミーティングを毎週土曜日の営業終了後に、店内で開催しているのだ。

一週間の仕事を振り返り、発生、発覚した問題を小さいうちに解決して、大丸のさらなる発展に役立てる会議、という名目。伯父が存命だった頃からの慣例だと聞いていたので、素晴らしい心がけだと先週までは思っていた。ところが疑問が生じてしまったいまでは、この会議に対しても本当に前向きな話し合いをしているのか訝《いぶか》しんでしまう。

そもそも、大二郎の参加が認められていないのだから、良からぬ企《たくら》みがなされているに違いないと怪しんですらいる。

自分の姿が見えなくなったら、ビールでも空けて酒盛りが始まるなんていうのがオチだろう。

「ご忠告ありがとうございます。来週から気をつけます!」

立ち止まって回れ右をして、もう一度頭を下げて謝罪の言葉を述べた。

この会議のことも、矢野に相談して生産的な方向に導いてもらおう、と大二郎は心に誓った。

7

翌日の日曜日も、神田川の流れと同じ方向へタナキクマル号を走らせる。

しかし、出発する時刻はいつもよりずっと遅い午前十時過ぎだし、途中スーパーマーケットで買い物をするので、ルートもいつもとは少し違っている。もとより目的地が神保町の大丸ではなく、その手前にある九段下の大吉伯父の自宅だった。というよりは、いまは未亡人となった伯母の住むマンションといった方が正解だ。

大吉伯父の妻である加代《かよ》は、東京生まれで洗練されている上に、チャキチャキとした江戸っ子気質《かたぎ》でもあり、人当たりが良くて欠点の少ない女性だ。大二郎の幼少時、伯父と共に広島へ帰省してきた時などに、東京の流行品を二つ、三つと気前よく持参してくる気風《きっぷ》のいい人であった。幼かった大二郎が落ち込んだ素振りを見せると、明解なアドバイスで元気づけたりもしてくれた。

お互いが、第一次赤ヘルブームの頃に〝赤い疾風《しっぷう》〟と呼ばれた高橋慶彦《たかはしよしひこ》選手の大ファン同士ということがなれそめとなって結ばれた大吉と加代は、子どものない夫婦であった。そのことも影響したのか、大二郎は二人から実の子のような扱いを受けていた。軌道に乗り始めたキッチン大丸の後継者に、大吉の実弟の次男である大二郎を、という考えは、この頃に夫妻に芽生えたのかもしれない。

いずれにしても大二郎は、当時からこの伯母が大好きで、なおかつ一目も二目も置いていたのであった。

加代は、ある時期までは女将として大吉伯父と一緒に大丸を切り盛りしていたのだが、五年前に緑内障《りょくないしょう》という目の病気を発症し、その二年後に視力を失った。それ以来マンションに引き籠りがちの生活を送っていて、大二郎にとって心配事の一つであった。

調理師学校に入学して上京したばかりの頃から、大二郎は毎週日曜日に伯母を訪ねては、「個人的介助」と称して、共に散歩をしたり、買い物に付き添ったり、伯父が苦手としているパソコンの操作を手伝ったりしていた。かつての恩返しでもあるし、行く行くは自分が大丸を後継するのだから当然のこと、という意味合いもあった。相続の件があやふやとなっている現在でも、感謝の心でその習慣を続けていた。


インターホンを鳴らした後に合鍵を使って扉を開けると、加代が手で壁を伝いながら、玄関までゆっくりと向かってくるところであった。

「いらっしゃい、ジロちゃん」

オフホワイトのリネンシャツにデニムのロングスカートを着た加代が、微笑を浮かべて歓迎してくれる。昨年亡くなった伯父が五十五歳だったから、この人は五十代前半のはずなのだが、実年齢よりもずっと若く見える。

「あ、伯母さん、出迎えなんていいですから、じっとしててくださいよ」

大二郎は持参したスーパー袋をひとまずダイニングテーブルの上に置くと、伯母を彼女が始終座っているリビングのソファまで手引きした。

加代の定位置には、ヘッドセットが差し込まれたノートパソコンが置かれていた。鈍色のモニタは、インターネット電話のウインドウを表示している。

「また、スカイプをやってたんですか?」

加代が自宅に籠りがちになっている大きな原因が、このインターネット電話での会話だった。

「そうなのよ。全国からひっきりなしに着信があるんで、少し疲れちゃう」

自嘲気味に語るが、鼻先を上に向けて満更でないという表情をしている。

「それはそうと、まずはお線香を上げさせてください」

隣の和室へ移動して、いつものように伯父の遺影に手を合わせる。仏壇は整然と保たれ、名は知らないが、清楚な真っ白い花が供えられている。仏飯器にもツヤツヤとしたご飯が盛られていた。目の不自由な伯母がここまでするのは大変なことだろう。毎度のことながら彼女の伯父に対する変わらない愛情を実感させられる。

だから、いま大丸に燻《くすぶ》りかけている問題について、加代を巻き込んではならないと、自分を戒めていた。矢野からも加代に知らせてはならないときつく指示されている。

洋食レストランの女将にふさわしく、加代は常人をはるかに凌駕《りょうが》する味覚を持ち合わせていた。

大丸の人気メニューも、最終的には彼女の舌に頼って決めたレシピだという。目が見えなくなってからもその能力は健在で、失った視覚を補うべくさらに味覚が研ぎ澄まされた、と伯父が自慢げに語っていたのを思い出す。

「ジロちゃん、今日は何を食べさせてくれるの？」

手探りで仏間の敷居までやって来ると、柱につかまり微笑を浮かべて大二郎に問いかける。

「今日の料理は、出来上がってからのお楽しみです」

大二郎が大丸で働き始めて多忙になって以降は、毎週日曜日の個人的介助はランチをふるまうことが定例になった。ところが、新人コックは腕前が伴わず、加代から修正を指示されることが毎度のようにある。それに従うと料理は段違いに美味しくなると認めざるを得なかった。

だから、本当の意味でどちらが介助されているかわからないというのが実情であった。


大二郎としては満足のいく仕上がりとなったメインメニューと、自家製ドレッシングのホワイトアスパラのサラダ、サツマイモの豆乳スープを伯母の前にサーブする。それぞれの位置関係を時計の針にたとえるクロックポジションで説明しているうちに、その香りから加代は主役となる料理が何であるかを察知したようだ。

「ずいぶんと挑戦的なことをするのね、ジロちゃん」

加代は微苦笑しながら呟く。

「少し思うところがあって、今日はこの料理にしてみました」

悲壮とまでは言わないが、ある程度の決意で臨んだメインディッシュだ。

加代はそのメニューをたっぷりと時間をかけて堪能すると、一緒に供したジャスミン茶をひと口飲んで、感想を述べ始めた。

「サラダは美味しかったわ、キャベツの千切りが繊細で。あなたのこの技術はなかなかのものよ。スープもコクがあって、この時間で仕上げたにしては十分に合格点ね」

「そ、それで、メインはどうですか？」

大二郎は目玉料理の感想を聞くまで気が気ではないのだ。

「はっきり言っていい？　十年早いわ！」

大二郎が〝挑戦〟した料理は、大丸の看板メニューで、常連客の八割強が注文するというカツカレーだったのだ。

「蕨谷くんが知ったら何と言うかしら。あの子たちが一人前にこれを作れるようになるのに、何年かかったと思ってんのよ。ジロちゃんはまだ先が長いんだから、そう焦りなさんなって。いまは基本をコツコツと学ぶのが大切よ」

褒められるとは思っていなかったが、よりによって慰められるとは。

しかし落ち込んでいる時間はない。何しろ蕨谷の動向次第では、自分が大丸の中心となる可能性だってあるわけなのだから。

大二郎はこの「事態」を打開するため、頭の中で今後の対策を練り始めた。

「そんなに考え込まないでよ。言ったでしょ、まだ先は長いって」

黙り込んだ甥の様子から、加代は大二郎の心情を推し量ったようだ。

「あ、そういえば、一昨日《おととい》、お茶の水の病院であの子にあったわよ」

話題を変えて場を和ますつもりなのだろう。それにしても、この伯母にかかれば、ベテランコックから小学生まで皆、「あの子」になってしまう。

「あの子って？」

大二郎は持ち前の細かいことを気にしない性格を発揮して、事態をうっちゃり、伯母の提起した話題に関心を示した。

「卒業コンテストの時にここに来て、前菜の〝サーモンのカルパッチョ〟を担当してた、えーと、そう、小堀くんよ！　大丸のご近所に勤めてるんですって？」

大二郎は調理師学校の学生だった頃から加代の「舌」を度々頼りにしていて、グループでコース料理の優劣を競う「卒業コンテスト」の時も、小堀もメンバーだった同じグループの仲間とこのマンションにやって来ては加代に助言をもらっていたのだ。そのお蔭もあり、卒業コンテストでは優勝を勝ち取ることができた。

「言ってなかったでしたっけ？　でも、よくわかりましたね、小堀って」

矢野と親密になって以来、小堀との関係が少し複雑になっているのが気懸りだ。

「もちろん向こうから声をかけてくれたのよ。それが何だか元気がなくて、塞《ふさ》ぎ込んでるみたいだったのよね」

加代はとても勘のいい人で、漂う雰囲気から相手の気持ちを理解するのを得意としていた。

「何か、仕事のことで悩んでるようだったわよ。調理師として入社したのに、料理そっちのけで店の売上増加のための仕事ばかりさせられるって嘆いてたわ」

ゴミ置き場での会話では聞いたことのない話題だったので、少し意外な気がした。でも、部下思いの矢野の下で働いているのだから心配無用だろうと、すぐに気持ちを切り替えた。

「ところで、話は変わるんですけど」

本日のもう一つの大きなテーマを切り出した。

「伯父さんの事故を担当したのって、麹町南《こうじまちみなみ》警察署の誰でしたっけ？」

自分なりに伯父の事故を振り返ってみようと考えたのだ。その第一歩が事故処理を担当した警察関係者に話を訊くことであった。

「えーとね……そこの箪笥《たんす》の左側の引き出しに、名刺ホルダーがあると思うから探してみてよ。でも、どうして？」

加代の顔色は一気に曇った。やはり事故について思い出したくないのだろう。

「べつに、何となくね」

大二郎は理由をごまかしつつ、引き出しからそれらしい名刺を見つけ出した。

「えーと、渡辺秀武《わたなべひでたけ》さんて人？」

「そうそう。その人よ、渡辺さん！」

渡辺の名刺には、所属は地域課泥酔者保護二係となっている。確かに死亡時の伯父は酔っぱらっていたかもしれないが、捜査課でも生活安全課でもなく、泥酔者保護二係ではあまり期待できないかもしれないと思いながら、名刺の内容をメモした。

8

加代のマンションを退去するとすぐに、麹町南警察署の渡辺に電話を入れた。

「渡辺巡査部長は日曜で休みをいただいております」

極めて事務的な応対。その電話に出た係官に用向きを伝えるのだが、これが埒《らち》が明かない。住所、氏名、生年月日、職業、松田大吉との関係をねちっこく問われ、挙句、渡辺から折り返します、と言って通話を切られてしまった。

気を取り直して東京法務局へ向かうことにする。ネットで検索して、矢野が求めていた登記簿謄本が何であるかを理解したし、どこで入手できるかもわかった。

登記簿とは、会社や土地、建物が誰の所有であるかを記した公的な帳簿のことで、それを取得できるのが東京法務局なのだ。

このお役所は、幸運にも伯母の自宅から目と鼻の先の九段合同庁舎にあった。

勇んで出かけたが、日曜日は全館休館だった。

翌日からは、また早朝に出勤して夜半まで労働に従事する毎日となる。

仕事を抜け出すのは絶対に不可能だ。なので、矢野に求められた書類関係に手を付けることはできないが、その代わり蕨谷のことをたっぷりと観察しようと決意した。

が、甘かった。

常に満席状態の店内を差配しているのがチーフの蕨谷であり、コントロールされている側の大二郎が、責任者が隠している疑惑を見つけ出すなどできるはずがなかったのだ。先輩コックたちが帰宅した後に、各自の個人ロッカーをこっそりと調べてみたが、それらしいものは何も見つからない。こんなところで尻尾をつかまれるようなことはしないのだろう。

せめて現場を自分なりに探ってみようと、伯父の推定死亡時刻である午後十一時に新留橋へ出向いた。人通りはまったくない。神保町もそうなのだが、ここ九段下もオフィス中心の街で夜が早いのだ。

俎橋の方向にコンビニが一軒ある。微妙な角度なので、防犯ビデオの映像は期待薄かもしれないが、ダメ元で問い合わせてみることにした。

Tシャツ姿の若造が夜中にやって来て、八ヶ月前の防犯ビデオの映像を見せてほしいと頼んでも、相手にされるはずがない。下手をすれば不審者として通報される可能性だってある。それで、商品を購入し、それをきっかけに雑談を膨らませて本題になだれ込むという作戦を考えた。

ガムでも買おうと思ったのだが、カウンターの横に、マツヨNV《エヌヴィ》という作家のベストセラー書籍『明快↔くらやみ人生相談』という文庫本が、書棚を占領する勢いで陳列されている。

毎週楽しみにしている深夜の情報番組で、百万部を突破した悩める若者の必読の書、と大絶賛されているのを観て興味を持っていた大二郎は、この本を手にしてレジへ向かった。

「六四八円頂戴しま〜す」

レジを担当している男は、自分と同世代と思われるアルバイトらしき従業員だ。

「それじゃ、これでお願いします」

こんな時のために秘蔵している二千円札を差し出した。

「え〜と、二千円、お預かりします。……久々に見たっすよ、このお札」

雑談モード、突入成功。

「そうでしょ？　でも、偽札じゃないから安心してください」

「ハハハ。心配なんてしてないっすよ」

大二郎は店員の目を見据えた。

「ところで、表に設置されてる防犯ビデオの映像を見せてもらうには、どんな手続きが必要ですかね？」

同世代らしく、微笑して親しげに訊いてみた。

「表の防犯ビデオ？　自分、バイトなんでよくわかんないっす。明日の昼間なら店長がいるんで、出直してもらえないっすか」

いい作戦と思ったのだが、ダメだった。店長が夜勤か日曜日の日勤の時を見計らって出直すしかないだろう。

新留橋へ戻り、欄干に手を添えて日本橋川を見下ろしていると、尻ポケットのスマホが震えた。麹町南署からの着信だった。

「この時間でないと連絡がつかないと聞いてましたので……」

地域課巡査部長の渡辺は、書いてあるものを棒読みするような口調で話し始めた。

「報告書を読み返しましたが、松田大吉さんの転落には事件性はまったく認められませんでした」

泥酔者保護係官は自信たっぷりに断言する。取り付く島がないという態度だ。

反論したい気持ちはあるが、警察への再調査依頼は一旦諦めるしかない。

焦る気持ちが募るばかりで何も着手できないし、果たして何も進展しないまま時間だけが過ぎていく。

その週の木曜日までは、ゴミ置き場で新人コックとも開発部長とも顔を合わすことはなかった。

金曜日の営業終了のタイミングに、小堀が裏路地で待ち構えていた。

「明日のこの時間に、矢野店長がウチの店で打ち合わせしたいと言ってる。その時に印鑑を持ってくるようにだとさ」

学生時代の親友は無表情でそう言うと、すぐにナマステへ戻ってしまった。

この日まで調査結果の報告がなかったことに、矢野がシビレを切らしたということなのだろうか。

9

翌日、小堀から指定された時間に大二郎はライバル店へ出向いた。

先輩たちが出勤して来ない朝イチで、大丸の反省会の現場となる四人掛けテーブルに、ＩＣレコーダーを仕掛けることを忘れなかった。こうなったら盗聴してでも決定的な言質を取ってやろうと思ったのだ。

インド料理店のカウンターには、矢野の他に、見知らぬ男が座っていた。

ブランドものらしいピンストライプの施された濃紺のスーツを着て、ポマードで固めたオールバックの髪型に金縁メガネを掛けている三十代前半に見える小太り。エリート臭をプンプンと撒き散らしている感じがする。

「松田さん、紹介しましょう。こちら、ザンシンホールディング社で顧問弁護士をお願いしてます木皿郁己《きさらいくみ》先生です」

大二郎の来訪を認めると矢野は立ち上がり、ストライプスーツに手の平を向けて男のことを紹介した。続いて木皿もスツールから下りて、大二郎に会釈を寄越した。その後、二人が視線を合わせて肯《うなず》き合ったのを大二郎は目の端で捉えた。

「あの、今日はまず謝らなくちゃならないんです。ごめんなさい！　矢野さんから求められた書類を手に入れられませんでした。それに我ながら情けないんですけど、事件の真相にも全然近づけていません」

大二郎は突然登場した弁護士の存在に戸惑いながらも、腰を折って低頭した。

「そのことだったら、お気になさらずに。松田さんが経営に関した概要をあまりご存知なかったようでしたので、失礼ながら、自ら知識を吸収する行為を促すためにお願いしたに過ぎませんから。事件の真相にしても、素人が一朝一夕《いっちょういっせき》で解明できるものではありませんしね」

つまり勉強しろ、ということだったのか。何だかバカにされたようでもあるし、まんまとハメられた気分でもある。

「どうぞ、こちらへ」

矢野はカウンターからテーブル席に移動するよう皆を促す。その結果、弁護士の隣に大二郎が座り、大二郎の向かいに矢野が腰を下ろすこととなった。二人に挟撃《きょうげき》されているようで圧迫を感じる。

木皿弁護士は涼しげな表情で過不足のまったくない自己紹介を済ませると、大二郎の前に重厚な革製のファイルブックを広げた。左手首からゴールドに輝く腕時計が見え隠れしている。

「こちらをご覧ください。これが松田様が入手できなかった登記簿です。左頁《ページ》が法人の登記簿……」

木皿は予想通り甲高い声だった。矢野が求めていた株式会社キッチン大丸の法人登記簿謄本に始まり、不動産登記簿謄本、財務三表、株主名簿など、新人コックがそれまで目にしたことのない会社の経営に関する書類を取り出しては、その内容を説明する。

大二郎はそれらを理解しようと必死に耳を傾けたのだが、知識の範囲を超えていて、どうしても認識できない。わかったことといえば、キッチン大丸がかなり利益を上げている飲食店だということくらい。日々の疲れも手伝って次第に瞼《まぶた》が重くなってくる。

「ここからが重要ですので、注意してお聞きください」

大二郎の変化を見越したように木皿は声のトーンを上げた。

「何か冷たいものでもお持ちしましょう」

矢野が絶妙なタイミングで席を立ち、カウンターの方へ歩いていく。

大二郎は両頰を叩いて気合を入れ直した。

「まず、何よりも大事なのは、あなたがキッチン大丸を掌握することです」

木皿は相変わらずクールに話を続けるが、大二郎は彼の発言に小さな違和感を覚えた。キッチン大丸を掌握？

「こちらをどうぞ」

その時、トレイを手に戻って来た矢野が、それぞれの前に背の高いタンブラーを配した。

大二郎は喉が渇いていたので、すぐにそのドリンクに口を付けたが、それは非常にアルコール度数の高いスピリッツを少量のソーダで割っただけのもので、ひと口含んだだけなのに顔がカァーッと熱くなった。そのことも手伝って、再び瞼が重力に逆らえなくなってくる。

「矢野部長からお聞きしました、キッチン大丸を取り巻く状況を打開するのに、国で定められた任意後見制度《にんいこうけん》というものがあります」

弁護士の話がモーツァルトの子守歌の旋律《せんりつ》に聞こえてくる。

「ちょっとすいません」

大二郎はそう言うなり席を立ち、カウンターの内側へ向かった。グラスがどこにあるかわからなかったので、蛇口に口を付けて水道水をガブ飲みした。頭を覚醒させるためだ。

「こちらの書類によりますと、お亡くなりになった創業者を引き継いで代表取締役に就任し、全株式を相続されたのは松田加代さんということになっていますね、あなたの伯母様で創業者の奥様の」

弁護士は先ほど広げた登記簿の該当箇所をもう一度指でなぞっている。

水をガブ飲みして席に戻った大二郎は、それまでよりも数段ましに説明に集中できるようにはなった。いっぽう木皿は弁舌さわやかに話を続ける。

「聞くところによりますと、加代さんは目がご不自由でいらっしゃるとか」

弁護士はわざとらしく眉根を寄せて表情を曇らせた。

「そうなんです。こちらの松田さんからもお聞きしてますし、以前からの顔見知りというウチの社員の小堀もそのように申していますす」

木皿の発言に呼応するように矢野がすかさずフォローを入れる。ますます違和感が募るのを認識するが、二人の息が合い過ぎていて大二郎は異論を差し挟むタイミングを見つけられない。

「その上、最近はお可哀想《かわいそう》なことに、ご自宅に引き籠りがちになってらっしゃるというではありませんか」

「あの！」

「冷酷な言い方に聞こえるかもしれませんが、このようなケースでは、年齢に関係なく数年以内に認知症を発症されることが一般的であると、厚生労働白書にも記されています」

木皿は大二郎の言葉を無視して、話を予期しない方向へグイグイと進めていく。

「本件のような場合に効果的なのが、先に触れました任意後見制度なのです。これをご覧ください」

弁護士はファイルブックのページを繰り、法務省が制作した『成年後見制度完全ガイド』という小冊子を大二郎に手渡した。該当するページには付箋がされている。周到過ぎる準備に少し鼻白んだ。

〝任意後見制度とは、成年後見制度の一つで、本人が契約の締結に必要な判断能力を有している間に、将来自己の判断能力が不十分になった時の後見事務の内容と、後見する人を自ら事前の契約によって決め、その行動を監督する後見監督人を選任しておく制度です。〟

黄色いマーカーで囲われた部分を三回繰り返し熟読して、大二郎は制度の概要をようやく理解した。

要するに、伯母が元気でいるうちにその後見人とやらに指名されておけ、ということなのだろう。

で、この弁護士は自分が後見監督人に選任される腹積もりに違いない。後見人と監督人が手を組めば、大抵のことが実行可能となることは容易に想像できる。

このことを理解するのと同時に、大二郎の心の中でぷすぷすと燻っていた違和感が、ついに青白い炎となって発火した。

「ご理解いただけましたか？　それで私を後見人選任に関します代理人としてご委任くださいましたら、滞りなく各所各人との契約代行を遂行いたしますが、いかがでしょうか」

木皿は白い歯を見せて上目使いで大二郎を見つめてくる。

「これはちょっと違うんじゃないですか？　『大丸を真っ当なレストランに！』が合言葉だとおっしゃってましたよね、矢野さん。この先生の話は全然方向が違うと思うんですけど」

大きく息を吸い込んで脳に新鮮な酸素を補給してから、大二郎は矢野の瞳を直視して異論を述べた。

「申し訳ございません。木皿先生、確かにいまのお話は性急過ぎますよ。そうですね、私がいま一度順を追ってご説明いたしましょう」

矢野はテーブルに両手を突いて頭を下げると、身ぶり手ぶりを交えて、大二郎にも理解できるように噛んで含めた説明を始めた。木皿は殊勝《しゅしょう》な表情をして矢野を見つめている。

「『蕨谷氏が黒幕と疑われている事件の真相を解明する』。このことが我々の最終目標であることは間違いありません。そのことにはご納得いただけますよね」

矢野がこめかみに力を込め、まなじりを決して大二郎の眉間《みけん》を見つめながら話してくるので、沸騰しかけていた気持ちが少しクールダウンするのを感じる。隣席では矢野をフォローするように、木皿が大きく頷いている。

「そして現在、キッチン大丸の真の後継者であるはずのあなたは、過重労働でかなり追い込まれた状況に立たされている。これも否定できない事実ですよね?」

矢野の問いかけに、大二郎は思わず頷いてしまった。

「あなたもご納得されたように、最終目標に辿り着くのは簡単な事ではありません。その前に、あなたがキッチン大丸にいられなくなるなんてことになったら、元も子もないではないですか」

矢野は顔の前に突き出した両の拳《こぶし》に力を込めて熱弁する。

「そこで、正統な後継者であることを法的に登録しておきましょう、というのが私がご提案した任意後見制度ということなのです」

木皿がすかさず話を引き継ぐ。

百戦錬磨の二人から、力の限り説得されて大二郎もそれが正しいように思えてきた。

「こちらが、私を代理人として委任する契約書になります」

木皿はいつの間にか取り出した、すでに自らの書名、捺印がされた委任契約書を大二郎の前に提示する。

「ここところに署名と捺印をお願いします。それから、割り印をこちらに」

大二郎は弁護士の指示に従い、ポケットから印鑑を引っ張り出すと、住所と氏名を記すべく、手渡されたモンブランの万年筆を握った。

10

「ちょいとお待ちィィィィィ！」

通用口の扉が開き、ナマステの店内を切り裂くような金切り声が轟《とどろ》いた。

ガツーン！

続いて、堅い物質同士がぶつかり合う音が響く。

驚いた三人が音のした方に目をやると、鬼のような形相をした松田加代が、小堀に手引きされて、こちらににじり寄ってくるところだった。

右手を小堀の左肩に乗せて身体を支え、左手で握る視覚障害者の象徴である白杖《はくじょう》を思いっきり振り下ろしたばかりのようだった。石突《いしづき》がリノリウムの床にめり込んでいる。

加代は、〝元祖・カープ女子〟の本気を表す白いCマークが左胸に刺繍された上下真っ赤なジャージを身に着けていた。

「小堀くんから、話は全部聞かせてもらったよ！　矢野さん！　あんたの目論見《もくろみ》は、ウチの人が生きてる間にキッパリと断ったはずだけどねえ」

大二郎の目の前で、矢野の顔色が見る見ると青ざめていく。

「ジロちゃん、悪いこと言わないから、こっちへいらっしゃい」

加代は顎を引いて大二郎を呼び込んだ。その迫力に気圧《けお》されて、手にしていた万年筆をテーブルに戻し、印鑑をポケットにしまって、大二郎は加代の傍らへと歩み寄った。

「しかし、あんたもしつこい男だねえ。あの土地も店の権利も金輪際売り払うつもりはないからね、あたしは」

加代は白杖を矢野のいる方向へ突き出して、叫ぶように宣言する。

「いや、違うんです。あの土地に、わが社の資本でビルを建築させていただいて、大丸さんには、等価交換《とうかこうかん》方式でご入居いただく計画で……」

矢野はたじろぎながらも加代に向き合い、弁解を弄《ろう》する。

「聞いたろ、ジロちゃん。この男がいま言った計画とやらが、真剣に大丸を切り盛りしている蕨谷くんを悪者に仕立て上げて、知識の乏しいあんたを騙して実行しようとしていた事の真相なんだよ」

加代は鼻に皺を寄せて、甥っ子を諭す。

「目が見えないんだから、適当にごまかして書類にサインさせてしまえば、こっちのもんだとも言ってましたよ」

小堀が決然とした表情で言い添える。

大二郎もここまで聞いて、ようやく自分が利用されようとしていたことに気づいた。しかし、そもそものきっかけは別にあったのだ。

「でも、大丸の良くない噂は三浦屋って業者からも耳にしたんですけど」

大二郎は事の発端を持ち出して、自己弁護を試みる。

「あんたも少しはリサーチってのをしなさい！　三浦屋はザンシングループ傘下の精肉屋だよ！ネットで調べたらそんなもの一目瞭然だ。あの鳩ヶ谷という営業マンは、こちらの矢野部長さんの腰巾着《こしぎんちゃく》みたいな男さ」

加代の口撃《こうげき》が自分に向けられる。あまりの迫力に大二郎は何も抗弁《こうべん》できなくなってしまう。

「しかし、ご自宅に引き籠りがちになられているというのは事実ですよね。そのような場合、年齢に関係なく数年以内に認知症を発症するリスクが高いと厚生労働白書に」

「おだまりなさい！」

加代の一喝《いっかつ》が木皿を沈黙させた。

「あたしはね、目が見えないってだけで、頭も体もこの通りピンピンしてんのさ」

Ｃマークを誇示するように胸を張る。

「しかし、データが……」

どうにか口を開いた木皿だったが、今度は見えない目でひと睨みされて下を向いてしまう。

「私が部屋に長くいるのは、全国から寄せられる相談のスカイプ通話に応答しているからなんだよ！　出版社から口止めされてるから二度は言わないよ！」

加代は見得を切るように、白杖で床を叩いた。

「『明快↑くらやみ人生相談』を著した覆面ベストセラー作家マツヨＮＶとはこの私、まつだかよノンビジュアルのことなのさ」

矢野も木皿もポカンと口を開けて呆然となってしまった。

「もっと言わせてもらうよ！　この間、ザンシン本社の経理部ってところに勤めてるって女子から相談があってね」

加代は顎を少し上に向けて得意げな様子だ。とどめを刺そうとしているのだろう。

「会社の資金繰りが怪しくて、このままでは来月から給料がもらえなくなりそうですってんだよ」

再び矢野に向けて白杖を突き出した。

「で、何とお答えになったんですか？」

蒼白な顔で矢野が尋ねた。

「まだ若いんだから、そんな会社からはさっさとお逃げなさいって言ってやったよ。あんた！」

加代は矢野に向けていた白杖で床を叩く。

「あんたの会社は無茶な拡大をし過ぎたようだね。これ以上無駄な延命策なんぞを考えずに、社会にかける迷惑を最小限にする方法にでも頭を使う時なんじゃないのかい？」

矢野の肩がガクンと落ちたのがわかった。

「さあ、帰るよ！　ジロちゃん、小堀くん」

大二郎と小堀はそれから一晩かけて、日本一の人生相談回答者に、自分たちの抱える不安、悩みの解決策を仰いだ。

大二郎は代表取締役兼大株主から将来を約束されて、仕事に対するわだかまりは跡形もなく消え去った。

内部告発してナマステでは働きにくくなった、というよりも、経営母体が破綻して行き場のない小堀の身分は、キッチン大丸で預かることとなった。

11

翌朝、といっても昼過ぎ、日曜日恒例の個人的介助のおもてなしは、一緒に加代宅に泊めてもらった小堀と二人で担当した。

メニューはもちろん、卒業コンテストで優勝を勝ち取ったスペシャルコースの再現だ。

加代も往時を思い出して、とても喜んでくれた。

過激な出来事があり過ぎて、疲労困憊だからこのまま自宅へ帰るという小堀とは、加代のマンションを出たところで別れた。大二郎は新たな気分でキッチン大丸へ向かった。

置き去りにしたタナキクマル号ともう一つ、重要なものを引き取るためだ。

反省会の現場に仕掛けたＩＣレコーダーである。

最高責任者の加代から将来を保証されたので、大丸に対してのわだかまりはまったくなくなった。だから、盗聴した内容を確認することなく、消去しようと心に決めていた。

反省会が開かれるテーブルの天板の裏側に、ガムテープで貼り付けていたレコーダーを取り出す。

バッテリーの残量を示すランプは、弱々しいながらも緑色に点灯していた。

その消え入りそうな光を眺めていると、自分がいないところで、先輩たちがどんな会話を交わしているのかを知りたい、聞きたい、という好奇心がムクムクと擡《もた》げてくる。

大二郎はゴクリと唾を飲み込んだ。

次の瞬間、右手の人差し指が大二郎の意思を無視するかのように、再生ボタンを押していた。

「ここのところ、大二郎の奴が元気がないようなんですけど」

この声は二番コックの相馬だ。

「あ、それ、おれも気になってたんです。少し厳しくし過ぎたんじゃないですかね？」

これはサードの風間。

「でも、それが親爺《おやじ》さんの方針だからな。最初の一年は徹底的に基礎を仕込むという。おれたちだって同じだっただろ。風間なんか半ベソかきながらキャベツを千切りにしてたじゃないか」

この重々しい声はチーフコックの蕨谷のものだ。親爺さんというのは大吉伯父のことだろう。

「そうですね。すみません、余計なことを言ってしまって」

「それはそうと、新しい店舗は決まりそうなんですか」

蕨谷が昨年いっぱいでこの店を離れて、自分がオーナーとなるキッチン大丸二号店を開店予定だったことを昨晩、加代から聞かされた。

「ああ。文京区の白山《はくさん》に手頃な物件を見つけたよ」

「でも、あの神楽坂《かぐらざか》の店舗は、もったいなかったですよねえ。メインストリートの路面店なんて、滅多に空きは出ないですよ。それに手付金まで支払っちゃったんでしたよね」

神楽坂の路面店といえば、よほど運が向かない限り契約できるものではないことは、大二郎でも知っている常識中の常識だ。

「でも、親爺さんが急に亡くなってしまったんだから仕方ないだろう。この店があってこそのおれたちじゃないか。それに、おれたちのために、のれん分けの資金を親爺さんが貯めてくれていたんだ。その気持ちに少しでも報いなければな」

　つまり、大吉伯父のためにまたとない物件を諦めたということなのか。そのことに気づき、大二郎は胸が熱くなった。

「そうですね。でも、おれが移動できなくなってしまって大丈夫ですか、人材の確保は？」

　どうやら、風間が蕨谷と行動を共にする予定だったようだが、こちらに居残ることになったということなのだろう。

「どうにかするさ。とにかく、最初のうちは一人でやれるところまでやるだけだな」

　これにはきっと小堀が充《あ》てられるはずだ。このことを見越して加代はキッチン大丸で面倒をみると言ったわけかと、改めて彼女の慧眼《けいがん》に感服した。小堀もいつの日かキッチン大丸グループのオーナーの一員として活躍してくれることだろう。

「おれたちもできる限りお手伝いしますから」

「いずれにしても、大二郎に早く一人前になってもらって、この店を継いでもらわんとな。それが、親爺さんに対しておれたちのできる最大の恩返しだからな」

　大二郎は滂沱《ぼうだ》の涙を拭うのも忘れて、ＩＣレコーダーの内容に聞き入った。

　そして、この素晴らしい先輩たちを一瞬たりとはいえ、疑ったり恨んだりした自分を大いに恥じた。

12

大二郎は感動の冷めやらないまま、コスモス通り商店街の側に廻って、キッチン大丸を正面から眺めた。

毎日働いている店なのだが通用口から出入りするばかりで、こちらから目にすることはほとんどなかったのだ。

「本日定休」というプレートが提げられカーテンが下ろされた店頭は、変哲のないごく平凡なものだったけれど、それを見つめていると脳裏にＩＣレコーダーの内容が去来して、大二郎はまた目頭が熱くなってきた。

「あなたが大二郎くんね？」

突然、小紋《こもん》の和服を着た女性から声をかけられた。

「驚いた顔をしちゃって、私のこと聞いてないの？」

自己紹介されて、この人が昨年末まで大丸のホール係をしていた篠原留美《しのはらるみ》さんだということがわかった。コスモス通りを挟んで向かいにある老舗和菓子店・人望亭《じんぼうてい》の若旦那に見初められて結婚退職したと聞かされている。

「やっぱり、鼻すじなんかそっくりねえ、親爺さんに」

留美は大二郎の顔を矯《た》めつ眇《すが》めつ眺めて呟いた。年若い女性から見つめられて、大二郎は面映《おもは》ゆい気持ちになる。

「……あの日の反省会には私も参加してたのよ、じつは」

大二郎を観察して大吉のことがオーバーラップしたのか、留美は唐突に思い出を語り始めた。

「あれは、反省会というよりも打ち上げみたいだったわね、珍しく」

若女将は一転してしんみりとした口調になる。

「どういうことですか？」

「あなたが就職してくれることが正式に決まって、蕨谷さんの独立も目処が立って、カープの優勝も目前に迫って。よほど嬉しかったんでしょうね。あんなにお酒を飲む親爺さんを初めて見たわ、私」

伯父が亡くなる直前の日曜日、大丸で働かせてくださいと、正式に頭を下げたことを思い出した。

「それで、足元が覚束《おぼつか》ないほどフラフラだったので、私と蕨谷さんで日本橋川のところまで送ったんだけど、ここまででいいって言い張ったのよ、頑《かたく》なに……」

留美はその先を言い淀んでしまった。

無理にでも自宅まで送っていればあんな事故はなかったのに、とは思っていても口に出せないだろう。とりわけ、後継者の前では。

大二郎にしても、自分の言動がきっかけの一つとなって事故が誘発されたと知らされて、複雑な心境に襲われた。

生まれて初めて自分の意思で酒を飲みたいと思った。

どこに行っていいかもわからないので、最初はラーメン屋で餃子と一緒に瓶ビールを頼んだ。次にチェーン居酒屋で焼酎カクテルをしこたま飲み、最後は怪しげなスタンドバーでウイスキーをストレートであおった。その間、何度も吐いた。胃の中は無論空っぽだ。

きっとあの日の大吉伯父と同じくらい酔っ払っているのだろうと自覚しつつ、足が向いたのはやはり新留橋だった。時間も午後十一時を少し過ぎた頃だ。

感動だったり後悔だったりが、言ったり来たりしたまま、欄干に手を付いて日本橋川を覗き込むと、川面に野球のボールくらいの大きさの水泡がブクブクといくつも浮かんできた。

ザッパーーーーン！

次の瞬間、一メートルはあろうかという巨大で真っ赤な鯉が水面から飛び上がった。川の上を走る首都高速に、もう少しで届きそうな勢いだ。

主は、上空で尾ヒレを二度ほど力強く左右に振ると、頭を下へ向けて川の中へ飛び込んでいった。

大二郎は、伯父から伝え聞いたことがあるとはいえ、想像を超える巨大さと神々しさに驚愕し、腰を抜かしてへたり込んでしまった。

どれくらいの時間が経過したのだろう。

もう一度橋の下を覗き込んだのだが、川面は何事もなかったように平静を取り戻している。

大二郎の気持ちも不思議と清々しさで満ちていた。

ふと見ると、橋脚《きょうきゃく》の先端に、薄桃色で半透明のハートの形をした物体が、首都高速から漏れてくる高圧ナトリウム灯の光を受けて輝いていた。

これは伯父に見せてもらったあの鱗だ。

危険だが手を伸ばせば届かない距離ではない。

大二郎は欄干に身を預けて乗り出そうとして、衝撃の事実に気づいた。

伯父も同じような姿勢で鱗に手を伸ばしてバランスを失い、その結果、川に転落したのではないかと。そうだとするならば無論事件性はないし、ましてや犯人などいるはずもない。

そうしているうちに鱗は風に煽《あお》られて川の中へ沈んでいった。

しかし大二郎はそれをまったく惜しいと思わなかった。

神頼みなどしなくても、広島カープは田中、菊池、丸のタナキクマル同級生トリオの活躍で今年も優勝は間違いないだろうし、あの素晴らしい仲間たちがいれば、キッチン大丸の繁栄はこれからもずっと続くだろうことを確信しているから。


（執筆協力／鈴木大輔さん＆美月恵美さんご夫妻、高橋利恵子さん）

プリズンキャンプのバッファロー

川辺《かわべ》 純可《すみか》

アレもコレも

今回、夢のようなお話をいただき、久々に本棚から『三毛猫ホームズの推理』を引っ張り出した。楽しい、懐かしい……そして喜ぶこと、驚くこと。

ラブシーンにどっきりし、密室トリックに感激した、遠く青い春の日を鮮明に思い出す。

あの頃、クラスに三毛猫ホームズを知らない子はいなかった。

息もつかせぬ展開、軽快な会話の妙、大胆なトリック、かいま見る大人の世界。つらく重いエピソードもあったが、それが人間、それが人生だと、毎度、やんわり教えていただいた。

まがいなりにもミステリを書くようになって思い知るのは「読者をわくわくさせ、楽しませること」がどれほど大変かということ。そして、「エンターテイメントで社会の暗部を描くこと」が思う以上の苦行だということ。それを読者思いの読みやすさで成し遂げる仁慈に至っては……なんかもう、神業としか思えないのである。

ジョンが出てくるアレ。

ドイツの古城でのアレやアレ。

大富豪のロミオとジュリエット的なアレ。

宝くじに当たったアレ。

ホームズがいなくなるアレ。

はる、なつ、あき、ふゆ。

ホームズとルパン……あ、コレはご本家と同じく、ルパン側（辻真先先生）だったワン。

アレもコレもドレもソレも……謎、また謎。泣き笑いしたあとの切なさと爽やかな余韻が、ホームズの気高さ、かわいらしさとともに、にゃんともかんとも心に残る。

きっとね、三毛猫ホームズは、多くの人を猫好き、そして本好きにした、ある意味、歴史の一ページだと思うの。

そしてその歴史はずっと続いてる。これも、本当にすごいことだと思うのよ。

わたくしごと。

島田荘司選・ばらのまち福山ミステリー文学新人賞・第六回優秀作。

『焼け跡のユディトへ』（原書房）の呉から、さかのぼること十年。

ディック（リチャード・マクドウェル）若き日の舞台は、戦時下のアメリカ中部、架空の日系人収容所（戦時転住センター）、ザナトン・マウンテンである。

ヒロとディックに関してはまだいくつかエピソードを残しており、今しばらくつきあっていけたらなあ、と考えている。

※アメリカ大陸の少数民族については種々の見解があるが、背景その他を考慮し、あえてその時代の呼称を使用した。

細長いバラックの屋根が、黒く延々と並んでいた。

朝焼けが稜線を染め、登校する集団に監視塔の長い影を落としている。夏も間近というのに頂には雪が残ったまま、山は大地を囲み、遙か遠くなだらかに連なっている。

ばう、ばう、ばう。

大型の牧羊犬が、人波に飛び込んできた。人気者の犬、名前はアルフィー大佐。

「アルフィー、ヒア、ボーイ」

あちこちから声がかかるが、犬は目もくれず、砂を蹴って一目散に駆け抜けてゆく。

「ガイコツ《スカル》……?」

一人の少年が声を上げた。黒い頭の波が乱れ、戻ってきた犬を一斉に振り返る。

大型犬がくわえているのは変色した頭の骨だ。少年の前に転がし、またすぐに新たな獲物を求めて走り去っていく。

「ええー《オー》っ、なんなの《マイグッネス》?」

夏服の少女たちが抱き合いながら地団駄を踏み、キャンプの中央、はためく星条旗を指さした。

正確には旗を立てた高いポール。その下に山盛りに積まれ、思い思いの方向を向いているのは、犬が持ってきたのと同じ大きなしゃれこうべたち。

ばう、ばう。得意げに走り回るアルフィー大佐が、勢い余って旗のポールに突き当たった。

しゃれこうべの山が崩れ、弧を描いて四方八方に転がってゆく。

うわああ。

やっと——我に返った学生たちが、あちこちで叫び声を上げ始めた。

ドストエフスキーは言ったらしい。幸福な人間は善良である、と。

「当然さ。不幸の根を捜す理由がないからね」

ディックことリチャード・マクドウェルは、青い目を翳らせ、ジャップス（日本人の蔑称）とナチスの文字が並ぶ朝刊をデスクに放り投げた。

有刺鉄線に囲まれただだっ広いこの場所は、ザナトン・マウンテン戦時転住センター《リロケーションセンター》——いわゆる日系人強制収容所。そして同じスタンフォードで、こいつより確実に1・0は成績評価が上だった僕、ヒロ・中原《なかはら》は、外出パスなしでは町にも出られぬ囚われ人《プリズナー》だ。

——ジャップが満州に侵攻した。ジャップが仏印に進駐した。ジャップはナチスと同盟を結んだ。

連日新聞に踊る記事のせいで、日系人への風当たりは開戦前からそうとう強くなっていた。そして悪い空気が僕ら学生にも届き始めた頃、アジア侵攻に邁進する日本は、宣戦布告もなくいきなりハワイを爆撃した。一九四一年十二月、真珠湾攻撃である。

小麦や燃料を売らなくなったアメリカに腹を立てたというが、実際のところはわからない。ただ、知らせを聞いた全米中の日系人は、皆、一瞬にして凍りついた。

ここぞとばかりに矛先を向けてきたのは、ある種の新聞、雑誌、農業漁業従事者を中心とする排日派だった。技術と発想力を持ち、労も惜しまぬ日系人には成功者が多く、常日頃から目の上のこぶ、目障りな存在だったのである。

排日派はばかげた、多分に悪意ある噂――戦死した日本兵がマッキンレー高校の指輪をはめていただの、日系人のサトウキビ畑が真珠湾を目指す矢印形に刈り取られていただの――を次々と流し始めた。そして、それらを否定するＦＢＩ長官の発言もどこへやら、「次の標的は西海岸だ。西海岸のジャップは八割がスパイだ」と、あちらこちらで騒ぎ立てた。

そこで、ルーズベルト大統領は――ここもよくわからないところだが、日系人を排日派の迫害から守るため、軍事ゾーン（西海岸沿岸とアリゾナ南部）に住む対象者すべてを、強制的に「疎開《そかい》」させることに決めた。つまるところ、僕ら十二万人の日系人は、軍事上必要な手段として、住み慣れた土地を追われ、砂漠や湿地に急ごしらえした十の収容所に閉じ込められたのである。

「しかし……どこにいるんだ、所長は。この忙しいときに」

カーキの軍服を着たディックが、下っ端のＧＩ（兵士）とは思えない口ぶりで言った。

「何がそんなに忙しいんだよ」

「ＷＲＡ（戦時転住局）本部から、質問書の諮問が届いたのさ。あれで一応、有識者だからね」

有識者？　所長がか？　新聞をたたみ直しながら僕は苦笑する。

臨時集合所《アッセンブリーセンター》として発足したのが三ヶ月前――先月、キャンプは転住センターに格上げされた。そして真面目なウイルソン所長補佐が本部に戻ったとたん、目に見えて何もかもがルーズになった。

所長といえば、人はいいが根っからのなまけもので、昼頃やっと現れては朝刊を読み、無駄ばなしに明け暮れ、四時になればさっさと帰宅。おかげで雑用兼、通訳補助として雇われた僕の仕事は、すっぽかしにあった管理局職員の相手ばかりだ。

「質問書って、何の？」

「ああ、それぞれ個人の希望とか、そういうことだろう」

はぐらかしたな、と僕は思った。だいたい、今頃になって「質問書」なんてありえない。尋ねたいことがあるのなら、こんなところに閉じ込める前に聞くべきじゃないか。

確かに——日系人にはいろんな立場の者がいる。父さん世代、出稼ぎに来て、いまだ故郷に錦を飾るつもりの日系一世。僕ら、生まれたときからアメリカ人の二世。そして二世ではあるが一度日本で暮らし、またアメリカに戻ってきた帰米《きべい》。

帰米は、僕なんかよりずっと日本語がうまいし、ジャパニーズ文化にも明るい。僕が彼らを差し置いて通訳補助に選ばれたのは、親日派を遠ざけたい管理局の、いわば作為的な過失ともいえる。とはいえ、たいした仕事もせず、月十九ドルもらう僕の立場はややこしかった。もしここが日の丸を掲げて騒ぐような親日派のキャンプなら、「裏切り者」だの「犬」だの言われて、とっくに角材で殴られているだろう。

「ん？　帰ってきたみたいだ」

耳のよいディックが待ちかねたようにドアを開けると、廊下には所長と菜っ葉服を着た学生がいて、驚いた顔で僕らを見上げた。

アーノルド所長。小柄な体に、酔っ払いのような赤ら顔と膨らんだ鷲鼻、しゃべり方もいかにも呑んだくれた風で、所長らしいところといえば、アーミーグリーンの軍服と肩章。あとは、まわりのGIより年をとっていることくらいである。

「ああ、マクドウェル、来ていたのか」

所長は、悪戯でも見つけられた子どものように首を縮めた。

「将校を追い返すのに手間取っておったのだ。難儀な噂が本部に伝わると面倒だからな」

難儀な噂？　何かあったのか、と首をひねる僕に、

「ああ、しゃれこうべが山盛り……」所長は虫歯のようにシー、と歯がみして、

「夜中に降って湧いたのだよ。インディアンの呪いに違いない、と皆が騒いでおってな」

しゃれこうべ？　そんなものが現れるなんて大事件じゃないか……仰天する僕とは対照的に、すでに事件を知っていたらしいディックが冷ややかに問い返す。

「インディアン？　鉄条網を越えて、入ってきたとでも言うのですか？」

「そこまで具体的に考えているわけではなく……なんとなく、イメージだな」

「イメージで無責任な発言をしないでください。もっとご自分の立場を自覚なさってはどうです」

「あ、あ、所長？」会話に置いていかれて、僕は慌てた。

「……今、し、しゃれこうべ、山盛り……って言いましたか？　言いましたよね？」

本物の骸骨なんて、生まれてこのかた見たこともない。そんなもの……いったい、どこに現れたというんだ。

落ち着け《カーム・ダウン》ナカハラ、所長が手を振った。

「古いものなのだ。歌ったり、光ったり、踊ったりしているわけじゃない。安心しなさい」

安心などできるものか、古い骸骨？　大量虐殺じゃないか……そうか、それでインディアンの呪いとか、そういう話になっているのか……何が、いつ、どうして、どうなったんだよ。

「あの……僕は、これで」

すっかり逃げ出すタイミングを失った学生が、虫の羽音のような声で言い、所長は待て待て、と、ポケットから一握りのチョコレートを取り出した。僕もたまにもらうハーシーズだが、暑さのせいか所長の体温のせいか、いつも柔らかくて気持ちが悪い。

「彼は……？」ディックが無遠慮な視線を向けると、

「いや、今そこで会っただけだが……誰だったかな」

部屋の前まで来てもまだ、その辺の学生を捕まえて立ち話。ものぐさに呆れて、僕は一瞬、しゃれこうべのことを忘れた。汚れた髪を束ねた少年は、困ったように瞬きを繰り返す。

「そうだ、思い出したぞ。君は母親がエスキモーだった。ええと、名前は……おう、ヒロだ」

キャンプの収容者は一万人。奇跡的に思い出してもらえた少年は、満面の笑みを浮かべ、大きくうなずいてみせる。

「え？　僕と同じ名前だ」急に親近感が湧いた。

「お、そうか。ナカハラ、君もヒロだったのか。よかった、よかった、二人とも頑張れ」

何が良いのか。所長はなれなれしく、僕らの肩を両腕で抱え込んで叱咤激励した。学生の顔が近づいて、長い睫毛が目の前で揺れる。ぺったんこの身体。サイズの合わない大きなズボンをベルトでやっとこさ止めているが、浅黒い肌はすべやかで、案外可愛らしい顔をしている。

エスキモーか……。

砂漠の夏は暑いし、地面は焼ける。寒冷地育ちの母親は、きっとこの先、僕ら以上に大変だろう。WRAは、アメリカ国籍のない一世はもちろん、日本人の血が十六分の一以上混ざった二世、三世たちまで、こうして根こそぎかき集めたのだ。

「ありがとうございます。それじゃ……」

ヒロはキスチョコをポケットにねじ込むと、お辞儀をして階段に消えた。所長は、窓からバラックが並ぶ砂地を見下ろし、おっ、と声を上げる。そして急にそわそわと体を揺らして、

「お、おい、ヒロとやら。話は終わってないぞ」

と、僕らに背を向け、後を追って走り去った。外を見ると案の定、大柄な男が三人、薄紫の凌霄花《ジャカランダ》の下を直角に曲がり、土埃を巻き上げながらこちらに向かってくる。

――参事会だ。それで逃げたのか。

管理局エリアと、日系人が収容された三万エーカー（およそ四千万坪）の土地の間には、鉄の網で区切られた門があり、僕ら管理局の雑用や、病院の職員、白人居住地のお手伝いさん《ハウスガール》など、通行証明書を持つ人間だけが通ることを許される。が、所長室だけは、所長が勝手にハイスクールの二階に移し、学生を含め、誰でも自由に出入りできるようになっていた。門戸を開く、といえば聞こえはよいが、要は、管理局にサボりを見咎められないためだ。それでも、自負心の塊のような役員たちが揃って訪ねてきたのに、見るなり逃げ出すなんて、あまりに不料簡な話だ。

木の香に混ざって、豆を煮るケチャップの匂いが流れ込む。二人だけになったのを見計らい、僕は恐る恐る話を戻した。

「しかし……しゃれこうべが山盛りって。おまえ、見たのか？」

ああ、大騒ぎだったからね、とディックも苦虫をかみつぶしたように、

「日本の……棒を倒さぬよう砂山をすくい取るゲーム。まさに、ああいう感じだな。あたかも星条旗を支えるごとく、ポールの下に二十一個、円錐状に積み上げてあったのだ」

「二十一個……円錐状？」想像も及ばない。が、ディックは、僕が驚く理由にやっと気づいたように、ああ……違う、違う、と、両手を上げた。

「人の、じゃないんだ。バイソンだ」

バイソン？　バッファローのことか。子どもの頃、サンフランシスコの遊園地で見た、毛がぼさぼさで頭でっかちの牛。

なあんだ、そうだったのか。と安堵する端から、またふいに奇妙な不安が頭をもたげた。

しかし……バッファローだとしても。

そんなもの、いったいどこから現れたのか。そして誰が、これ見よがしに積み上げてみせたんだ。

数分後、参事会役員たちは、主《ぬし》のいない所長室へと辿り着いた。議長と助役のうち二人、いつも舞台の上にいる人たちを間近で見ると、さすがに迫力がある。

「所長ハ、管理局デ仕事デス。マダ、帰ッテイマセン」しどろもどろに僕が言うと、

「君がヒロ・中原か。無理をしないで。英語でＯＫだ。私たちもその方がやりやすい」

背広を着て、どこまでもきちんとした議長の日樫《ひがし》さんが笑う。そしてちらとディックを見やった。

「私はリチャード・マクドウェル技能兵です。代理で話を聞くよう、アーノルド所長に命じられております」そう言って、三人に長椅子を勧める。

おい。いつ、そんなこと言われたんだよ。堂に入ったほら吹きぶりには驚くが、今に始まったことでもないので、僕もなんとか顔に出さずやり過ごした。

そもそも自治会には、話し合いで選ばれた一世のブロックリーダーと、議会の参事員がいて、ま

ったく別個に活動していた。世話人であるブロックリーダーに比べ、参事員はきまりを作ったり、行政機関の運営、管理局との交渉事など、さまざまな仕事に携わる自治の要《かなめ》。二世の中では年齢も高めで、自警団の責任者も兼任している。他にも野球チームを作ったり、演説したり、相撲の土俵を仕立てたり、ステージでラッパを吹いたりする――いわゆる目立つ人たちなのだ。

「皆さんも犯人はインディアン、と考えていますか」

前置きもなく、ディックが言い、僕は注いでいた珈琲をこぼしそうになった。

ザナトン・マウンテン収容所は州のはずれ、小さなインディアン指定居住区の傍にある――とはいえ、実際彼らが住むのは山の麓で、ここからゆうに五マイル（およそ八キロ）は離れていた。僕も一度だけ彼らの馬車を見たが、赤い織布で飾り立てられていなかったし、ワシの羽を付けた裸の御者が手綱をとってもいない。旧型で、がっかりするほど普通。どうやらあちらも急にできた巨大なキャンプの様子を窺っていたらしく、子どもたちが鉄条網越しに騒ぎ始めると、あっという間に姿を消した。ちょうど診療所の前に映画館ができたばかりで、ジョン・ウエインの『駅馬車』がかかっていた頃だ。

「犯人？　そんな物騒な話かい？」日樫さんが泰然と答え、ディックは眉をぴくりと上げた。

さすが議長、一筋縄ではいかない剛の人である。

「バッファローといえば、まず思い浮かぶのはインディアンだからね。しゃれこうべについて、めぼしい情報でももらえるのではないか、そのくらいのことは考えたがね」

日樫さんは、長年所属していた陸軍《アーミー》をこの度の収容で除隊になったと聞いた。元軍人なだけに体は大きいが、今日のように眼鏡をかけていると、医者か大学教授に見える。穏やかで無表情なぶん、何を考えているかよくわからない。

「彼らは、インディアンの中でも非好戦的な種族なんだろう。だから甘んじて移住を受け入れた」

僕らと同じように？　そう思うと気持ちが淀んだ。これからどうなるのか、いつ元の生活に戻れるのか……腹に溜まって何をしていても離れない不安が、つい、僕の口をついて出る。

「あの人たちは……いつ頃から、あそこにいるんですか」

「百年ぐらい、前だ」

そんなに長く、閉じ込められているのか。

「やつらはバッファローを絶やさないよう、大事に狩ってきた。白人はそれを皆殺しにしたんだ」

助役の中で一番若い仁志《にし》さんが、あざ笑うように言った。体はもちろん目も鼻も口も大きく、さらに声まで大きいのでどこにいても目をひく人だ。サンホアキンで手広く農業をやっていたらしく、開拓技術を生かし、こんな砂漠でも畑を作っている。開設後、すぐ管理局に提案して開いた、大規模ポテト農場のチーフでもあった。

「踊るために集まっただけで殺されたインディアンもいる。恨まれても仕方ないんじゃないか」

その話なら僕も知っている。幽霊踊りをすればバッファローが生き返る。そう信じて集まったインディアンが次々に銃殺された、ウーンディット・ニーの事件。

「恨むなら、あなただってそうでしょう」

ディックはとぼけたようにあっさりと、

「父上が沼地を開墾し、あなたがそれをぶどうや花畑に変え、規模を広げた矢先の転住でしたよね。農地も農機具も機械も、捨て値同然で売り払ったと聞きましたが？」

おい、それをおまえが言うのか……僕は慌てた。徹底した個人主義者なのか、こいつは時々、変なふうに回路が切り替わる。

しかし、仁志さんは睨みつけただけで、挑発には乗らなかった。本当に怒ると、人は何も言えなくなるんだな、と僕は思った。転住までの猶予はたったの一週間。手塩にかけた肥沃な農地を、あらぬ噂を流した張本人たちに安く買い叩かれ、どんなに無念だっただろう。

「では、彼らはどうやって、バッファローのしゃれこうべをここに運び込んだのでしょう」

それでもまだ、ディックは平然と尋ねた。調子が狂ったのか、仁志さんは諦めたように薄笑いを浮かべる。

「だから……一度、キャンプ内とまわりの鉄条網をみんなで調べよう、と言ってるんだ。どこか抜け穴があるかもしれないだろ」

「自分たちを閉じ込める檻を、自身で点検修理するわけか。便利な家畜だな、まったく」

痩せぎすで色白、一番おとなしそうに見えた喜多《きた》さんが、そう言って口を歪めた。

この人は銀行家から日本語新聞の記者になった人で、いわゆる役員の中では唯一、帰米の親日派である。キャンプ内で不定期の新聞を発行しているが、呑気な所長に毒気を抜かれたのか、今一つぱっとしない。最初こそ、日本軍の戦勝を伝えたザナトン・タイムスは、今や郵便での買い物や冠婚葬祭記事ばかりの穏やかな新聞になり、喜多さん本人も、経理の専門家として行政に関わる時間の方が増えているという。

「なんだと。もう一回言ってみろ」

今度は、仁志さんも気色ばんだ。一触即発、二人はぐっと顔を近づけ、数秒間睨み合う。

——何しに来たんだよ。

僕は自分のカップを持ち、壁に寄りかかって後ろを向いた。キャンプ全体が揺れてはいるが、これといって被害もない妙な事件。参事会もどう扱うべきか、決めあぐねているのだろう。しかし、仮にも会を代表する人たちなのだから、事前に話し合って意見をまとめておくべきだ。

「とりあえず……」

仁志さんのジーパンと、喜多さんのアームバンドをつかんで引き離し、日樫さんが言った。

「参事会では、キャンプ内を見回り、状況を調査する。しかし、あくまで収容者の安全確認が目的だから、管理局に結果報告をする義務などはない。そのことはあらかじめ了承してほしい」

「問題ありません」何の決定権もないディックが、きっぱりとうなずく。

「それと、管理局はインディアン指定居住区に行き、今回の件について聞き取り調査をしてほしい。そのとき一名でいいから、参事員を同行させてくれ」

「ほう……どなたを？」虫のいい要求にも、ディックは面白そうに尋ねただけだった。

「それはこれから……決める」

だから、ちゃんと話し合ってから来い、ってば。

やがて三人は微妙な距離感を保ったまま、所長室を後にした。僕はがっかりして、収容者一万人の頂点を見送る。来たときの貫禄が、確実に三割がた減った気がした。

「バッファローって美味いのかな」

遠く、赤い岩肌が囲む平原《ブレイン》。僕は大きな牛が群れをなして駆けるさまを思い浮かべた。

しかし見えるのは乾燥した大地だけ。その一部が、運河から水を引き、柔らかく耕されているポテト畑である。約五千エーカー（およそ七百三十坪）もの土地に今、何も植わっていないのは、収穫を終えて根を掘り起こし、コーン栽培まで寝かせてあるからだ。結局、例のしゃれこうべはここに運ばれ、すべて肥料として埋められたらしい。

「どうだろう、大きいからな。平均して、体長は十フィート（およそ三百五センチ）、体重は千ポンド（およそ四百五十四キロ）。その巨体で角を突き出し、どかどか走るんだそうだ」

赤土、岩、時々サボテン、そしてまた赤土。代わり映えのしない景色を撮ろうと、ディックは何度もカメラを構えたり、降ろしたりする。が、フィルムをけちっているのか、キャンプの外に出てまだ一度もシャッターを切ってはいない。

「しかし、参事員が誰も来ないのに、僕らだけで行く必要なんてあるのか」僕はぼやいた。

まさか、直前ですっぽかすなんて……。朝、助役の一人、三波《みなみ》さんが息せき切ってやってきて、議長の日樫さんに急な用ができ、同行できなくなった、と告げたのである。

「喜多さんと仁志さんは？　まあ、面倒くさい感じだったし、無理にとは言いませんけど」

愛想のよい相手だったので、僕はつい本音を口にした。

「喜多さんはベビーが生まれそうなんですよ。仁志さんは農作業で腰を痛めちゃって……いや、思ったことをすぐ口にはしますが、二人とも悪い人じゃないんです」

三波さんは眉を下げ、仁志さんがいかに愛情を込めて、一つひとつの花や作物を育てているか、喜多さんが年寄や寡婦、社会的な弱者にどれほど親切か、事細かに語ろうとした。

「そうですか、わかりました。この件についてては管理局におまかせください」

ディックは露骨に話を打ち切った。そしてこれで行かずに済むと安堵した僕を、慌ただしくジープへと追い立てたのだった。

「勝手に行って平気なのか。インディアンに捕まったって、誰も気づいてくれないぞ」

ラジオドラマのインディアンは、その名もトント。「白人嘘つき、インディアン嘘つかない」と口癖のように言うが、主人公をキモサベ（相棒）と呼ぶ、気のいいやつだ。だが、彼以外のインディアンはたいてい凶暴で、トキの声を上げながら馬車にびゅんびゅん矢を放つ。

「君もかなりラジオや映画に毒されているね」ディックは肩をすくめた。

「それに勝手に行くんじゃない。所長も了承済みだ。だから車を出してくれたのだ」

　運転手の元ＭＰ（憲兵）、スミス二等兵がミラー越しにうなずき、僕は少し安堵した。何も知らないと思ったのか、ディックはえらそうに講釈を始める。こういうときいつも驚かされるのは、細かい数や名称まで、すらすら淀みなく出てくることだ。

　二年前（一九四〇年）の調査によると、現在、合衆国にはおよそ三十三万四千人のインディアンが住んでいる。ジュエリー作りで有名なナバホ族だけでも十四万人、日系人とほぼ同じくらいだ。

　そもそもインディアンという呼び名じたい、発見したコロンブスが新大陸ではなくインド諸島だと思った「勘違い」からきている。インドに住んでいるからインディアン……間違いだとわかった時点ですぐ改めるべきだったが、今さら訂正しようにも、世界中に広まってもう手遅れだ。

　やがて「発見者」である白人たちは、そこに自分たちの国そっくりの町を作り、文化や宗教をそのまま移植した。じゃまな先住民たちを殺したり、荒れ地に追いやったり、しもべとして文化的に「教育」しようとしたのだ。

「発見と言うが、そもそも彼らが住んでいた土地だからね。我らこそが移民なのだ」

そう言って無神経に手を叩くが、さすがに僕は笑えなかった。

先住の種族たちにとって、大地は個々で所有するものではなく、感謝とともに恵みを分け合う命の源だった。衣食住の糧は主にバッファローで、その肉を食し、丈夫な毛皮をまとい、骨や内臓は加工して道具にし、糞《ふん》まで燃料にした。数千年以上もの間、狩り過ぎないように気をつけ、大切に共存してきたのである。

「捨てる部位などなかったようだね。ああ、日本人も鯨《くじら》を食い、髭まで侍《サムライ》の衣に使うのだろう」

そうなのか？　いや、鯨って食えるのか。鯨のどこに髭なんてあるんだろう。

が――人間にも動物にも、白人たちは容赦なかった。入植を始めてほんの数十年で、彼らは何百万といたバッファローを絶滅させてしまったのだ。

「絶滅って、いなくなったのか？　じゃあ……しゃれこうべは？　どこにあったんだ？」

「儀式に使うからね、剝製くらいはあるかもしれないが、普通に考えて、インディアンだってあれほどの数、保存してはいないだろう」

「ああ、今はどうだかわかりませんが、確か以前、村の入口に一つだけ、バッファローの剝製が飾ってありましたよ」

ハンドルを切って岩を避けながら、スミス元MPが話に割り込んできた。

「スミスさん、行ったことあるんですか？」驚いて尋ねると、

「はい、ここに来てすぐ、所長が酋長を訪ねたんです。話が弾んで、ずいぶん待たされましたよ」

無駄ばなしをするためなら、どこにだって行くんだな。僕はため息をついた。

「通訳を連れて行ったんですか？」

「いえ、たまたま英語を話せる者がいましたが、今日はどうでしょうか……」

「ああ、通訳は必要ありません」ディックの言葉に、スミスが驚いて、

「すごい……マクドウェルさん、インディアンの言葉も話せるんですか」

聞くところによると、こいつの記憶力と音感は異常で、未知の外国語——たとえばスワヒリ語などの歌も、一度聞けば覚えてしまうらしい。語学の習得がその延長なら九官鳥と変わりないが、日本語だって日系人より流暢、言語学者でもあるまいしいったい何ヶ国語を話せるのか。そのうち、動物や鳥とも話せるようになるのでは……そう考えると、かなり不気味な男である。

「大学で助手をしていた人のお母さんが、セミノール族でね。彼から少し習ったんですよ」

そんな人がいたか？　首を傾げると、オニールさんだよ、と僕も知っている名前を挙げて、

「本名はティモシーでなく、一族の英雄からもらったティカムセだったんだ。学生時代、ボストンにいて、近くの公園でインディアンショーのパートタイムジョブをしていたらしい。羽根飾りを付け、奇声を発して踊る。凝り性のうえ、エンターテイメントの才がある人だろう？　自分でトウテムポールを彫り、都会人のイメージどおりの完璧なインディアンを演じていたそうだ」

そこまでするのもどうだろう。僕は首をひねった。実際のところ、インディアンが今、どんな暮らしをしているのかも気にかかる。

「ああ、主従というものがないらしい。酋長は人格的に優れていても独裁者ではなく、細かい取り決めは話し合いで決められるというね。法は人の作るものではない。自然や大地を基準にして、大いなる意志に従うのだ」

法ではなく、自然が裁く。正直、僕にはぴんと来なかった。むしろ自然を破壊し、逆らうばかりの僕たちも、白人と同じく大地にとって悪であることが怖かった。大いなる自然が僕たちを見かぎる日が来ても、彼らだけは箱船、いや翼のあるバッファローの群れに助けられるのか。今やすっかり白人と同化した、英雄と同じ名前のオニールさんはどうなるのだ。

村が近づくにつれて、気持ちが少しずつ波立っていく。つい興味本位に、こんなところまで来たことを僕は少し後悔していた。

キャンプとは違い、そこは木札も鉄条網もない、ごく普通の村だった。まことしやかにディックが語ったティッピー（材木をてっぺんで結わえた家）や、かみなり鳥を載せて天に昇るトウテムポールや、チッキー（木の皮でふいた小屋）などありもしない。スミスが見たというバッファローの剝製すら、どこにも見当たらなかった。

建ち並んでいるのは、ベランダで安楽椅子が揺れる田舎作りの家屋ばかり。唯一、インディアンらしいものといえば、デッキに干してある鮮やかな色合いのブランケットくらいだ。

「珍しいものなどないよ」

英国風の発音に振り向くと、ブルーサテンのブラウスと襞スカートを身に着けた娘が、つんとすまして立っていた。手には、つい今しがたまで編んでいたらしい、棒針が何本も刺さったセエタアをぶら下げている。茶系の地に、クリスマスのような赤と緑の凝った柄だ。

が、僕が驚いたのは、彼女よりディックの方だった。いきなり大げさな身振り手振りをしながら、不明瞭な発音でけたたましく叫ぶ。

「……悪いけど」娘は不快そうに眉をひそめ、ぶっきらぼうに言った。

「何を言っているのか、まったくわからない」

「ディック、彼女、英語で話してるから」僕は小声で耳打ちする。

娘はまっすぐな黒髪を額の真ん中から分け、ゆったり背中に垂らしていた。見ると、耳に付けた涙型の飾りは青いトルコ石の銀細工で、フリンジのついたモカシン（浅靴）と、日焼けした彫りの深い顔から、かろうじてインディアンの女だとわかるくらいだ。

「ああ、失礼、私たちは去年できたキャンプの者です。あなたは？」

ディックは僕ら二人の名前を告げ、酋長に会いたいと告げた。

「私はセコイア。酋長なんていません。世話役なら、うちの祖父ですけれど」

「セコイア？　英語はどちらで？」ディックが尋ねた。

「村の子はみんな、カソリックの寄宿学校へ行くんです……祖父ならこちら」

セコイアの後を追う僕らを、子どもの手を引いた中年の女や、着ぶくれた老婆たち、馬をつなぐ男たちが胡散臭げに眺めている。髪を編んで戦士ふうな容貌の男も服装は英国紳士。行ったことはないが、ヨーロッパの田舎町というのはこういう雰囲気かもしれない、となんとなく思う。

手作りの籠が並ぶデッキに上がり、セコイアは軋むドアを開けた。そして部屋の奥に向かって声をかける。ディックが話したものと明らかに違う、美しい響きの、聞いたことのない言葉だった。

「病気だから、短めにね」

言われるまま、僕らは薄暗い部屋に入った。天井からは、ワシの羽根で囲った蜘蛛の巣のような飾りが大中小に別れ、いくつもぶら下がっている。ドアを閉めると、それらは乾いた音を立てて揺れ、いちどきに裏返った。

　部屋の奥には小柄な老人が、大きなケットにくるまって座っている。傍らのバーボングラスには香りのよいジャスミンが挿され、風が止んでもなお、白い花びらを小さく震わせていた。

　ディックが老人に向かって声高に話しかけると、セコイアが舌打ちをして、

「だから、通じない、って言ってるでしょ……私たちは語族ごとに二千以上の言葉があるの。頼むから、普通に英語で話してくれない？」

「しかし、これはオジブワ族のお守り……彼らはアルゴンキン語族です」

　天井から下がった蜘蛛の巣飾りを指さし、決めつけるようにディックは言った。

「そう」セコイアは少し表情を緩めて、

「これは、子どもが生まれたお祝いの飾り。あなた方だって、香包《シャンパオ》や龍馬精神をお守りにするでしょ。私たちが他の種族のお守りを作って売ってはいけませんか？」

　これ、売り物なのか……よくわからない龍馬精神とやらにはあえて触れず、僕は飾りを見上げた。

「オジブワ族とは長いこと争ってきたのだもの、親戚のようなもの。このシルバーとターコイズのアクセサリーだって、平原に住むナバホ族のもの。ブラウスとスカートは、寄宿学校の近くに住んでいた白人のもの。どれも良いところを学び、売れるよう改良してお店に卸すんです」

「……あなた方は何族なんです？」ディックがついに負けを認めた。

「真人間《アニ・ユンウィア》」セコイアが答えた。

「……え？」

「ちゃんとした通訳、呼びましょうか」

「あなたでいいです」プライドを傷つけられ、ディックは投げやりに言う。

「セコイア」

ふいに老人が声をかけた。しゃがれた声で世話役が呼ぶと、なぜかとても美しく響いた。僕は口の中で、小さく「セコイア」とつぶやいてみる。

「話は何か……ですって」

セコイアが通訳すると、そうそう、と、すぐにディックは気を取り直した。

「実は、我々のキャンプに、バイソンの骨が不当に持ち込まれたのです……最近、バイソン、いや、バッファローの骨を見てはいませんか」

「そんなもの、もう、この世にいないのでは？」セコイアは冷たく言い捨てた。

「それとも、私たちが嫌がらせにやったとでも？」

ついさっきまでそう思っていた僕は、微妙に動揺する。が、セコイアは僕に目もくれず、

「さっきから……あなた」

と、何か考えているふうのディックを睨みつけた。

「何もわかっていないようだけども、言葉だけでなく、私たちには数え切れないほど種族があるの。羽根飾りを付け、バッファローを狩っていたのは、平原にいた種族だけ。よその部族をさらって生け贄にするようなやつら。私たちとは関係ない」

「いけにえ？」僕はつい、彼女がインディアンであることを忘れた。

「……頭の皮をはいだり？」

「それは白人のすることでしょ」セコイアはにこりともせずに言って、

「聞きたいなら教えるけど。祭壇の上に子どもを寝かせて、棍棒で頭を一撃し、まだ動いている心臓を抜き取って明けの明星に捧げるの。そして、大地に血をまき散らす……」

げっ、と僕は青ざめたが、ディックは興味深げにうなずく。

「ほう、南米のアズテックと似ていますね」

「私たちは違う。森林に住んで、魚を捕ったり畑を耕したり、臨機応変に生きてきた。良くも悪くもアダプタビリティがあるから」

エイ、ディー、エイ、ピー、ティー……順応性？　スペリング・ビー（綴り大会）にでも出そうな単語だ。

「そろそろ、酋長と話をしたいのですが」

話の腰を折ることなど、端から気にしないディックが言った。

「……酋長ではない、と、さっき言ったでしょうよ」

嫌な空気だ。おろおろしている僕に、世話役が何かつぶやきながら大きくうなずいた。

「……何？」僕が尋ねると、

「そのような儀式も、部族内からの抗議により廃止された。我らは人の声も天の声も聞き、自然と共に生きる。東洋人も我々と同じく、常に自然について考えると聞くが、そうか」

セコイアは淡々と訳してみせる。どうだろう。少なくともまわりにはそんなやつ一人もいない。

「世話役は、何のご病気なのですか」

ディックがまたころっと話を変えると、世話役は重々しく英語で答えた。

「治らない、重篤な病……しかし死を恐れてはいない。死とは、病気もない、悲しみも苦しみもない世界に住まうこと」

英語？　話せるんじゃないか。驚いたせいで、僕は、その深い言葉の重みを感じ損ねた。

「続きを教えましょうか」セコイアも悪戯っぽく目を細める。

「その世界には、我々を苦しめる白人もいない……っていうの」

ディックは初めて少し動揺し、なんとか椅子の上のブランケットに目を止めた。

「……いい柄ですね」

ああ、これ、輸入もの。郵便で取り寄せたんだ、そう言って、セコイアは笑った。そして編みかけのセエタアを見せた。

「褒めるならこっち。大事な人へのプレゼント」

派手だが、明らかに男物のセエタア、英国風ツイードの下に着れば似合いそうだ。いったいどんなやつが着るんだろう。さっきの、金持ちらしい三つ編みの男かな、僕は思った。


ここに来てしばらく、母さんは足繁く集会所に通い、キルトを習っていた。

そのうち、縫い物にも飽きて、造花を作り始めた。適当に作っているわりに出来は悪くない。基本的に手仕事に向いているのだ。

来たときは敷物一つなかったバラックも、モントゴメリーの通販で買ったオレンジのギンガムチェックで覆われ、ロサンジェルスの家と似た感じになった。ただ、仕切ったところで、せいぜい厚めのキルト一枚。寝ても覚めても父さんの咳払いが聞こえていささか閉口する。

「遅かったな」また薄くなったザナトン・タイムスを読みながら、父さんが言った。

「シゴト。所長ノ命令デス」

幸い、言い訳をするほど語彙が多くないので、要点だけ言って口をつぐむ。

「ああ、そうだわ。バッファローの骨、どこから出て来たか、わかったんですって」

いきなり核心を突いた母さんに、僕は驚いて尋ねた。

「オ？　ドコ？」

「ほら、幼稚園《プレスクール》の庭。子どもたちがお芋畑を作ることになっていたでしょ。あのあたりに埋まっていたらしいの。掘り起こされた跡があって、まだ二、三個残っていたんだそうよ」

「ガッテ……」つい、英語で叫びそうになって口を押さえる。

持ち込まれたんじゃなくて、もともとキャンプにあったんじゃないか。

ああ、だから、参事員は誰も現れなかったのか。彼らがなぜ、手を返したようにインディアン指定地行きをすっぽかしたのか、今頃やっと合点がいった。

「ダレガ、ヤッタノカナ？」

「さあ、誰かしらね」母さんは首をひねる。

どうせなら、そこまで聞いてくれればいいのに……どうでもいい噂話は五ブロック先まで知り尽くしているのに、肝心なことはさっぱりだ。

写真の交換だけで、会うこともなく結婚した父さんと母さん。母さんが海を渡ったとき、父さんの食料品店はすでに何人も人を雇っていて、そこそこ暮らしも安定していたらしい。そのせいかこんな年になっても、母さんは少女趣味で能天気なままなのだ。

「いつまで通訳をやるんだ」今日も日課のように、父さんが尋ねた。

「所長がやめろ、と言うまでやるよ。楽なわりに見返りがいいから」

言い慣れた答えを、僕もまるで英語のようにすらすら繰り返す。

「あんまり肩入れしよったら、日本に帰ったとき、面倒なことになるぞ」

「日本ニ、行カナイ。僕ハ、アメリカニ、イル」

「白人はおまえをアメリカ人とは思っとらん。インディアンと同じなんじゃ。おまえ、一度でも、白人の子どもらと一緒にプールに入れてもろうたことがあるか」

また、その話？　僕は心底うんざりした。

ここに来る前から、父さんはずっとそうだった。一人でアメリカと戦い、白人と戦い……僕をいい大学にやることだけが生き甲斐のくせに、家で英語を使うことも許さない。はなっから相手にされてやしないのに、一人息巻いて、敵を作って……がんじがらめになって、自分で自分に呪いをかけてるんだ。

「そういうの、もうやめてくれよ。くやしいのはわかるよ。だけど僕にはひがんでるヒマなんてないんだ。戦争が終わったら、仕事も探さなきゃならない。準備も山ほどある。頼むから気を削ぐようなことを言わないで、先のことだけ考えさせてよ」

廃墟になったリトルトーキョーと同じ。日本に僕の居場所はない。僕はずっとこの国にいる。いくら見かけが日本人でも、ここが僕の国なんだ。

「……英語は使うな」

早口でまくし立てた英語は、父さんには通じなかった。もし通じたとしても、父さんの苦労話が僕の心に響かないように、僕の苛立ちや嫌悪感は絶対、父さんには伝わらない。

と、台所で飲み物を作っていた母さんが、グラスを二つ載せて運んできた。

「あなた、ヒロオ。どうかしら、これ。作ってみたのだけど」

緊張感のなさに僕はがっくりきた。

「……ヒロオ、ト、呼バナイデ」

「おまえはヒロオだ。日本人の広男。毛唐のまねごとはやめろ」

せっかく和みかけた空気がまた尖った。僕のまわりに差別主義者はいない。デマを流して僕らを陥れた白人より、理性と信頼を持って接してくれた人たちの方がずっと多い。そんな言葉を平気で使う父さんが、ファシズムに侵された日本と同じくらい恥ずかしかった。

睨み合ったまま、僕たちはグラスを持ち上げ、えぐく乾いた喉に飲み物を流し込む。

そして——同時にぶはっ、と吐き出した。

「……なんだ、これは」父さんは驚いて、こぼれた飲み物をふきんで押さえる。

「マサカ、ドブロク？」

「米こうじをもらったから、ピクルスを漬けようと思ったのよ。そしたらなんとお酒ができたの。ね、おいしいでしょ。おいしいわよね？　売れるかしら」

「密造デショ、捕マルヨ」

僕は言い、ふと、窓枠にぶら下がっている羽根飾りに目を止めた。

蜘蛛の巣のような飾り。酋長の家にあったものかどうかはわからないが、丸い編み目は間違いなく、セコイアたちの種族と争ったインディアンのものだ。

「ドウシタノ？　アレ」

「キャンティン（売店）で買ったの。流行ってるのよ。ドリームキャッチャーと言って、あのラケットみたいなところで夢をつかみ取るんですって。すてきでしょ」

夢をつかみ取る？

夢。研究者になることは、夢ではなく現実だった。家にいきなりＦＢＩが来た、あの寒い夜まで。デイビス先生の研究室には、僕の代わりにレッラが入った。レッラはイタリア系の移民。イタリアだってナチスと組んだアメリカの敵なのに、どうしてあいつらは普通に暮らせるんだ。

――白人の子どもらと一緒にプールに入れてもろうたことがあるか。

ついさっき、跳ね返したはずの言葉が、虫にさされたかゆみのようにぶり返す。

あの日、最初から最後まで、ＦＢＩはずっと礼儀正しく穏やかだった。彼らは夕食中だった僕と母さんの目の前で、勝手に机やタンスを開け、何もかも徹底的に調べあげた。それが終わると、決められた日時までにここから出て行くよう、丁寧な口調で静かに言い渡したのだ。

胸に鉛が溜まっていく。僕はどぶろくのグラスをつかみ、じわじわと指に力を込めた。


翌日、所長が朝からずっと書類に向かい、熱心に何か書き込んでいる。珍しいこともあるもんだ、と黙って珈琲をいれていると、ふいに、ドアを叩いてディックが現れた。妙に小ぎれいに見えるのは、夏用に衣替えした軍服のせいだ。嫌いな略帽も今日はまっすぐにかぶっている。

「所長、チョコレート余っていませんか」

「マクドウェルか。あるぞ、一個一万ドルだ」

そう言っても所長は顔は上げずに、ゆるゆるのハーシーキスを一握り取り出して机に載せる。

「面白いですね……ちょっとヒロを借ります」

ディックは無表情のままチョコをかき集めて巾着に入れ、僕に一緒に来るよう合図した。

「どこに行くんだ?」

エンジンがかかったままのジープに、学生がおおぜい集まっている。ディックはまったく目に入らぬ様子で運転席に乗り込み、ドアが閉まるなりすぐ車を発進させた。

「危ないだろう、轢くぞ」

わらわら離れる生徒たちを振り返りながら言うが、ジープはすぐに門を抜け、何もない平原を猛スピードで駆けてゆく。

「おい、どこに行くんだよ」

繰り返すと、ディックはやっとうなずき、ハンドルのレバーを力まかせにチェンジした。

「ああ、陣中勤務と、あと一つ。そうだ……バイソンはだな、ヒロ」

そう言って、前を向き、気の向くままに話しだす。

こうなるともう話が飛ぶばかりで、ついていくのが精一杯だった。頭がいいのか悪いのか、手前勝手が高じた、こいつの病癖に近い部分だ。

バッファローについて——それでも、僕はいくつか新しいことを知った。彼らの悲劇は、思う以上に根深かったのだ。

アメリカバイソンは、白人の入植者たちにとってゲームの的《まと》であった。面白半分に撃ち殺し、ほんの数ドルで皮を売って死骸を捨てた。鉄道が敷かれると、今度は汽車の窓から群れをめがけて撃ち始めた。死骸は放置され、やがて平原は腐敗したバッファローでいっぱいになる。インディアンたちはなすすべもなく、何千年も共に生きてきたバッファローが、ごみのように捨てられるさまを見守るほかなかった。

なぜ——このような暴挙が許され、平然と見逃されたのか。

「見逃したわけじゃないのさ」ディックは吐き捨てるように言った。

「むしろ、積極的にバイソンを殺させた。乱獲してバイソンがいなくなれば、食べるものも道具もなくなって、先住の民は飢え、抵抗できなくなるんだ。白人から、わずかな年金や、粗悪な食べ物をもらうほか生きる糧もなくなる。それが狙いだったんだ」

山のように積まれた死骸、埋められたしゃれこうべ。子どもたちの芋畑を作ろうとした地面に、いまだ暗い歴史の残骸が残っていた……そういうことか。

しかし、過去の話として、目を背けてはいけないことが一つある。はたして誰が、その骨を掘り出し、星条旗の下に積み上げたのだろう。


なんとなく予想していたとおり、着いたのはインディアン指定居住地、世話役の家だった。もう夏というのに山裾は涼しく、家の前には春の小菊が、語り合うように重なって揺れている。

あれほどたくさんあったドリームキャッチャーは、店に卸したのか一つも下がっていない。開け放った窓から柔らかな光が射すさまも、数日前とは別の場所のようだった。

世話役が座っていた場所に、今日は白い芙蓉が飾ってある。朝に咲き、夕方には枯れてしまう大きな花。その横には同じグラスが置かれ、小さな赤い石ころが一つ、耳飾りのように投げ込まれていた。

世話役は……死んだのか。

何千年も大地に生かされてきた赤い民の長《おさ》、顔に時を刻んだ老人は、望みどおり病気も苦しみもない世界へと旅立ったのか。

「また来たの？」

セコイアがかすれた声で言い、大きな籠をとん、と床に降ろした。

今日は黒っぽい服の上から、チェックのブランケットを羽織っている。

「ええ、あなたに少し確認事項がありまして」ディックが言った。

「私に？」

「ええ、あなたに」

なんだろう。しゃれこうべの出所はキャンプの中だった。生徒たちを轢きそうになるほど急いで、今さら何を確認しようというのだろう。

「その前に、これを」

そう言って取り出したのは一枚の書類、なにやら細かい文字や数字が書かれ、所長のサインまで入っている。受け取ったセコイアは書類に目をやり、静かに窓を閉めて、レースのカアテンを引いた。部屋はまた薄暗くなり、姿が黒い影になる。

「ご覧のとおり……請求書です。あなたがキャンプから持ち出した薬や、その他もろもろの……確認のうえ、速やかに管理局にお支払いください」

なんだって？　僕は仰天して、部屋の奥で揺れるセコイアの姿を目で追った。

「今、キャンプから持ち出した、って言ったか？」

「ああ、言ったとも。セコイアはキャンプに忍び込み、世話役のために薬を盗、いや……購入した」

ディックは柔らかい口調で言い、わざわざ避けてあった世話役の椅子に腰を下ろす。そして鼻の上に皺を寄せた。

「そもそも、門の剝製が取り外されていたとき、何かあるな、とは思っていたが……僕は『骨が不当に持ち込まれた』と言っただけで、山盛りに積んだだの、学生を脅かしただの、一切語らなかった。なのにセコイアは『私たちが嫌がらせにやったとでも?』と見事な切り返しをやってのけた」

「え、じゃあ?」

「ああ、そうだ。バイソンのしゃれこうべを星条旗の下に積み上げて、派手な嫌がらせ、否、プロパガンダをしたのはこのセコイアだよ」

しかし……僕は喘ぐ。

「忍び込むったって……どうやるんだよ。いくらうちのキャンプが甘いからって、そんなこと無理にきまってるじゃないか」

「無理じゃなかった。現に、こうして代金の請求が発生している……どうです? セコイア、真面目な彼に、あなたから事の次第を説明してやりますか?」

「いいえ」カアテンが揺らぎ、声だけが響いた。

「あなたにまかせる、マクドウェルさん」

ディックはうなずいて微笑する。そして僕が座るのを待ち、おもむろに説明を始めた。

「世話役の病状を憂えたセコイアは、できるだけ迅速に薬を手に入れる方法を考えたのだ。町で買える薬はたかが知れている。かといって、郵便で頼むと何週間もかかる。そこで目をつけたのがキャンプの、器だけは立派な病院だったのだ。そして忍び込んだ。農夫に紛れて真っ昼間にね」

「……農夫？」僕は目を剝いた。

「ああ、砂漠を開墾したポテト畑だよ。君もこの数ヶ月、毎日ジープに分乗して農場に向かう農夫たちを見ていただろう？　農作業の技術はすばらしいが……いかんせん、所長は無責任。チーフは農作物のことしか頭にないシンプル男……点呼など二の次。これほどの好条件が他にあるかい？」

——まさか。

「ああ、そのまさかだ。キャンプの者が逃げて人数が足りないとなると、おおざっぱとはいえ、誰かが気づくだろうね。しかし、農夫が増えてるなんて思いもしない。ん？　人数が多いか？　まあ、勘違いだな……で終わるのさ。セコイアはポテト畑の農夫になりすまし、簡単にキャンプへと忍び込んだ。そしてとりあえず証明書のいらない診療所で、鉱油や痛み止めを手に入れたのだ」

確かに……農場はキャンプの外、まわりは紐をくくった低い木塀のみ。日雇い農夫としてポテト農場に紛れ込み、そのままキャンプに戻るジープに乗り込めば、鉄条網を越えることもなく、表から堂々と入ることができる。

「しかし、悪いことはできないね」そう言って、ディックは口の端を歪めた。

「まさにその日、ポテト畑は収穫を終え、春の作業はすべて完了してしまった。次に耕すのはキャンプ内の麦畑。外の農場は、コーンの種付けまで何もしないで放っておく……セコイアは悩んだあげく、一つの大きな賭けに出た。それがあの、バイソンのしゃれこうべだったんだ」

ディックは僕からセコイアへと視線を移し、かんで含めるような口調で言った。

「そう、乱獲したバッファローの骨をこれ見よがしに積み上げ、肥料にしたことは、卑劣なアメリカ人《アグリーアメリカン》の恥ずべき歴史だった。偶然、たくさんのしゃれこうべが敷地内に埋まっていることを知ったあなたは、それをわざと目立つ場所に集めてみせた……奏功し、キャンプは大騒ぎになりましたね。特に、所長の慌てようときたら……本部の将校に知られないよう、大急ぎで畑に埋めさせた。そしてまんまとあなたは農夫たちに紛れ、キャンプから脱出したのです」

ああ、と、僕は声にならない叫びを上げた。そうか、あれはポテト畑に運ばれたのだ。

……でも。僕はどうしても納得できなかった。

「紛れるって言ってもさ……」

責任者の仁志さんをはじめ、ポテト畑の農夫は、皆、作業に慣れた粗野な男たちだ。都会育ちの僕らだってお呼びでないのに、こんなにきれいな女の子がどうやって紛れ込むっていうんだよ。

「確かに。そんな細腕で大丈夫か、と冷やかされたかもしれない。しかし、お世辞にも清潔とはいえなかったし、違和感はなかったと思う……そのあたり、どうかな？　ね？　ヒロとやら」

え？　僕？　いや、ディックが所長の口調をまねて、ヒロ、と呼びかけたのは。

くっ、と笑いをかみ殺してセコイアが光の中に現れた。チェックの肩掛けを外し、くわえた紐で髪を束ねてみせる。大きな目とすべやかなほおが柔らかい光に露わになった。

え？　大きな菜っ葉服を着た、エスキモーの学生。

僕と同じ名前のヒロか？　あれが、このセコイアだったのか？

「それも気づいていたの？　いつから？」

セコイアはかすかに咎めたような口調で言った。ディックはため息をついて、

「あのとき、所長があなたをエスキモー、と言いましたね。あなたはほっとしてうなずいた。いいかげんな所長のおかげで、無事、急場をしのぐことができたのだから……。しかしね、まさにその笑顔こそが、僕にはどうにも疑問だったんですよ」

「笑顔……？」セコイアと僕は、同時にそう聞き返した。

「ええ、そうです。エスキモーという呼び方は、彼らと仲の悪い北方のアルゴンキン語族が、少々悪意を込めて『生肉を食べる人たち』と呼んだことから来ているのです。あなたがご自分の部族を『真人間《アニ・ユンウイア》』と呼ぶように、彼らは自身を『人々《イヌイト》』と呼びます。だからそう呼ばれてまったく気にとめないあなたに、イヌイトとの関わりなどないのでは、と、そう思いました」

「……じゃあ、ヒロっていうのも」

「そう、思い出したつもりで呼んだのが、君の名前だったなんて……所長らしいね」

「所長は……あなたを追いかけて何を言ったんですか？」僕は恐る恐るセコイアに尋ねた。

セコイア、もしくはヒロ——は、くすりと笑う。

「ただ逃げ出したいだけで、用はなかったみたい。だけど、すぐにでもしゃれこうべを運び出さなくてはって、焦ってたから、私もその足で集合場へ急いだんだ」

そうか、本当に所長らしいな。

……って、いや、違う。

僕はようやく正気に戻った。ヒロは確かに男だったぞ。所長の両腕に抱き寄せられたとき、だぶだぶの菜っ葉服から、やせっぽちの胸が見えていたんだ。

「ああ、そうだね。だけど、僕が一度でも、セコイアを彼女《シー》、と呼んだことがあるかい？」

僕が仰天するのもおかまいなくあっさり言い、ディックはセコイアを振り向いた。

「あなた方真人間《アニ・ユンウィア》は、大地を利己的に使い捨てることも、難しくこねくり返すこともない。狩りや戦闘に向かない男は、装身具を作ったり、料理や子育てをしたり、自分の得意なことで恩を返すべき。そう考える合理的な種族だ。装いも本人のしたいまま、好きなように装えばよい」

「……え?」僕は、呆然とセコイアを見た。

「もちろん、僕も見ただけではわからなかった。しかし、セコイアというのは……オニールさんと同じ、種族の英雄。男の名前なんだ」

「そう……」セコイアはグラスを持ち上げて、裏返った芙蓉の向きを直した。

「セコイアは、文明をやみくもに排斥したりはしなかった。白人のアルファベットを『話す木の葉』と呼んで称え、自分でも八十五文字を作って、言葉を書き残したの。学ぶことの好きなツアラギー族だもの。年寄りも若者も、白人や他民族の文化を積極的に取り入れた」

ディックもうなずいたが、ふっと目を伏せた。瞳の光が翳り、鈍色に変わった。

「ですが……ツアラギー族は、理不尽な目にも遭いましたね。白人の生活様式を受け入れ、狭い場所で堪えていた彼らは、金鉱に目が眩んだ開拓者たちによって、再度、生活を奪われた。厳しい冬に、六百マイル以上(約千キロ)もの道のりを、軍隊に追いたてられ、移動したこともあった」

あっ、と、思わず声が出た。僕らと……同じだ。

僕らは皆、せめて正装して列をなし、汽車に乗った。真夜中、MPの銃口に怯えながら駅に降り立ったとき、このままユダヤ人のように、バスに押し込まれて皆殺しにされるのだ、そう思った。両親の故国が起こした数々の愚行。僕らはその責任を取らされるのだ、と。

ディックが僕を振り返る。僕は、鈍色の瞳から目をそらし、息を整えた。ディックと僕とのタブーは、ほんの薄皮一枚の厚みで僕らの間にある。力を入れ過ぎても、いいかげんに扱ってもすぐ破れて流れ出し、心やすい関係は瞬時に消え去ってしまう。

「『私たちの涙の道』と言うの。何度も聞かされた。一万七千人いた仲間も、寒さと飢えで四千人以上死んでしまった。白人文化を受け入れることに反対して、山奥に立てこもった人たちもいた」

指導者セコイアは、そんな彼らを訪ね、その村で行方知れずになった。何があったのか、いまだにわからない、と、その名をもらったセコイアは言った。

「文明って、自然を消費して暮らすこと。文明を拒否した者たちを、白人は時に理想化してしまう。だから、私たちが抵抗や妥協を始めると、勝手に失望し、さらに残虐になる……ツアラギー族にもいろいろな人がいる。白人もさまざま」

いや、彼らが被った扱いには、どうこじつけたって理由など付けられない。頑張れ頑張れ、そう言って所長に引き寄せられたときの、感情のない目がよみがえった。

「そう……お土産があったのです」ディックが暗い口調のまま、銀紙のチョコを取り出した。

セコイアは笑って、すくい取るようにそれを受け取った。

「ありがとう。おじいちゃんが喜ぶよ。意外とお気に入りなの、これ」

「え？　世話役、死んだんじゃ……」

ふふ、聞いたら怒るよ、セコイアが口を歪めるのを見て、ディックもやっと微笑した。

「ドクターが感心していました。あのお年で外科手術に踏み切るとは……経過が良くてなによりです」

「かっこいいこと言ってるけど、死ぬ気なんてまったくないんだから……だいたい甘いものや油っこいものばかり食べてたからだよ、お腹の中に、あんなに大きな石ができるなんて」

セコイアが指さした先には、例のバーボングラス。そして中にある赤い石。

嘘だろ、治らない重篤な病……ってこれか？　僕はまた、声を上げそうになった。


かねてから整備していたキャンプの野球場が完成し、参事会の提案で、オープニング試合が行われた。対戦相手はなんと、指定居住区のツアラギー族である。

「こら、嘘つかないんだろ。トット野郎」

いつもはピッチャー兼三番打者の仁志さんがベンチに入り、二塁から三塁へスチールしたセコイアにヤジをとばしている。とても監督とは思えない傍若無人ぶりにはらはらしながら、僕はツアラギー族の猛者たちに目をやった。

例の三つ編みの英国風紳士もいる。笑顔なので本気ではなさそうだが、向こうも身振り手振りでひっきりなしに威嚇してくる。こんな野球試合、危なっかしくて心臓に悪い。

しゃれこうべ事件は、お咎めなしで捜査打ち切り。まあ、それはよしとして、自費で双方に帽子まで揃える所長の道楽ぶりはいかがなものか。本部に呼ばれて観戦できないことを残念がっていたが、それこそ、日頃のツケが回ってきたのだから文句は言えない。

わあぁ、と歓声が響き、打球が大きく空に舞った。

センターの日樫さんが手を上げてキャッチし、捕手に向かって自慢の豪腕を振るう。ボールがミットに収まる直前、砂煙を上げてホームへと滑り込むセコイア。

セーフ！

「おう、俺なら、あんなでたらめなことはさせんぞ」

口惜しげに脱ぎ捨てたジャンパアの下に、クリスマスの配色が現れ、僕はあっと息をのんだ。セコイアが大事な人へのプレゼントだと言っていた、あのセエタア？　どうして仁志さんが、あれを着てるんだ？

――そうだったのか。

混乱した頭で、僕は確信した。

幼稚園の庭に骨が埋まっていたこと。セコイアが知っていたのは、偶然なんかじゃなかった。幼稚園の芋畑は、開墾から種付けまで全部、仁志さんが指導してたじゃないか。腰を痛めたのは、大急ぎでしゃれこうべを掘ったり埋めたりしたせいだ。不用意に忍び込んだセコイアが無事逃げられるよう助けてやったのは……ほかでもない、ポテト畑の責任者、仁志さんだったんだ。

「キモサベ、怒ってるな」

僕の視線を追って、ディックが言った。

相棒《キモサベ》？　ホームベースの上で靴の裏を合わせて飛び上がるセコイア。仁志さんと目が合うと、べえ、と満面の笑みを浮かべて舌を出してみせる。

――東洋人も我々と同じく、常に自然について考えていると聞くが、そうか。

緑の指を持ち、常に自然と対話をしながら花や野菜を育てること。

そうか、同じなんだ。僕はぼんやり二人を見比べた。

五段目の猪

稲羽《いなば》白菟《はくと》

三毛猫ホームズの劇場

思い出すだに愛おしい。心躍る、素晴らしい本と映画に囲まれて育った八〇年代。子どもの僕が最初に背伸びして、読んで、観て、夢中になった本と映画はいずれも赤川次郎先生の『三毛猫ホームズ』『角川映画』のシリーズだった。最初のそんな背伸びのおかげで、僕は周囲の友人たちより少し大人びた少年になった。中学に上がる頃には文楽やオペラも観聴きするようになり、「こういった面白いもの、美しい芸術を題材にした物語を書いてみたい」といつしか願うようになっていた。

そんな僕の「物語」の源流・赤川次郎先生の姿を、上京後、僕はしばしば歌劇場《オペラハウス》のロビーでお見かけするようになった。同じ公演においでの先生の姿を遠くから拝見しつつ、「いつか物書きとしてご挨拶出来る日が来たなら……」と思い続け、そして去年、文楽をテーマにした長編ミステリー『合邦の密室』を幸運にも刊行することが出来た。『三毛猫ホームズの文楽夜噺』の著書もある、言わずと知れた文楽愛好家の赤川先生。もしかすると拙作にご興味を持って下さるかもしれない。いざ、ご挨拶——と、刊行直後にお見かけしたオペラの幕間《まくあい》に著書を謹呈しようとしたものの、憧れの偉人に不躾に声を掛け、本を押し付ける蛮勇をさすがに僕は持ち合わせず……。

そんな幕間のワン・シーンがあった後、思いがけず頂戴したのがこのアンソロジーのお話。

劇場の客席で先生にご挨拶したいと長年夢を見ていたのに、それを悠に飛び越して『三毛猫ホームズ』と一緒の舞台（本）に出していただくという、夢にも見なかった幸運を得ることになったのだ。
もしかすると、子どもの頃に赤川先生の本を手に取るため爪先立った背伸びの分だけ、時を経た今、一段高い夢が叶ったのかもしれない。

さて今回、長編・短編バリエーション豊かな『三毛猫ホームズシリーズ』への憧れと敬意を込めて、デビュー作『合邦の密室』の探偵役、海神惣右介《わだつみそうすけ》が主人公の「シリーズもの」として新作短編を書き下ろした。もちろん、ミステリーとしては独立した掌編。もしお気に召していただけたなら、ここに新たに幕を開けた「名探偵ものミステリー」の一シリーズとして、皆さま、これからも何卒ご贔屓のほど――。

【……と書いた後、最終校正の前。次の長編の取材に歌舞伎座の桟敷席に座ったら、偶然にも赤川次郎先生のお隣の席だった。劇場で先生にご挨拶するという長年の夢が叶ったその上、先生と並んで仁左衛門を観るという体験までしてしまったのである。小説を書くことに没頭していると、まるで小説のような、こんな偶然の巡り合わせを体験することがたまにある。本当に、なんとも奇縁、なんとも不思議な世の中である】

稲羽　白菟
一九七五年大阪市生まれ。早稲田大学第一文学部フランス文学専修卒業。二〇一五年、短編『きつねのよめいり』で第十三回北区内田康夫ミステリー文学賞特別賞受賞。二〇一六年、長編『合邦の密室』で第九回島田荘司選ばらのまち福山ミステリー文学新人賞準優秀作受賞。
二〇一八年、デビュー単行本『合邦の密室』（原書房）刊行。
ホームページ「イナバハクトノサイト」www.inabahakuto.jp

一

命乞い虚しく、老人は無慈悲に殺されてしまった。
左肩を袈裟に斬られ、仰向けに倒れた腹に留《とど》めの一突き——。
絶命した老人の懐から財布を取り出し、殺人犯がほくそ笑んだその時、雨の中、夜の街道を駆けて来る猪が一頭……。

〽　駆け来る猪《しし》は一文字　木の根、岩角、踏みたて蹴たて——

義太夫の激しい語りに合わせ、下手《しもて》から飛び出した猪の人形は上手《かみて》袖へと勢いよく駆け抜ける。
文楽の人形は通常三人一組で操作するが、この猪は一人で遣う小ぶりの人形。若手左遣い楠竹《くすたけ》真悟《しんご》の、これが文楽復帰の初仕事だった。

大阪文楽劇場。
十月文楽公演、通し狂言『仮名手本忠臣蔵《かなでほんちゅうしんぐら》』
前半「昼の部」最後の幕、『五段目・六段目』の猪の出番と用務を終え、黒子の頭巾を外して楽屋廊下を歩く楠竹真悟の背後に低い声が響いた。
「真悟くん、初日、おめでとうさん」

歩みを止めて真悟は振り返る。

「あ、弦二郎《げんじろう》さん……」

そこには研修生時代に世話係を勤めてくれた先輩、三味線方の冨澤《とみさわ》弦二郎が松葉杖に脇を預けて立っていた。この夏、ある事情があって上演中の舞台から姿をくらました真悟――。その探索途中に足の骨を折ってしまい、弦二郎は長期の入院生活を続けていた。

「もう……退院しはったんですか?」

「ああ、初日の舞台を観られるように、先生に頼み込んで昨日退院させてもろたんやよ。無事の復帰、おめでとうさん」

弦二郎は屈託のない笑みを浮かべる。

今にも泣き出してしまいそうに眉根をひそめ、真悟は深々と頭を下げた。

「ありがとうございます。……弦二郎さんには、助けてもらった上に大変なご迷惑をかけてしもて、ほんまに、ほんまに、申し訳ありませんでした」

「いやいや――」弦二郎は松葉杖のグリップ付近でひらひらと手を振った。「怪我は僕の粗忽《そこつ》のせいやねんから、君に謝ってもらう必要はあれへんよ。……それに君を助けたという話も、それは全然僕の手柄やない。礼を言うべき人は、ホラ、もうすぐそこに――」

松葉杖を不器用に操って、弦二郎は背後、楽屋入口から続く曲がり角に向き直る。

と、紺色のジャケット姿の青年が一人、角の向こうに横顔を見せた。

角を曲がらずにそのまま数歩直進、天井近くに祀られた楽屋稲荷に会釈するように頭を下げ、そして、その青年は真悟たちに穏やかな表情を向けた。

海神惣右介《わだつみそうすけ》――弦二郎の幼なじみの劇評家。
この夏、真悟の失踪を発端に明るみに出た過去の事件の謎を解き、真悟の一家を救ってくれた、真悟にとっては救いの神、文楽一座も「探偵さん」と呼んで一目置く、それは愛すべき恩人との再会だった。

「舞台への復帰と初日、おめでとうございます」

目の前で品良く微笑んで言う惣右介に、真悟は再び深々と頭を下げた。

「ありがとうございます。……その節は本当にお世話になりました。海神さんがいはれへんかったら、僕は文楽を飛び出したまま、こうして舞台に出られることは二度となかったと思います。海神さんのおかげで、今日の僕はあります。本当に、なんてお礼を言うたらいいのか……」

「いやいや」それほどのことはしていませんよ――とでもいう風に掌を振り、惣右介は穏やかに続けた。

「その後、お加減はいかがですか？」

「はい、おかげさまで僕の方はこの通り――」頭を上げ、真悟は快復した顔を見せる。

「……島の方も、一時は色々と話題になって、取材の対応なんかで大変やったみたいですけど、なんとか今はひと段落したみたいです」

「そうですか、それは良かった」惣右介は微笑んだ。「まぁ、舞台を駆け抜ける猪の溌溂とした勢いで、真悟さんの好調ははっきりと判りましたけどね。……ねぇ、弦二郎さん」

「え？　ああ、たしかに」松葉杖を支点にして弦二郎は大きく前後に肯く。

「一瞬の出番やけど、芝居の流れの引き金になる大事な猪、立派に役目を果たせてたと思うで。……そのあたり、惣右介君はどう思た？」

「ええ、それは僕もまったく同感です。……けど、色々あった上での復帰の舞台、真悟さんを『五段目の猪』に配役した文楽一座の心意気に、僕はとりわけ胸が熱くなりましたね」

「――？」

惣右介の言葉の意味が解らず、弦二郎と真悟は互いに顔を見合わせた。

「それは、一体どういうことなんやろか？」

二人の顔を見比べ、惣右介は俳句を詠むような調子で言った。

「――五段目で　運がいいのは　猪《しし》ばかり」

松葉杖の脇をすぼめ、弦二郎はグリップから離した手を顎に添える。

「あ……それ、聞いたことあるな。たしか……」

弦二郎の答えを待たず、惣右介はにこやかに言う。

「忠臣蔵芝居に関する狂歌集『忠臣蔵新柳樽』に載っている五段目についての一首ですね」

「……それ、一体どういう意味なんでしょう？」

不思議そうに訊く真悟に目を向け、弦二郎は先輩風を吹かすように腕を組んだ。

「まだ若い真悟君は知らへんみたいやな。惣右介君、ちょっと説明したげてんか」

「はいはい――」惣右介は微笑んで語る。

「五段目では主人公・早野勘平《はやのかんぺい》の義父《ちち》・与市兵衛《よいちべえ》が、不義士・斧定九郎《おのさだくろう》に刺し殺され、定九郎も駆け抜けた猪と間違って勘平に撃ち殺されます。そして勘平もまた、自分が義父を撃ち殺したと思い違って自害してしまいますね。そして冒頭、山崎街道で勘平と出会う浪士仲間の千崎弥五郎《せんざきやごろう》も後々討ち入りを果たして自害します。つまり、この五段目に出て来る登場人物は、舞台を駆け抜けた猪以外は全員死んでしまいます。……その運命の皮肉、紙一重の生と死――そういった奇縁、感慨を、江戸の粋な観客は舞台の上、猪の姿の中に見たんでしょう」

うんうんと頷いた後、弦二郎は不思議そうに首を傾げた。

「……けど、その配役に、なんで君の胸は熱くなったんかいな?」

「ああ、それは――」惣右介は笑った。

「人が死ぬ、生きるといった、そんな大袈裟な話ではないんですけどね、一時《いっとき》文楽を去りかけた真悟さんが文楽に戻ってきた――その復活の初役が、芝居の中でしたたかに生き残る『五段目の猪』というのは、なんともまぁ、縁起のいい話じゃありませんか」

「なるほど……。言われてみれば、それはたしかにそうかもしれへんな。……なぁ、真悟君」

弦二郎は真悟の目を見つめた。

「はい、ありがとうございます」

応えた真悟の下瞼は、まるで夜露が降りたように潤んでいた。

二

夜の部も仕事がある真悟と別れ、弦二郎と惣右介は劇場を後にした。

文楽劇場がある日本橋《にっぽんばし》から近鉄電車で一駅、大阪上本町《うえほんまち》で降りた二人は駅直結の百貨店で花束を買い、冨竹伊勢太夫《とみたけいせたゆう》が入院する日赤病院へと向かった。

文楽太夫方の紋下《もんした》——最長老の伊勢太夫はこの夏、文楽にとって大きな事件が起こった葦船島巡業の後、急激に体調を崩して先月から入院し、当月出番も降りている。

十月公演の休演理由は「体調不良」という以外、詳しい病名や病状は世間に公表されていない。

「自分が入院してた時は気が付けへんかったけど、病院の廊下ってのは独特なにおいがするなぁ」

入院棟への渡り廊下で松葉杖を操りながら、弦二郎はしみじみと言った。

「せっかく退院できた翌日に、また病院にお付き合い頂いて悪いですね」

冗談めかして言う惣右介に、弦二郎はぶんぶんと首を振って応える。

「それはこっちの台詞やよ。せっかく東京から文楽の初日に駆けつけてくれたのに、夜の部は明日に日延べして、伊勢師匠のわがままを聞いてもろてしもて……」

「いえいえ、そんな心配は無用です」花束を抱えて歩きながら、惣右介は明るく続けた。

「お世話になった太夫のお見舞いに伺うのは当然のことですし、それに、弦二郎さんのお家に泊めてもらって夜の部は明日ゆっくり……。昼夜座り通しの一日観劇よりも、よほどお尻に優しいスケジュールですよ。けど……」惣右介は首を傾げた。「伊勢師匠はどうして今日をご指定なさったんでしょうね？」

「ああ、それは——」個室のドアの前で歩みを止め、弦二郎は言った。

「大阪公演の初日やったら、関係者の足もご贔屓さんの足も劇場の方に向いて、わざわざ病院なんかに来るお客はないやろう。邪魔の入らん状況で、是非とも惣右介君に会いたい――と、師匠は言わはってな……」

「――？」

不思議そうな顔をする惣右介に、弦二郎はわずかに声をひそめて言った。

「こないだの事件の謎を解いてくれた『探偵さん』に、是非とも聞いてもらいたい話があるそうなんや」

松葉杖に体重を預け、弦二郎はドアをノックした。

「おぉ、海神さん、弦二郎君。わざわざお運びいただいて、ほんま、おおきにだっせ」

四角い顔を喜びの皺で埋め、ベッドの伊勢太夫は上体を起こして弦二郎たちを出迎えた。

無形文化財保持者――俗に言う人間国宝でもある紋下太夫の個室は、その称号に見合うほど豪華ではないものの、ベッド上の患者と見舞客が真っ直ぐ対面できるよう、ベッドの足元に応接テーブルとソファーを備えた落ち着いた一室だった。

「その節は大変お世話になりました」

折り目正しく頭を下げる惣右介に、伊勢太夫は大きな掌をぶんぶんと振る。

「いやいや、それはこっちのご挨拶。……ちょっと調子が悪くて寝たまんまのお出迎えで、ほんまにお恥ずかしいこっちゃけど、マァ、まずはそちらに腰掛けて」

太夫の勧めに従ってソファーに腰を下ろし、惣右介は手にした花束と東京から持参の菓子折の袋をテーブルの上に置いた。

「和菓子ぐらいならお見舞いに差し支えない……と弦二郎さんからお聞きしたので、季節のもの、亥《い》の子《こ》餅を持って参りました。お加減よろしい時にでも、よろしければ」

「おお、亥の子さんかいな。これまた、懐かしなぁ。どうもおおきに」

上機嫌に微笑む太夫に、弦二郎は不思議そうに尋ねた。

「亥の子さん？　なんですか、それ？」

「へ？　弦二郎君、知らんのかいな？」

エヘンと咳払いし、太夫は子守歌のような節をつけて唄った。

「〽亥の子　亥の子
亥の子の晩に　亥の子餅ついて　祝わん者は
鬼産め　蛇産め　角《つの》の生えた子産め――」

「……？」

弦二郎は一層きょとんとして首を傾げた。

見かねた惣右介は笑いながら言う。

「亥の子を祝う地域は限られていますからね。商魂たくましい大阪のデパートですら、亥の子餅はあまり見かけることがありません。弦二郎さんが知らないのも無理はありませんよ」

「うん、全然知らへんなぁ……。悪いけど説明してんか？」

言いながら、弦二郎は松葉杖を一つに束ねてソファーに座った。

隣に腰を下ろし、惣右介は語る。

「十月の最初の亥の日、あるいは十月十日。収穫の終わった田んぼから神さまを山にお帰しするため、今師匠が歌われたような歌を歌いながら、輪になった子どもたちが人数分の縄で括った『亥の子石』を上下に弾ませて地面を叩くのが『亥の子』あるいは『亥の子撞《つ》き』と呼ばれるお祭りです。その日に食べるのが、小豆を混ぜて茶色くしたお餅――猪の子ども、うり坊に似た『亥の子餅』です」

「え？　石で餅を搗くんかいな？」

「いいえ、餅搗きと亥の子撞きは別ものです。亥の子石で撞くのは田んぼや畑の地面……もともとは土竜《もぐら》を驚かせて追い払うための行事だったという説もありますが、本当の由来はよく判っていません」

「へぇー。全然知らへんわ。……惣右介君の地元でも、そんな行事あったんかいな？」

惣右介は苦笑した。

「いやいや、西陣の狭い路地で円陣を組むのは無理ですよ。それに、あそこには田んぼも畑もありませんしね。……まぁ、『亥の子餅』だけは食べてましたけど」

「ふーん。色んな風習があるもんやな……」

花束の横に置かれた白い紙袋を、弦二郎はじっと見つめた。

「猪と言えば――」

話題に加わるように、太夫はソファーの二人を見渡した。

「今日の五段目は、無事に幕が降りたんかいな？」

ここは自分が答える番――とばかりに弦二郎は大袈裟に頷いてみせる。

「はい。万事つつがなく。……猪役の真悟も、立派に舞台に復帰しました」

「さよか。それは良かった。……弦二郎君も早いこと足治して、一時《いっとき》も早う床《ゆか》に戻らなならんな」

「はい、それはもう、精一杯――」まだ正座ができない右足をぽんと叩き、弦二郎はベッドの太夫に笑顔を向けた。「けど、それは師匠も同じこと。どっちが早く床《ゆか》に戻れるか、競争せんとあきませんね」

「ほんまやな――」穏やかに微笑み、伊勢太夫は目の前、ベッドに渡る長机に両手を載せた。「こんな情けない机やのうて、早く自分の見台に、床本置いて語りたいもんや……」

惣右介はソファーから太夫を見上げて微笑んだ。

「今日は師匠が何かを語って聴かせて下さると、弦二郎さんからお聞きして参りました。気の利かない弦二郎さんは、どうやら三味線を持参していないようなのですが……。さて、今日はどの段をお聴かせ頂けるんでしょう?」

惣右介の言葉を真に受け、弦二郎は「エッ」と辺りを見渡した。

「三味線……。僕はてっきりそういう語りではないと思い込んで……。師匠、もしこちらに三味線をお持ちやったら、僕、弾ける段なら何でも弾かせてもらいますけど……」

惣右介の笑顔と弦二郎の真顔を交互に眺め、伊勢太夫は呵々と笑った。

「ハハハハハ。弦二郎君、今のは海神さんの冗談や。それを真に受けてうろたえるとは、まだまだ固い、固い。……もっと頭も体も柔らこうせぇへんと、また、ポキっと骨が折れまっせ」

「え？　そうやったんかいな。もう……」弦二郎は隣の惣右介に顔を向けた。

惣右介は笑って伊勢太夫と弦二郎の顔を見比べる。

「こういうところも弦二郎さんの良さなんですよ。まだまだ柔軟性には欠けますが、これから時が流れて芸が柔らかくなってゆくのを、まぁ、気長に見守ってあげて下さい。さて――」

惣右介は姿勢を正して伊勢太夫を見上げた。

「浄瑠璃でないのなら、今日、師匠は何を語って下さるんでしょう？」

「……ああ、それは」

伊勢太夫は長机に視線を落とした。


「中国山地の巨人？」

老師の口から出た思いもよらない言葉に、弦二郎は頓狂な声を上げてしまった。

「……そう。岡山と鳥取の県境《けんざかい》近く、那岐《なき》山麓の美作《みまさか》地方には、那岐山に腰掛けて日本海で顔を洗い、土を捏ねて中国山地を作ったという巨人『三穂《さんぶ》太郎』の伝説がある。……今でもあの地域には、死んでバラバラになった太郎の頭、腕、胴、足、それぞれを祀る神社が広い範囲に分かれて残っとる」

「美作と言うたら、師匠の故郷のお話ですね」

「せや――」太夫は弦二郎に頷いた。「私の故郷《あて》の串原という集落も、三穂太郎の伝説が残る村やった」

まるで見台に触れるかのように、太夫は目の前のベッド机にそっと手を置いた。

「鎌倉時代の頃まで、三穂太郎は特に人間と関わることもなく、悪さもせず善行も行わず、ただぬぼーっとして山に腰掛けてるだけの巨人やったそうなのやけど、戦《いくさ》をする人間のことだけは、とにかく嫌ったのやという。山の麓で侍が刀を抜くと、その刀をひょいと取り上げ、戦の理非を問わず、どちらの侍も地面に串刺しにして殺した。その侍たちの死体が串刺しにされた地域が私《あて》の故郷の串原村。……マァ、あんまり気色のいい由来ではないけれど」

窓の外を眺め、太夫は黙った。

弦二郎は惣右介に呟く。

「侍の串刺し……人間を使った巨人の昆虫採集みたいなもんかな」

呆れたように弦二郎をちらりと眺め、惣右介は話を仕切り直す。

「那岐山麓といえば農村の地芝居、『横仙《よこせん》歌舞伎』が昔から盛んだった地域ですね。師匠の芸のルーツも、もしかするとその辺りにあるのでしょうか?」

「さすが、あんさんは色んなことをようご存知や」

太夫は微笑んだ。

「私《あて》の親父さんは普段は平凡な百姓やったけれど、秋祭りの時期だけは横仙歌舞伎の浄瑠璃の太夫として他の地区にも引っ張りだこ、ちょっと腕に覚えのある素人やった。親父さんは自分の稽古の相手も兼ねて、小さい頃から私《あて》と弟に浄瑠璃と三味線の稽古をつけてくれた。……マァ、弟はポリオの後遺症で右手が少々不自由やったさかい、三味線はやらずに浄瑠璃だけの稽古やったけど」

一息ついて太夫は続けた。

「戦争中、串原最寄りの津山に後の私《あて》の師匠、宇津保太夫《うつぼたゆう》が疎開してはって、親父さんは私《あて》ら兄弟を連れて稽古をつけてもらいに通った。……きっと、体が不自由な弟の生計《たつき》になる芸を身につけさせてやりたかったのやろうけど、地芝居の浄瑠璃とは全然迫力の違う文楽の語りに、コレ、私《あて》の方がこうして魅せられてしもて、終戦後大阪に出て師匠に弟子入りしたという経緯《いきさつ》なんや」

「なるほど、そんな巡り合わせがあったんですか」

頷く惣右介の隣、弦二郎は「あの……」と遠慮気味に口を挟んだ。

「ヨコセン歌舞伎って……名前は聞いたことあるんですけど、そのヨコセンって、一体どういう意味なんですか？」

弦二郎の眼差しを受け止め、太夫は含みのある視線を惣右介に流した。

惣右介は承知したとばかりに頷き、太夫に代わって説明する。

「縦横の『横』に仙人の『仙』と書いて横仙。仙というのは山——ここでは那岐山の意味。那岐山の横、那岐山麓の地域を示す言葉ですね」

「へー」

感心する弦二郎に構わず、伊勢太夫は満足そうに惣右介に微笑む。

「おおきに。やっぱり、あんさんは色んなことをご存知や。……いや、それだけやない。以前の葦船島の一件で、あんさんは物事の上辺《うわべ》の裏に隠された真実を見抜く力をお持ちやということを、私はしかと目の当たりにした……。海神さん、そんなあんさんのお力を見込んで、よかったら、お聞き願いたい昔話がありますのや」

太夫は語りながら徐々に真顔となり、最後には真剣な眼差しで惣右介を直視していた。

同じく惣右介も、穏やかながらも真っ直ぐな視線を太夫に返した。

「お見込みに適うかどうかはわかりませんが、師匠の語りをお聴かせ頂けるなら、僕に異存のあろうはずはありません。……それは一体、どんな昔話なんでしょう？」

「うむ――」

太夫は思案の様子で腕を組む。

「それは私《あて》が師匠に弟子入りする前の年、戦争が終わった翌年のことやった。秋祭りの一週間前、地芝居の稽古もいよいよ大詰めの九月二十日の夜、串原神社の神楽殿で起こった殺人事件――」

太夫は正面の惣右介と弦二郎の顔をゆっくりと見渡した。

「あの舞台の上の怪態《けったい》な死体の有様は、那岐山の巨人の幻が起こした神秘の業《わざ》やったのか、あるいは、それとも……」

組んだ腕を解き、伊勢太夫はベッドの机に手を載せた。

三

国破れて山河あり――とは、そもそも山河以外の賑わいがあってこその嘆き節。

岡山と鳥取の国境《くにざかい》、那岐の麓の横仙には、敗れようが敗れまいが、山河の他には何もなかった。戦を嫌った巨人の膝元――という土地の謂《い》われが守りとなってか、戦争中も終戦後も、私《あて》の故郷の横仙地方、串原村に戦争というものはそれほど大きな影を落としはせなんだ。

もちろん、何人かの村の兄さん方の出征と戦死、勤めに出てた岡山の街で空襲に遭ってしもた気の毒な人はおったけれど、横仙から見上げる山々は、巨人が土を捏ねて作った頃からちぃとも変わらんというような涼しい顔して、まるで、戦争に敗けた国のちっぽけな人間を憐れに見下ろすかのようやった。

一九四六年、当時の私《あて》は十七歳。弟の藤雄は十五歳。

兵役に志願可能な年になってた私《あて》は、戦争が終わったことに心底ほっと胸を撫で下ろした。

私《あて》ら若者にとって、終戦は終わりやのうて新しい人生の始まりやった。こればっかりは、都会でも田舎でも変わらへん、若い人多くの正直な気持ちやったと思う。

横仙でも各村の若者たちが音頭を取って、戦争中は自粛してた歌舞伎芝居を復活させようと準備を進め、早い村ではその年の秋祭りから復活芝居が始まる運びになった。串原村もその口で、演目は『仮名手本忠臣蔵』五段目「山崎街道」「二つ玉」六段目「勘平切腹」と早々に決めて、秋祭りの舞台に向けた準備と稽古を着々と進めとった。義太夫の床は私《あて》ら親子——親父さんの太夫と私《あて》の三味線。

私《あて》はその頃にはもう文楽の道に進むことを決心してて、新年には大阪に出る予定になってたから、これが串原歌舞伎で務める最後——とばかり、それはそれは気合を入れて稽古をしてた。けど、祭りの一週間前、芝居どころやない事件が起こってしもて、結局その年、串原の芝居は中止になってしもた……。

その頃、私《あて》には将来を約束した大切な人があった。

十七歳の小僧が何をませたこと——と、あんさんらには笑われるかもしれへんけど、マァ、あの頃の十七は今でいうたら二十も半ば。いや、今よりも死ぬことがもっと身近な時代やったから、十五、六を過ぎれば皆、自分の命の終わりから逆算して毎日を生きてるようなもんやった。せやさかい、幼なじみとの長年の約束は十七にもなれば果たさなならんと考えるのは、至極普通のことやったのやないやろか。……マァ、そんなごちゃごちゃとした言い訳はともかく、その頃の私《あて》にとって、その人が誰より大事な恋人やったのは間違いのないことやった。

その人の名は殿村佳那子《とのむらかなこ》。私《あて》と同い年の、村の庄屋の分家の娘。

戦争中はさすがにおさげにしてたけど、戦前戦後は袴に束髪。里山の娘というよりも都会のお嬢さんという雰囲気のある、知的で自分の意志をもった、それはそれは凛とした女《ひと》やった。

将来を約束していた——というのやから、翌年、佳那子と私《あて》は一緒に大阪に出る予定やった。けど、最初から所帯を持って師匠のもとに弟子入りするという訳にもいかん。一緒に大阪に出るは出るもの、私《あて》は住み込みの文楽修行、佳那子は寮に入って会社勤め——それぞれまずは自分の暮らしを立てて、時宜が適えば所帯を持つという算段やった。

佳那子には繁蔵《しげぞう》さんという、年の離れた三十過ぎの兄さんがおった。

その人は「串原の鴈次郎《がんじろう》」なんてあだ名されてた役者のような色男で、村芝居の主役は大抵この人、その年の勘平も当然この人の役やった。

早うに両親を亡くした殿村の家ではこの繁蔵さんが戸主を務めていたのやけれど、芝居の世界の色男のお定まりと同じで、あんまり頼り甲斐のある人やのうて、マァ、はっきり言うて身持ちの悪いお人やった。……とはいえ戦前までは惚れた腫れたの方面の、ご愛敬といえば言えなくもない浮名を流す程度やったのやけど、戦争が始まってからは勝った負けたの時代の空気につられてしもたか、色事だけやのうて博打——岡山、津山の裏世界の賭場に出入りするようになってしもて、少なからぬ借金を膨らませてるという噂やった。

金の事情でやつれた色男――まるで勘平を地でいくような繁蔵さんの芝居には、なんとも言えん色気が漂って、プロの役者の「芸」とは一味違った地芝居ならではの独特の魅力があった。

結局、あの人の勘平の本番を観られへんかったことは、今でも私《あて》の心残り……。

あんな事件があったというのにそんなことを考えてしまう私《あて》も、マァ、一生芝居に取り憑かれた、つくづく業の深い人間に違いない――。

ご存知のように、五段目の前半「山崎街道」は浪士仲間の千崎弥五郎と勘平の再会。

後半「二つ玉」は定九郎の与市兵衛殺しと　〽駆け来る猪――。

そこから先、猪と間違って勘平に撃たれる定九郎。灯《ともし》の鉄砲の火口《ほくち》をぶんぶんと振りながら勘平が花道から舞台に進んで、濡れた松葉に当たって火口が消える。暗闇の中で足探り、定九郎の死体のもとにたどり着いた勘平が猪への留《とど》めとばかりに死体を打擲《ちょうちゃく》、縄をかけて引きずろうとしたところで人と判って「こりゃ人！」と吃驚。薬を探して死体の懐をまさぐって手にした財布、悪いこととは思いつつ、弥五郎と約束の討入りの支度金。「この金、しばし借りましたぞや」と　〽飛ぶがごとくに――逃げてゆくという段取り。

この五段目の勘平というのは、濃密な科白を語って聴かせる六段目の芝居とは違って、暗闇の中での出来事と心理の流れを動作だけで見せなならん、実は、お客さんが思てる以上に難しい役。

地芝居の素人役者には、よっぽどの稽古が必要な難役中の難役や。

その日、夕方から夜にかけては役者全員揃っての六段目の稽古。

その後、勘平の繁蔵さんと定九郎の藤雄、津山に出掛けて留守やった親父さんに代わって一人で弾き語りの義太夫をつける私《あて》——三人だけが舞台に残って「二つ玉」勘平の花道の出から幕切れまでの稽古を遅くまで浚《さら》っとった。花道の出……と言うても、串原歌舞伎の舞台は芝居専用の舞台やのうて神社の神楽殿を使うてたから、いわゆる能舞台の「橋掛り」が花道の代わりやった。〽駆け来る猪——の被りもんの「猪」は十歳の子どもの役。夜分遅くの稽古に付き合わせる訳にはいかへんさかい、猪が駆け抜けた直後、定九郎が舞台の上で大の字に　〽死してんげり——の所から、勘平が橋掛りに登場、舞台に進む一連の流れの稽古を、私ら三人は繰り返し浚い続けた。

八時頃から始まった五段目の稽古、神楽殿向かいの拝殿の階《きざはし》や石灯籠に腰掛けて、なんとなく見物してた六段目出番の連中や村の人らも、九時を過ぎた頃にはもう、何度も何度も繰り返す稽古を見続ける暇人は一人もおらへんようになっとった。

もう、何回目になる繰り返しやったか……。

「こりゃ人——！」

舞台の真ん中に横たわるのが人の死体と気付いて勘平がのけぞった瞬間、繁蔵さんは本当に驚いたように目を剝いて、続く芝居を止めてしもた。

私《あて》は三味線の手を止めた。

定九郎の死体役で仰向けに寝そべってた藤雄も、不思議そうに上身を起こして繁蔵さんの見てる先に顔を向けた。私《あて》も同じく、舞台の正面、拝殿の方へと顔を向けた。

拝殿の陰にはピシッとした背広を着た、体格のいい五分刈りの男が一人立っとった。舞台の私《あて》らが気付いたのをきっかけに、その男はゆっくりと神楽殿の前まで進んだ。呆然とする繁蔵さんの目をじっと見たまま、男はニヤリと笑うて言うた。

「殿村、こんな時間まで田舎芝居の稽古とは、随分と余裕があるなぁ……。しかしマァ、お前の『おかる勘平』とは……これ以上実《じつ》のある芝居はあらへんわな」——ハハハハハと男は下品な声を上げて笑《わろ》た。

金のため女郎に売られる勘平の女房おかる——その男が何を喩えて言うたのか、私《あて》はその時、まだ察することは出来へんなんだ。

ただただ吃驚して男の姿を眺める私《あて》と藤雄に蒼ざめた顔を向け、繁蔵さんは言うた。

「悪いけど今日はここまでにして、先に帰ってくれへんか。……ご覧の通り、ちょっと、ご存知さんがおいでやから……」

繁蔵さんは「ご存知さん」なんて甘い言い方をしたけど、その男が真っ当な筋の人間やないことぐらいは私《あて》にでも判った。

その場で固まる私《あて》と藤雄に、繁蔵さんは懇願するように、しかし有無を言わせん口ぶりで繰り返した。

「この人と話があるから……二人とも遠慮してくれ。頼む」

正直、色々と悪い予感はした。けど、「ここに残る」とでしゃばる理由がある訳でもない。私《あて》と藤雄は舞台を立って串原神社を後にした。

しかし、家に帰る道半ば、藤雄は「忘れ物をした。兄さんは先に帰ってくれ」と言うて一人神社へ引き返した。文楽に弟子入りすること、佳那子と一緒に大阪に出ること——翌年からの新しい船出に浮かれてた私《あて》とは違うて岡目八目、藤雄は男の「おかる」という言葉の含みを敏感に感じ取って、頼りない私《あて》の代わり、男と繁蔵さんのやり取りの様子を探りに行ってくれたんや——。

道中で別れてから三十分ほど経った十時過ぎ、藤雄は蒼い顔をして走って家に帰ってきた。家に入るなり、藤雄は私《あて》の正面に滑り込むようにしてうずくまった。

「大変や、兄さん。……おかるは、やっぱり佳那子さんのことやった——」

「へ——?」いまだに事情を呑み込めん私《あて》に、藤雄は早口で続けた。

「あの男——島崎《しまざき》という男は岡山で賭場を張ってる組の人間で、繁蔵さんが博打でこしらえた借金の取り立て人やった。田舎の家や田畑を売っても到底贖われへんぐらいの借金。繁蔵さんはよりによって、佳那子さんを博打のカタにした一か八かの勝負に負けた……。島崎は今日、佳那子さんの品定めに殿村の家に来て、そして、佳那子さんから繁蔵さんの居場所を聞いて神社に来たって——」

「えっ!」さすがに事情を呑み込んで、私《あて》は心底驚いた。けど、まだ驚くのは早かった。

藤雄は続けた。

「借金の証文と交換に、今から佳那子さんを連れて岡山に行くと島崎は言うてる。繁蔵さんは『今日の今日で突然連れて行かれるのは不憫、事情を話して料簡させて送り出すから今日の所は待ってくれ』と、聞いて呆れる理屈やけれど、とりあえず頭を下げて島崎を引き止めてる。……もう、これは兄さんが出て行ってそんな無法は撥ね退けるか、難しかったら佳那子さんを匿うか、それしか道はないと思う。兄さん、とにかく急いで神社に……」

コレ、こうなっては言うにや及ぶ。

藤雄に無言で頷いて、次の瞬間、私《あて》は瞬発的に駆け出した。

殿村の家は神社の先、もし島崎という男に話が通じへんかったら、そのまま佳那子のもとに走る……。夜の道を必死に駆けて、私《あて》は一目散に神社を目指した――。

鳥居前からスピードを落として、私《あて》は呼吸と覚悟を整えて境内に足を踏み入れた。

ませてたとはいえ、そこはそれ、村の内しか世間を知らん十七歳。極道者と渡り合うなんて当然初めて。そもそも自分に「渡り合う」なんてことが出来るのか？　「渡り合う」とは一体どういうことなんか？――そんなことも正直、まったく想像の及ばんことやった。

緊張して早打つ自分の心臓の音を聞きながら、私《あて》は参道の石段を最上段まで駆け上がった。

島崎が立ってた神楽殿の前。繁蔵さんが座ってた舞台の上――境内に人の姿は一つも見えん。

遅かったか――私《あて》は焦った。

しかし……。

暗い境内でただ一カ所、天井の明かりが点いたままぼうっと浮かび上がる神楽殿の舞台――そこに何やら、黒くて短い棒状のものが立ってるのが見えた。

その下には……なにやら人が仰向けに横たわっているような……。

恐る恐る神楽殿の前まで進み、私《あて》は舞台の真ん中に横たわるそれが何かを理解した。

それは、繁蔵さんの死体やった。

勘平やのうて、まるで〈死してんげり――の定九郎のように両手を広げて横たわる繁蔵さん。……いや、その死にざまはむしろ定九郎に殺された与市兵衛。

定九郎が与市兵衛の腹に突き立てた留《とど》めの刀のように、繁蔵さんの腹には芝居で使ってた古刀が突き立てられてた。いや、突き立てられてた――なんて生易しいもんやなかった。

繁蔵さんの腹の上に見えてる刃は五寸程度。

刃はほとんど体を貫通して、繁蔵さんを舞台の上に串刺しに打ち付けとった。

繁蔵さんが島崎に殺された。やくざ流の見せしめか何かで、死体は惨い有様にされた――。

そんな考えが頭をよぎったのも一瞬、とにかく今はなんとしても佳那子を守らならんと、私《あて》は一目散に殿村の家を目指して駆け出した……。

夜道を走り走って駆け込んだ殿村の家、しかし、そこはもぬけの殻。

ハヤ佳那子は拐《かどわ》かされてしまったか――と、あてなく後を追いかけようと外に出た私《あて》の前に、ぬっと黒い人影が立ちはだかった。

その人影は島崎やった。

じっとりと私《あて》を眺め、島崎は言うた。

「兄ちゃん、この家の娘、どこに行ったか知らんか?」

極限状態にあった私《あて》の頭は、その言葉の意味を瞬間的に理解した。

佳那子は無事や――。

このまま佳那子を守るために私《あて》がするべきこと、それは……。

「……人殺しや！　繁蔵さんが殺された！　犯人はこの男や！　助けてくれー！」――辺りの家に届けとばかり、私《あて》は喉を震わせた。

突然の大声に驚いた様子で、島崎は両手を上げて私《あて》に摑みかかってきた。その腰にタックルするようにしがみつき、私《あて》は叫び続けた。

そうこうしているうち、辺りの家に明かりが点いて人が動く気配がし始める。

無我夢中、火事場の馬鹿力で私《あて》は島崎と揉み合い、摑み合ったまま地面を転がり回る。

どれぐらい島崎と組み合ってたのか、あの時の時間の長さだけは今になってもよう判らん。

私《あて》と島崎が引き離された時、二人の周りにはそこそこの人数が集まってた。

島崎の腕を取り押さえたのは村の駐在さんやった。


捕縛した島崎に見張りを付けて、私《あて》と駐在さんと数人、ひとまず急いで神社に向かった。

繁蔵さんは変わらず神楽殿の床に串刺しにされとった。

藤雄から聞いた事情を神社への道中に伝えとったから、駐在さんはこれは単純に島崎の仕業、複雑な事情はないと決めて掛かってか、「ひとまず刀を抜いてやろう」と、舞台に上がって繁蔵さんを串刺す刀を抜こうとした。

ところが、や……。

駐在さんが引っ張っても、刀はびくとも動かへん。

「これはあかん。ちょっと、手伝ってくれんか」――駐在さんは私《あて》や村の人らに声を掛けた。

死体が載った舞台に上がるのに、皆、少々ためらいはしたものの、結局私《あて》とあと一人、青年団の山本さんという人が舞台に上がって繁蔵さんの死体を囲んだ。

柄近くまで刺さった刀は当然床深くまで刺さってる。

しかし、島崎がいくら剛の者やと言うたかて、人の力で刺した刀、人の力で抜けるはず。繁蔵さんの体を真ん中に、三人掛かりで柄を摑んで抜こうとした。……けど、刺さった刀はびくとも動かん。どうやら、刀は床板だけやのうて床下の柱に深く刺さってる様子やった。

刀を抜くのを諦めて、私《あて》らは舞台を降りた。こもった力を振り払うように掌をぶんぶんと振りながら、山本さんは見物してた皆に言うた。

「――あんな力で人を串刺しに出来るのは、三穂太郎の他にはあらへんで」

三穂太郎が串刺しにした侍たちを祀る串原神社の神楽殿の舞台の上。

繁蔵さんの死体の有様は、たしかに、その言い伝えをそのまま再現しているかのようやった……。


一連の出来事の間、幸い佳那子は我が家に駆け込んで藤雄に匿われとった。

繁蔵さんの死体は県警の調査の人らが六人掛かりでなんとか床から外したという。

逮捕された島崎はその他の悪行も含め、随分厳しく調べ上げられたらしいけど、繁蔵さん殺しに関しては認否を続け、刀の謎のこともあって、結局この件に関しては無罪となった。……しかし、この逮捕をきっかけに、それまで巧妙に逃れてた恐喝、誘拐、殺しの尻尾を摑まれて、その後、繁蔵さん殺しの刑期よりも重い判決を受けたと聞いてる。

もちろん、最初から島崎の犯行と決めつけて調査をする訳にもいかんやろうから、私《あて》も藤雄も警察に呼ばれて取り調べは受けた。

私《あて》は幸い夜道を駆ける姿を何人かの人に見られてて、その証言からほとんど嫌疑は受けずに済んだ。

一人で神社に戻ってた時間のある藤雄は私《あて》より少し厄介な立場にあったけれど、藤雄の不自由な手であんな風に刀を刺すなんて到底不可能――それほど疑いを受けることはあらへんかった。

結局、繁蔵さんの事件は未解決のまま終わった。

こう言うてしもては残酷やけど、ある意味、繁蔵さん自身の身持ちの悪さが招いたことでもある。犯人と思われる島崎も、別件ながら相応以上の罰を受けとる。繁蔵さんの借金の件も、佳那子の身売りの件も、そもそもが違法なことゆえ、人が死んで事が明るみに出たからには、それ以上の追い込みはあれへんかった。……未解決とはいえ、マァ、事件はそれなりの落とし所に落ち着いた。

しかし、私《あて》と佳那子が思い描いてた未来は、この事件のおかげでガラリと変わってしもた。

兄さんが殺されて身寄りのなくなった佳那子。一緒に大阪に出て、新天地で私《あて》が彼女を支えてやらななららん。必要なら文楽への弟子入りは諦めて、それなりに稼げる仕事に就いて働き、すぐにでも所帯を持とう――私《あて》は腹を括った。

しかし、佳那子は私《あて》に、そもそもの結婚、大阪行きの約束を断ってきた。

「自分はやくざがらみのしくじりで兄を死なせてしもた女。いつ何時《なんどき》、また因縁が付くかも分からん身の上。今から芸の道で大成せなならんあんたは、もう、自分とは関わらへん方がいい――」

もちろん「そんなことはあれへん」と、私《あて》は佳那子の言い分を一蹴した。

けど、佳那子の決心は固かった。それから佳那子は私《あて》に一切心を閉ざして、私《あて》が大阪に出発するその日まで、会うことも話すことも拒み続けた。

思いもよらん成り行きに、私《あて》も苦しい思いをしたで……。

けど、佳那子と文楽、ここで両方とも失くしてしもたら、自分自身が駄目になる――と親父さんに説得されて、私《あて》は結局、一人で大阪に旅立つことになった。


出発の日、意外にも佳那子は一人、津山の駅に見送りに来てくれた。

将来の約束を反故にしたことを改めて謝って、私《あて》が立派な太夫になることをきっと祈ってると言うてくれた後、佳那子は最後、タラップに立つ私《あて》にこんなことを言うた。

「私はきっと、三穂太郎と猪のバチが当たって哀れな最期を迎えると思う。……もし、文楽で末期《まつご》哀れな女の話を語る時があったなら、自分という女がいたことを少しでも思い出して欲しい」と。

……その二年後、佳那子は三穂太郎の足跡と言われる地元の池に浮かんでるのが見つかって、マァ、これは事故か自殺か、殺《あや》められたのか、結局判らずじまいやったのやけど、とにかく、この時の別れの挨拶が、私《あて》と佳那子の最後の会話になってしもた。


私《あて》は佳那子を末期哀れな女やなんて思たことは一度もない。

むしろ、当時としては珍しい、自分の道は自分で決める立派な女《ひと》やったと私《あて》は今でも思ってる。

あの時、文楽を諦めて所帯を持つ道を拒んだ佳那子のおかげで、今の私はある——と私《あて》は思てる。

それは、あの頃から今になっても変わらへん、私《あて》の佳那子への正直な気持ちや。


けど、そのはっきりとした思いの裏腹に、あれ以来心に引っ掛かり続けてる謎——。

五段目の芝居の舞台、人の力とは思えん力で串刺しにされてた繁蔵さんの死にざま。

三穂太郎と猪のバチが当たる——と、最後に佳那子が言うた不思議な言葉……。

もしその真相がはっきりしたなら、ずっと私が心に秘め続けてきたこの物語の床本、目出度く閉じて心置きなく、安心して自分の語りの人生を終えられる——私《あて》はそう、思うてるのや。

四

劇場とは違い、語りを終えた太夫への拍手は起こらない。

遅い昼下がりの病室にしばしの沈黙が続く。

しばらくして口を開いたのは弦二郎だった。

「……今の話は、一体、どんな種類の話やと解釈したらええんでしょう？　巨人の仕業の不思議な怪談話？　伝説になぞらえた見立て殺人？　それとも、師匠と佳那子さんの悲恋の物語……」

ふっと息を抜くように、太夫は小さく笑った。

「サテ、今までの一生掛けても私《あて》にはそれが解らへんかったから、最後の望み、あんさんがたに話を聞いてもろたんや……」

淋しげな老師の言葉を受け、弦二郎は腕を組んで唸る。

「うーん……。三穂太郎のバチっていうのには何か深い意味がありそうやけど、猪のバチっていうのは一体どういうことなんやろ？　五段目の猪が何か事件に関係あるんやろか？」

弦二郎はベッドの老師を見上げた。

「師匠、その時の芝居の猪、どんな猪やったんですか？」

「どんな猪って……」一メートルほどの幅に両手を広げ、太夫は言った「十歳の子どもが屈んで入れるぐらいの楕円型の竹籠をひっくり返して、茶色い布を貼り付けて目と鼻と牙をくっ付けた、今の歌舞伎の舞台で使うてるのと同じような着ぐるみやったな」

「事件の後、その着ぐるみに何か変わったことはなかったですかね？」

「中止になった芝居の小道具なんて特に気にすることもなかったから、事件の直後の状態は正直わからへん。……けど、別れ際の佳那子の言葉が引っ掛かって、佳那子の葬式で村に帰った時、神社の倉庫でその猪を探してみた。……しかし、埃がかぶったその『五段目の猪』には、特におかしな点は見つからなんだ」

「ほな、芝居の時の猪役の子どもに、何か変わったことはなかったですか？」

「子どもには、特におかしなことはなかったと思う」

「うーん」唸りながら、弦二郎は惣右介の横顔を見つめた。

「……惣右介君。さぁ、君の出番や」

「え？」珍しく頓狂な声を上げ、惣右介は苦笑しながら友の顔を眺めた。「師匠が生涯胸に秘めてこられた謎を、我々がそんなにすぐ解けるとお思いですか？　もしそうお考えだとしたら、弦二郎さんって、僕が思っていたどころではなくお目出度い人ですね」

「ウ――」

奇妙な呻き声を上げる弦二郎に、惣右介は穏やかに語り続ける。

「それに、いくら師匠のお話が微に入り細を穿っていたとしても、六十年以上も昔、十干十二支《じっかんじゅうにし》一周以上の年を経た過去の話、さすがに今になって断定的に言えることは何一つありませんよ。しかし……」

顎に指を添え、惣右介は黙った。

「しかし……？」

惣右介を促すように、弦二郎は言葉尻を繰り返す。

惣右介は言った。

「師匠が僕たちたった二人だけに『語り』を聴かせてくださったご返礼に、僕なりの物語の『解釈』を述べさせていただく程度のことなら、あるいは可能かもしれません」

惣右介は正面の伊勢太夫をじっと見つめた。

太夫も黙って視線を返す。

こらえ切れなくなったように、弦二郎は惣右介に向かって言った。

「……それはつまり、巨人の仕業なんか、何かトリックのある見立て殺人か何かなんか、君は話の真相を解釈することが出来た――そういう意味なんやろか？」

ゆっくりと、惣右介は弦二郎に顔を向けた。

「『巨人が存在するかしないか』という問題はひとまず置いて、弦二郎さんは巨人にこの犯行は可能だったとお考えですか?」

惣右介の真顔の質問に、弦二郎は腕を組んで考え込む。

しばらくして「あ」と一言、弦二郎は惣右介と太夫の顔を見比べた。

「犯行現場が神社の神楽殿やったということは、当然、能舞台みたいな屋根があったわけですよね? つまり、巨人が真上から刀で刺すことは不可能。巨人が屋根の下に人差指と親指を入れて、チョイと刀を刺した——というのは、ちょっと、いくらなんでもおかしな話のような気がする……」

惣右介は満足げに頷いた。

「物語をファンタジーと解釈する選択肢を含めて考えても、弦二郎さんの仰言ったような論理的な非整合性は、解釈の強度を損なって然るべき要素である——と僕も考えます。……もちろん、そもそもファンタジーなのだから、たとえば巨人は観念的で実態のない、いわゆる幻のような存在で、その掌は屋根など物理的な障害物を自在にすり抜けることが出来る——という文学的な設定との解釈も可能かもしれません。しかし……」

惣右介は太夫を見上げた。

「今に至って、きっと師匠はそのような解釈をお望みではないはずだと思います」

「……」

黙ったまま、太夫は真剣な表情で惣右介の瞳を見つめる。

しばし対峙し、惣右介はふっと力を抜いて微笑んだ。

「もちろん、もはや断定することが不可能な過去の物語に対する推理は、すべて解釈でしかありません。謎は謎のまま、神秘は神秘のまま、ファンタジーとして受け入れてしまうのも、あるいは一つの方法かもしれません。もし師匠がお望みなら、これをもって『解釈』とすることも決して否定されるべきことではないと思いますが……さて、お考えはいかがでしょうか？」

「……」

しばし黙って、太夫は言った。

「あんさんの頭の中には他の『解釈』もおありのご様子。せっかくなら、お聞かせいただけたら有難い」

惣右介は静かに頷いた。

「僕の『解釈』は、きっと、師匠も一つの可能性として考え続けてこられたことなのではないかと思います。本来素直な懺悔であり、告白であった佳那子さんの言葉が、図らずも単純な真相を複雑に見せるに至ってしまい、結果的に真相を見えにくくしてしまっていた……そう、僕は思います」

伊勢太夫は悲しげな眼差しを惣右介に向けた。

「……ということは、やっぱり佳那子が」

「いいえ――」惣右介は首を振った。「あくまでも、これは僕が最も腑に落ちる『一つの解釈』に過ぎません。最終的には師匠ご自身の解釈で決着をつけてこそ、この物語は幕を閉じることが出来る――僕はそう考えます」

「……」

太夫はしばし黙り、そして言った。

「承知した。あんさんの仰言る通り、私自身《あて》の心の決着は、あんさんのお話を聞かせてもろてから、今日、きっちりと着けようと思う。せやから海神さん、あんさんの仰言る『単純な真相』というのを、どうか私《あて》に語り聞かせてくださらへんか。……コレ、こうして頼みます」

老太夫は背筋を伸ばして頭を下げた。

伊勢太夫と同じくピンと背筋を伸ばし、惣右介はベッドの太夫を直視した。

もはや余計な言葉は添えず、惣右介は嚙みしめるように言った。

「三穂太郎と猪のバチ――佳那子さんが仰言った二つのバチ。……それを順番に、素直に読み解けば、一つの『解釈』が浮かび上がってきます」

伊勢太夫は頭を上げ、弦二郎は横を向き、二人は惣右介の言葉に聴き入る。

「まず、『三穂太郎のバチ』。……これは単純に、三穂太郎を祀る神社を死で穢してしまったこと――それを後悔した言葉だったのではないかと思います。死体の有様とこの言葉を結びつけて、『巨人と関わりのある怪異』あるいは『巨人伝説に見立てた殺人』などと深読みをしてしまうと、事件と佳那子さんの関わりが、かえって見えなくなってしまいます」

弦二郎は身を乗り出し、まるで佳那子を弁護するかのように口を挟む。

「けど、佳那子さんはやくざ者から逃がれて師匠の家に匿われてたんやろ？　その佳那子さんが神社で自分の兄さんを殺したなんて、一体何を証拠に言えるんや？　『三穂太郎のバチ』を単純に解釈したところで、僕には一向にそんな風には考えられへんで？」

惣右介は苦笑した。

「もはや立証は不可能な古い話に、もちろん証拠なんてありません。……師匠のお話から、その日の人々の動きを想像すればその可能性は高い——そして、佳那子さんの懺悔の言葉から逆説的に考えれば、そう解釈できる可能性は高い——ただそれだけの話です」

「どういうことや?」

「師匠のお話では、島崎さんはまず殿村家に寄り、佳那子さんから繁蔵さんの居場所を聞いて神社に来たということでした。つまり、佳那子さんは怪しげな男が兄を訪ねて来たことをまず最初に知っているんです。……普段の兄の交友から、それが真っ当な人間でないことは容易に想像できたことでしょう。その上、珍しい夜間の訪問、あるいは自分を値踏みするような男の視線に、佳那子さんはいつもと違う胸騒ぎを覚えた。島崎さんを見送ったあと、佳那子さんは密かに後を追って神社に向かった——」

一拍置いて惣右介は続ける。

「師匠と藤雄さんが去った神社の物陰で、佳那子さんは兄と男の会話を盗み聴く。……あろうことか、兄は自分を博打のカタにしていた。しかも相手はその筋の人間。このままでは本当に自分の身は苦界に沈められ、目前に広がる幸せな未来の夢は潰えてしまう。これはなんとかしなければという焦燥、あるいは愚かで身勝手な兄への猛烈な怒りが、佳那子さんの総身を駆け巡った。……しかしその時、佳那子さんは自分以外にもう一人、神社の物陰で二人の会話を盗み聴きしている人影に気付いた」

「それは……」と呟く弦二郎よりも早く、ベッドの太夫が驚いたように声を上げた。

「藤雄が? 佳那子だけやのうて、まさか藤雄も繁蔵さん殺しに——?」

「いえ。藤雄さんは事件には関わっていないと思います」

断言するように言い、惣右介は続けた。

「もし藤雄さんが関わっていたなら、その後、師匠を神社に向かわせたりはなさらなかったはずです。佳那子さんはこの時、一人神社の物陰に隠れる藤雄さんの姿に気付いた――ただそれだけのことだったと僕は考えます」

すっと息を吸い、惣右介は最前の伊勢太夫のように滔々と語り始めた。

「……藤雄さんが去り、島崎さんが去った後、佳那子さんは兄上が一人残った神楽殿に上がった。佳那子さんはたった今聞いた二人の会話の内容に怒り、取り乱し、兄の愚行を責め立てた。そして――。

舞台の端に落ちていた定九郎の刀を手にし、覚悟を決めて、佳那子さんは自分の人生の障碍でしかない兄上を刺したのでしょうか？

あるいは、売られるぐらいならこの場で死ぬ――と錯乱し、止めようとした兄上と揉み合い、誤って兄上を刺してしまったのでしょうか？

この顚末だけは、お聞きしたお話からは如何とも推測することが出来ない『藪の中』です。

しかしとにかく、佳那子さんは三穂太郎を祀る神社の聖域を兄上の血で穢してしまった。

いいえ、それだけではありません。

身売りとは違う形で、佳那子さんは自らの手で自らの未来を閉ざす罪を犯してしまった。

冷静になった佳那子さんは、自分がどう振る舞うべきか、きっと必死になって考えたことでしょう。

そして、佳那子さんは思いついた――。

幸い、直前までここには島崎さんという極道者がいた。もしかすると兄上を陥れたのかもしれない裏社会の人間。自分を売り買いの代物にしようとしていた憎むべき女の敵――。なんとかして、この男に罪をなすりつけることはできないだろうか……？

しかし、その思いつきには一つ大きな問題があることにも、佳那子さんは思い至ったはずです。最前まで、神社には島崎さんだけではなく藤雄さんもいたのです。

愛する人の弟、藤雄さんに嫌疑がかかってしまうことは当然避けねばならない。

さて、どうしたものか？

そうして考えた結果が、佳那子さんが後に『猪のバチが当たる』と悔やんだ偽装工作でした」

しばし、惣右介は黙った。

普段の語り手と聞き手の立場が逆転し、ベッドの太夫は息を呑んで惣右介の語りを聴いている。

伴奏する三味線を持たない弦二郎は、隣で語る友人の横顔をただ呆然と眺めている。

惣右介は静かに語った。

「床に貫通するほどの強い力で死体に刀を突き立てれば、手が不自由な藤雄さんでもなく、女の自分でもなく、体格の良い島崎さんの犯行に見せかけることが出来るのではないだろうか――？」

「ちょっと待ってぇな――」弦二郎は遠慮なく惣右介の語りを遮る。

「藤雄さんが共犯するでもなく、女一人の力でそんなことは絶対に出来へんやろ?」

惣右介は首を横に振った。

「いえ。それを可能にするものが、奇しくもその時、串原神社にはあったはずなんです」

「……? それは?」

「それは――」

弦二郎の問いに答える代わりに、惣右介は静かに唄った。

「〽亥の子 亥の子
亥の子の晩に 亥の子餅ついて 祝わん者は
鬼産め 蛇産め 角の生えた子産め――」

「……?」

「……」

意味が解らずきょとんとする弦二郎。

驚いた様子で目を見開く伊勢太夫。

二人の眼差しを受けつつ、惣右介は続けた。

「十月の『亥の子』の日を目前にした九月下旬、『亥の子撞き』の石――子どもたちが地面を叩く複数の持ち手の縄に括られた『亥の子石』が、すでに神社に準備されていたのではないでしょうか

「……？」

弦二郎は咄嗟に老師の表情を確認した。

黙って目を見開いたまま、伊勢太夫は神妙な眼差しで惣右介の顔を見つめている。

惣右介は続けた。

「つまり、佳那子さんが口にした『イノシシのバチ』とは、五段目、ケモノヘンの『猪』ではなく、十二支の『亥』。つまり、神聖な『亥の子石』を殺人の偽装トリックに利用してしまった罪悪感を示した言葉だったんです」

「いや、でも……」弦二郎は食い下がる。

「その考えには、やっぱり無理がある。子ども何人かが縄を持って、輪になって地面を撞くのがその『亥の子』なんやったら、いくら力を増幅させられるとはいえ、佳那子さん一人で扱うことは出来へんはずや」

一瞬黙って、弦二郎は眉をひそめて言った。「……ということは、やっぱり藤雄さんが」

「藤雄さんは関わってはいませんよ」

「ほな誰が？　……少なくともあと二人、最低でも三人で縄を持たんと、安定して刀尻に石を打ち付けることなんて、絶対に出来へんはずやで」

「協力者はいなかった——そう僕は思っています」

「でも……」

口ごもる弦二郎に、惣右介はゆっくりと顔を向けた。

「弦二郎さん、繁蔵さんの死体が打ち付けられていた場所をよく思い出してみて下さい」

「芝居の舞台、串原神社の神楽殿の真ん中」

素直に答える弦二郎に、惣右介は続けて問うた。

「普通の舞台と違って能舞台と同じ形状の神楽殿。その舞台に必ずある、縄を結ぶ支えになるものは？」

惣右介にじっと見つめられ、しばらくして弦二郎は目を丸くして声を上げた。

「あっ！」弦二郎は呆然として言った。「舞台の両角、屋根を支える大臣柱……」

惣右介は頷き、そして、締めくくるように言った。

「佳那子さんは繁蔵さんの体の近くに亥の子石を置き、そこから伸びる持ち手の縄を二本、上手と下手、それぞれの大臣柱の高い位置に括り付けた。そして、自らは舞台の奥中央に立って別の縄を引っ張り、Ｙの字に張った縄の力で石を持ち上げ、そして、兄上の体の上、刺さった刀尻に石を落として打ち付けた——」

ゆっくりと、惣右介はベッドの上の太夫を見上げた。

「か弱い女性の力でもなく、手の不自由な藤雄さんでもなく、ただ、体格のいい成人男性の腕力を偽装しようとしたその工作が想定以上の荷重を生み、巨人の仕業と思わせてしまうほどの強さで、刀は床に打ち付けられてしまった——」

惣右介は哀しげに言った。

「以上が、僕のこの物語の解釈です」

五

「さよか……」

膝の上の布団を握りしめ、伊勢太夫は嚙みしめるように言った。

「あんさんの解釈、よう解りました。聞かせてくれて、おおきに。ほんま、おおきに……」

身を折るようにして、伊勢太夫は深々と頭を下げた。

頭を下げたまま、太夫はじっとして動かない。

太夫が俯いている短い間、窓から差し込む光は急速に朱の色味を増し、あっという間に病室は黄昏に充たされてしまった。

短いようでいてとても長い時間。

長いようでいてほんの短い時間。

黙って座り続けていた惣右介は、静かにソファーから腰を上げた。

いまだ俯き続ける太夫に顔を向け、惣右介は囁くように言った。

「お暇《いとま》する前に、持参の花を活けて来ましょう」

太夫の応えを待つでもなく、惣右介はテーブルの上の花束を持ち、空《から》の花瓶が置かれたドア近くの棚に向かって歩いて行く。

花瓶を手に取った惣右介がドアの前に立った時、太夫は俯いたまま、惣右介の背中に問い掛けるように、しかし、独り言にも聞こえるような小さな声で言った。

「海神さん、あの娘《こ》は島崎の組の仕返しで殺められてしもたのやろか？　それとも自分で――？」

物右介はドアの方を向いたまま、応えるともなく応えた。「……師匠は、どうお考えなんでしょうか？」

「ああ……」まるで夢から覚めたばかりの人のように、太夫はすっと顔を上げた。「佳那子が死んだのは繁蔵さんの件に関して島崎の無罪が決まった頃。……その成り行きを見届けてから、佳那子は人殺しの罪を自分の命で、自分の意思で償った――きっと、あの娘《こ》はそうしたのやないかと思う。自分の意思で生きて、自分の意思で死んだ――佳那子はそんな女《ひと》やった。私《あて》は今、はっきりとそう思う」

「……」

無言で頷く物右介の背中に、伊勢太夫は震える声で問い掛けた。

「佳那子は……不憫なあの娘の魂は、死んで成仏できたのやろか？　それとも、三穂太郎の足跡の池を、今も彷徨《さまよ》い続けてるのか……。海神さん、もし思うところがあるのなら、最後に私《あて》に聞かせて欲しい――」

「……」

黙って背中を見せ続け、しばらくして物右介はゆっくりと振り返った。

淋しげな微笑みを浮かべ、物右介は目を閉じて言った。

「生憎《あいにく》、僕はまだ死んだことはありません。死後の世界から帰って来たという人も、この世にたった一人もいません。……だから、亡くなった後の佳那子さんの魂がどうなったのか、それはある意味どうとでも言えるし、その反面、正しい事なんて何一つ言えません。ただ……」

惣右介は目を開き、伊勢太夫をじっと見つめた。

「『語り』の名人の師匠に僕などが言うのはおこがましいとは思いますが、この世で唯一、人の命を死の限定から解き放つ方法が『物語り』というものなのではないでしょうか？　死んでしまった人の命は、残された人の心の中、物語の中に生き続けている……。だからもし、今まで解釈不明だった佳那子さんの物語に決着をつけることが出来たと師匠が思われるなら、それは師匠にとっての佳那子さんの成仏……そう考えても良いのではないでしょうか？」

惣右介は穏やかに言葉を結んだ。

しばらくじっと惣右介の瞳を見つめ、そして、太夫は力強く頷いた。


弦二郎と惣右介が病院を出ると、空はもう深い瑠璃色になっていた。

外来の時間も既に終わり、人影のない下りスロープを並んで歩きながら、弦二郎は杖先を運ぶペースを徐々に落とした。

スロープの半ばに弦二郎が立ち止まった気配を察し、先を行く惣右介も静かに歩みを止める。

「惣右介君、実は……」

地面に視線を落とし、弦二郎は言った。

「まだ一部の人間にしか知らされてへんことなんやけど……伊勢師匠の病気は、もう……。もしかしたら、次の舞台はもう、難しいかもしれへんって――」

「……」

振り返らず、惣右介は黙ったまま弦二郎に背中を見せ続ける。

しばらくして、惣右介はゆっくりと宵の空を仰いだ。

「弦二郎さん、これはあくまで一般論ですが――」

惣右介は静かに言った。

「『五段目』の登場人物たちに限らず、僕だって、弦二郎さんだって、誰だっていつかは必ず死にます。けれど、そんな人間の短い命の刹那を跨ぐようにして、永く永く生き延びる命がある……。それこそが文楽――『芸』というものなのではないでしょうか？　五十年後、百年後、今生きている人間全員が死んだ後も、きっと死ぬことなく、舞台の上を駆け続けてゆく『五段目の猪』――師匠は確かに、その永遠の命を引き受け、そして、弦二郎さんや真悟君にそれを引き継いだ……」

夜空を仰ぐ顔を、惣右介はゆっくりと元に戻した。

「五段目で猪が舞台を横切るのはほんの一瞬。見逃す人もいるでしょう。そんな猪の存在すら知らずに一生を終える人だってごまんといます。けど、僕たちはその猪を確かに見ることが出来た。そして師匠は、佳那子さんを失った代わりに、その猪、その物語に命を与える人生を見事に生きてこられた……」

惣右介はゆっくりと振り返った。

「なんとも奇縁、なんとも不思議な、人の命の巡り合わせじゃありませんか」

この話はこれぎり――とでもいうように、惣右介は穏やかに微笑んで言った。

「上本町には戻らずに、このまま坂を下って鶴橋で夕食にしませんか？」

「……うん、そないしよか」

友に合わせ、弦二郎はこくりと頷く。

「鶴橋にはいい焼肉屋が仰山《ぎょうさん》あるけど、その中でもとっときの店を知ってるで。……さすがに、猪の肉は置いてへんと思うけどな」

冗談めかした笑顔を作り、弦二郎は言った。「――ほな、行こか」

松葉杖を大きく踏み出し、弦二郎は再び惣右介の隣、夜空の下を歩き出した。

メルシー・ボク

井《いの》上《うえ》凛《りん》

侮るなかれ、動物たちの言語能力

学生の頃、私のお供はいつも『三毛猫ホームズ』シリーズだった。出かけるときは必ずバッグに入っていて、電車の中や喫茶店で私を楽しませてくれた。おかげでどこにいても退屈しなかったし、私にとっては心強いパートナーだった。

名古屋に来てから、ひとり暮らしの部屋で本当の猫を飼い始めた。はじめは人を見ると怯えて逃げる野良猫だったが、フードで距離を縮め、いつの間にか私の部屋に居付いてしまったのだ。

結婚後は、夫婦げんかをしても猫がいると空気が和んだ。癒しの存在だった。しかし悲しいかな、人間よりもずっと老化が早い。愛猫を看取った日の喪失感は想像以上だった。ところが翌月、体調に異変を感じた。妊娠していたのである。あきらめかけていた矢先だったから心底驚いた。猫の恩返しだ。生まれ変わりではないか、と思った。やがて私は三児の母になっていた。

しばらくは子育てに追われ、目まぐるしい毎日だった。そんなある日、夫が子犬をもらってきた。白い柴犬でとてもお利口さんだった。「おはよう」と声をかけると「オァオーン」と返事をした。「こんばんは」と言うと「ワンワンワ」と応じた。「お手」「お座り」はもちろん、「ちょうだい」と言えば物を運んできたし、「待て」と命じれば、ごちそうを前にしてもひたすら我慢していた。

一方、私は主婦業のかたわら小説もどきを書き始めていた。幸運なことに、二〇〇六年に内田康夫ミステリー文学賞で特別賞として浅見光彦賞をいただいた。翌年『オルゴールメリーの残像』でデビュー。二〇〇八年、俳優の柳楽優弥さん原案・作『止まない雨』の執筆協力。二〇一八年『浅見光彦と七人の探偵たち』に参加。そしてこの『三毛猫ホームズと七匹の動物たち』に収録されている作品は、かの愛犬がモデルになっている。ミステリーとしての完成度はともかく犬の目線を楽しんでいただけたら幸いだ。

余談ながら私の実家にいた犬は二十年以上生きたご長寿犬だった。最後の冬、十一月に歩けなくなり、十二月半ばからは食事も摂れなくなった。飲まず食わず動けずのままクリスマスには虫の息、実家の上空をカラスの軍団が舞っていた。

酉年の年末のことで、母は日に何度も「年が明けると戌年だから正月までがんばれ」と励まし続けた。獣医さんは首を横に振ったし、私も無理だと思っていた。しかし母の言葉はちゃんと届いていたのだ。除夜の鐘のときにはまだかすかな呼吸をしており、元日の朝、約束を果たしたように旅立った。

動物たちの潜在能力はすばらしい。心を通わせればかなりのコミュニケーションが可能なはずだ。赤川次郎先生の『三毛猫ホームズ』と出会って以来、私は確信している。

そして現在、我が家には天才猫が二匹いる。もしかしたらホームズとだって張り合えるかもしれない。

「おいしい?」と訊けば「ウミャー」と名古屋弁で答えるのだ。

ボクはおばあちゃんが大好きだった。

「だった」と過去形で言わなければいけないのが悲しい。

ボクの目の前にいるおばあちゃんは息をしていないし、ピクリとも動かない。死んでしまったのだ。

ボクは泣いた。大きな声で泣いた。でも周りの人々にとって、ボクの「泣き声」は「鳴き声」でしかないのだろう。

それはボクが、……犬だからだ。

名前は「ボク」。

戸籍があるわけではないのではっきり言えないが、平仮名の「ぼく」でも漢字の「僕」でもない。おばあちゃんが庭の隅に置いた犬小屋には片仮名で「ボク」と書かれている。

ボクは一度口を引き締め、大きく息を吸った。そして全身の力をふりしぼって再び吠えた。

――ワォォォォーン！　ワォワワォーー！

必死で声をあげた。「助けて！」と叫んだ。

開け放たれたガラス戸からは、晩秋の夜風と共に月明かりが差し込んで昼間のように明るい。パジャマ姿のまま畳に突っ伏し、不自然な格好で横たわっているおばあちゃんに、まるでスポットライトが当たっているようだ。

――ワォォォォォーン！　ワォワワォー！

胸が痛い。蹴られたせいなのか、それとも悲しいときはこんなに胸が張り裂けそうになるのだろうか。何も考えられなかった。

ボクにできることは、ひたすら吠え続けることだけだった。

次の日、おばあちゃんは顔に白い布を被せられ、ふかふかのお布団に横たわっていた。毎晩ボクといっしょに寝ていた汗染みの付いたせんべい布団とは大違いである。

そう、庭の片隅に犬小屋はあるけど、ボクはほとんど家の中で暮らしていた。鎖につながれたことも数えるくらいしかない。いわゆる室内飼育犬だった。

「なるほど。つまりあなたがこの家に駆けつけたときには、もう松本《まつもと》さんは亡くなられていた、というわけですね？」

和室にはやたら肩幅の広い男が手帳とペンを手に立っていた。どうやら刑事のようだ。マッチョな上半身は一見アメフトの選手のようだが、残念なことに腹がポッコリと出ている。しかもオヤジ特有の加齢臭がすごい。

もちろん、彼はボクに話しかけたのではない。昨夜、ボクの叫ぶ声に気づいて真っ先にやって来てくれたお隣のマサ子さんに、だ。ボクはおばあちゃんのかたわらに伏したまま、第一発見者への事情聴取を見守っていた。

「はい、玄関には鍵がかかっていたので裏庭に回ったんです。濡れ縁のガラス戸が開いてたんで、ひょいと覗いたら、松本さんが口を半開きにして、首に巻かれた紐を両手で握るような格好で……」

　マサ子さんは首を縮めて頭を振った。不用心なのだが田舎ではよくある。この家はボクが出入りしやすいように、と一カ所だけ施錠しない習慣だったのだ。

「犬の声で起こされたんでしたよね」

「そうです。真夜中でした。ボクがいつもと違う声で吠えていたので……。あ、この犬、ボクっていうんですけど、普段はすごくおとなしくて、めったに吠えたりしないんですよ。それが泣き叫ぶみたいに遠吠えしてたから、こりゃなんかあったかと思って」

　マサ子さんはボクを指さして答えた。ボクが「泣いて」いたこと、少なくともマサ子さんにはわかってもらえたようだ。

「松本さんにトラブルを抱えていたような様子はありませんでしたか。しつこいセールスに困っていただとか、詐欺被害に遭っただとか、あるいは犬の鳴き声でご近所が迷惑していたとか……」

「いいえ、全然。本好きの物知りおばあちゃんで、敬老会ではダジャレを連発していつもみんなを笑わせてくれました。ご近所付き合いも円満でしたよ。特にボクが来てからは、孫ができたみたいだわ、って本当に楽しそうでした。二年くらい前になるかしらねぇ。こんなちっちゃな頃から育てていたんですよ」

　言いながらマサ子さんはおにぎりを作るような仕草をしてみせた。

　ボクも覚えている。あれは段ボール箱の中だった。茶色い毛をしたボクの兄弟がいた。二匹とも耳がピンと立っていてなかなかハンサムなやつらだった。

　なぜかボクだけ片耳が垂れていて白いから、こいつだけ全然似ていないね、と言った子供がいた。

その子供の後ろにいたおじさんが「雑種」とか「アルビノ」だとか、「劣性遺伝だ」などと講釈をたれて通り過ぎていった。

そのうち大きな手が一匹をすくい上げ、次に小さな手がもう一匹を抱きかかえていった。そうして最後に残ったボクを節くれだったしわしわの手が抱き上げてくれたのだった。

「目撃者は犬一匹だけってことか」

刑事は手帳を閉じ、ペンのお尻で頰をこすった。

ボクは悔しくてたまらなかった。自慢じゃないが、ボクの人間の言葉に対する理解力はずば抜けているのだ。おばあちゃんが毎日ボクを相手におしゃべりしてくれたおかげだろう。テレビからもいろんな知識を得た。しかしどんなに人間の発音を真似ても完全な言葉にはならない。それができればボクが昨夜の状況をもっと詳しく話せるのに。

正確に言えば犯人の顔をはっきり見たわけではなかった。やつが忍び込んで来たとき、月明かりを背に受けていたから黒い物体のようだった。人影に気づいたボクは牙をむき出した。身を伏せて勇ましく唸ったのだが、その直後、腹部にきつい一撃を喰らった。続けざまに喉元、胸、腹とキックを受け、最後には押入れの中に蹴り飛ばされ、閉じ込められてしまった。

「誰?」とおばあちゃんの声がし、畳を這うような音もした。ボクは押入れの中から必死に吠えた。やがて手あたりしだいに引出を開け、家中をあさり回っている気配があった。おばあちゃんの宝物を探しているのだと思った。ボクは内側から戸を開けようと懸命に爪で引っ掻いた。

だが数分後、ボクが押入れから出てきたときには、もう誰の姿もなかった。首に紐を巻かれたおばあちゃんが畳に突っ伏していたのである。

昨夜の出来事を思い返しながら、ボクはおばあちゃんの匂いをクンクン嗅いだ。いつもは皮脂の匂いの奥に醤油の香りがしていた。それが今は消毒用アルコール臭にかき消されている。もっと首を伸ばして近づいてみると、ボクの濡れた鼻先が触れたのは冷たいおばあちゃんの頬だった。

「河合《かわい》さん！　足跡もないんですよ。おそらくここから入ってここから逃走したと思われるんですが、濡れ縁まではコンクリートの犬走りですし、表通りのアスファルトから土のないところばかりです」

庭から長身の若い男が顔を出した。

たしかに忍び足のうまいやつだった。ボクは片耳が垂れているけど聴力に問題はない。犯人は侵入時に物音一つ立てず、すぐそばに来るまで気配すら感じさせなかった。ボクを蹴り上げたときも空気が流れるような身のこなしだった。もしかしたら強盗常習犯の仕業かもしれない。などと、ボクなりに考えていたのだが、

「死人に口なし、犬じゃ証言も取れんからなぁ」

河合と呼ばれた男は上唇をめくり上げ、ボクを見下ろしたのだ。

動物をなめちゃいけない。よし、ボクが犯人を捕まえてやろうじゃないか。やつの一番の失策はボクを生かして逃げたことだ。

環境や体調、個体差もあるが、犬の嗅覚は人間の百万倍ともいわれている。犯人は微かではあるが独特の匂いがした。思えばその匂いで、気配さえ感じさせない侵入犯に気づいたのである。

この部屋には今朝からいろんな人間がやって来た。「カンシキ」という専門家が家中をくまなく調べていたが、きっとあの匂いまではわからないだろう。

ボクは身体を起こしてお座りをした。背骨を反らし、かたわらの男をにらみつけてやった。と、そのときだ。

――ハ、ハ、ハ、ハァークション！

刑事が大きなくしゃみをした。

さて、ボクはというと、結局河合家に居候することになった。本当はおばあちゃんの家を離れたくなかったのだけれど。

いつだったか、テレビのドラマで見たことがある。犯人は必ずまた犯行現場に戻る、というかっこいい刑事の台詞を覚えていたからだ。おばあちゃんちにいれば再び犯人が現れる。そしたらボクがそいつを捕まえてやろうと思っていた。それなのにボクとしたことが、目の前にジャーキーを差し出されたら、尻尾を振って警察車両に乗り込んでしまったのである。

河合家に着いて驚いた。おばあちゃんちの周辺は田んぼや畑、竹やぶも雑木林もいっぱいあって、民家も一軒ずつの敷地がゆったりと広かった。が、ここは同じような造りの小さな家が気持ち悪いほど整然と並んでいた。聞けば「郊外の新興住宅地」ってところで、世帯主である河合刑事はこの家を買ったために定年まで「ローン」というやつに苦しむのだそうだ。

彼には家族がいた。丸顔でなかなか愛嬌のある奥さんと中学生になったばかりの娘だった。ポニーテールの少女がボクに駆け寄ってきた。

「パパ、電話で言ってたのはこの犬？」

歓声と共にほのかに甘い香りがした。ここまでの道中、強烈なオヤジ臭に酔いそうだったボクにとっては救いの女神のようだった。

「ああ、引き取り手がなかったんだ」

ひょっとしたら「ホケンジョ」ってところに送られるのではないかと怯えていたのだが、どうやらしばらくの間はこの家でやっかいになるようだ。ボクは行儀よくお座りをし、ちぎれんばかりに尻尾を振った。口角も上げ、めいっぱい愛嬌をふりまいた。

「あ、笑ってる。この犬、めちゃくちゃ人懐っこいね」

少女の言葉にびっくりした。この子はボクの笑顔がわかったのだろうか。

「しばらくうちで預かるしかなさそうだ。パパは仕事で忙しいし、犬は苦手だから奈々《なな》に任せるよ。ポチの小屋を使えばいいだろ」

娘は奈々ちゃんという名前だった。去年、愛犬のポチが亡くなって、また犬を飼いたがっていたらしい。すぐにボクを抱きしめて、体中を撫でてくれた。

ボクに与えられた犬小屋は前の犬のおさがりで、まだポチの匂いが残っている。おまけに家の中に入るのはご法度らしい。理由はパパさんがアレルギー体質だからだそうだ。ずっと室内飼育されてきたお座敷犬としては待遇に落差を感じたが、ここで文句など言ってはいられなかった。愛嬌も生きるための本能だ。

しかし、決して前の飼い主への恩義を忘れたわけではない。とりあえず河合家にやって来たが、おばあちゃんを襲った犯人を必ず捕まえてやろうと考えている。飛びかかって嚙みついて、そいつが倒れたところで顔におしっこを引っかけてやりたい。まずは情報収集のために聞き耳を立てる。

おばあちゃんちの敷地はかなり広かった。だから隣のマサ子さんが駆けつけて来るまで少々時間がかかった。

その点、河合家は便利だった。ダイニングキッチンとリビングルームは続きのオープンスペースで、家族はたいていそこでくつろぐ。おかげでガラス一枚を隔てただけでボクは会話の内容を聞くことができた。夕食後、パパさんはソファで晩酌を始め、奈々ちゃんはその横で雑誌をめくっている。ママさんはお風呂に入っているらしく、バスルームの換気扇から鼻歌がもれてきていた。

そもそも刑事という職業には「シュヒギム」とやらがあるはずだ。だが河合家のパパさんは、奥さんには堅く口を閉ざすが奈々ちゃんには饒舌だった。まだ子供だからと侮っているからなのか、他に娘との話題が見つからないのか、理由はわからない。けれどボクにとって、子供向けの説明は非常にありがたかった。

父娘の会話から大まかな捜査状況がわかった。

まず、被害者の年齢が七十八歳だったこと。ここでボクは初めておばあちゃんの歳を知った。ボクには「ちょっと前に還暦を過ぎたけど」なんて言っていたが、還暦どころか喜寿を越えていたのか。ずいぶんサバを読んでいたものだ。

そして、この独居老女殺害事件は強盗目的ではないか、ということで捜査が始められたこと。たしかに犯人は家中を物色していった。タンスや仏壇の引出、木製チェストなど、小物を収納していた場所は片っ端から荒らされていた。

しかし預金通帳などが何点かなくなっていたものの、別に保管されていた印鑑やカード類は残されていたし、事件発覚後、警察が監視している口座からお金を引き出すことは難しい。財布からは紙幣が抜き取られていたが大した金額ではなさそうだった。

「盗み目的にしては収穫が少な過ぎるわよね。人を殺す必要まであったのかしら。顔を見られて仕方なくとか、または顔見知りの犯行だったとか……。それとも強盗を装って、本当の目的は殺人だったってこともあり得るわ。ねぇ、おばあちゃんが死んだことによって得をする人って誰？」

奈々ちゃんの意見はもっともである。たしかに犯人は侵入後すぐにおばあちゃんを殺害し、それから家中を荒らした。老女を縛り上げ、猿ぐつわや目隠しをすることなど容易にできそうなほど機敏なやつだった。そうしなかったのは、もしかしたら最初からおばあちゃんを殺すことが目的だったのかもしれない。

ボクは眉――といっても、長い毛が数本立っているだけだが、眉根を寄せて思案した。

「それがなぁ、被害者のおばあさん、調べてみたら結構な資産家だったんだよ。広大な田地田畑、つまり山や田畑がほとんどだが、このところ新しい住宅地開発の話が持ち上がって、あちこちの不動産業者から売却の打診をされていたらしい。預貯金もかなりの額を残している。被害者には一人息子がいるんだけど、そいつが若い頃から放蕩三昧で……」

「ホウトウ？」

「うーん、自分の好き勝手に暮らすことだ。酒に溺れ、博打に明け暮れて借金まみれ。厳格な父親は激怒して、ついには勘当したんだそうだ」

「怒ったくせにカンドウ？」

「いや、心を動かされるって意味じゃなくて、親子の縁を切って家から追い出したってことだよ。十年ほど前、その父親が亡くなると、そいつはまた母親に金の無心……、要するに金をせびりに来たんだが、何度目かにはさすがに突っぱねたそうだ。でも、このままいけば全財産は息子が譲り受けることになるだろうな」

パパさんはビールを飲み干したようで最後にプハーと息を吐いた。

おばあちゃんの財産や家族構成について、初耳のことも多かった。いつもつつましやかな生活をしていたけれど、おばあちゃんは意外とお金持ちだったらしい。

「じゃあ、母親が亡くなったことによって、息子には大きな遺産が転がり込むことになるわけね。今もお金に困るような生活をしているのかしら」

「ああ、四十代半ばになっても未だチンピラまがいの暮らしをしているようだ。借金取りから逃げ回っているらしい。警察も今の段階では息子が一番怪しいとにらんでいる。早くしょっ引いて事情聴取をしたいところだが、実は、そいつ、何年も前から行方不明になっているんだよ。やばい組に追われているという噂もあるし、命と引き替えに高額な金を要求されていることも考えられる」

「その人、独身なの？　女性関係は？」

「二回の結婚歴がある。相手は風俗嬢でヒモみたいな暮らし……、あ、いや、その、接客業の女性と結婚して、その奥さんの収入で食べさせてもらっていたみたいだ。どちらも子供はいない」

パパさんは少々酔いがまわってきているようだ。

「まずはその息子を探し出さなくちゃね」

「なぁに、日本の警察力をもってすればすぐに見つけ出せるさ。万が一、息子と連絡がとれなかった場合は、被害者のいとこが喪主を務めるそうだ」

ボクもおばあちゃんに最後のお別れをしなくちゃいけない。なんとしてでも行かねばならない、と思った。どうしたらおばあちゃんちに行けるか、ボクは知恵をめぐらせた。

「奈々、早く寝なさいよ」

室内からママさんの声がした。ボクは「ポチ」というプレートがかかった小屋から頭を出し、首輪につながる鎖を眺めていた。


翌朝、ボクは奈々ちゃんに起こされた。

「おはよう、ボク。お散歩に行くわよ」

昨夜は今後の作戦を練っていて、なかなか寝付けなかった。明け方近くになってから急にまぶたが重くなり、そのまま深い眠りに落ちたのだった。

――オァオーン。

ブルブルッと頭を振って朝のごあいさつをした。

「ボク、今、おはようって言った?」

奈々ちゃんが目をまん丸にした。彼女も驚いたようだがボクも驚いた。奈々ちゃんはボクの言葉を理解できるのか。

――オァオーン、ワワワン!

ためしに「おはよう、奈々ちゃん」と言ってみた。

「もしかして、あたしの名前を呼んだ?」

奇跡だ! こんな人間がいるなんて。

いくつもの国の言葉をあやつれる「バイリンガル」という人たちがいることは知っていた。でも、犬の言葉を理解してくれるのは奈々ちゃんだけかもしれない。これは運が向いてきた。

ボクは寝る間を惜しんで、いかにこの「新興住宅地」から「郡部」のおばあちゃんちに行こうかと知恵を絞っていた。だけどいい案は浮かばなかった。そこに一筋の光明が射したのだ。

「さ、とにかくお散歩に行こう。あたし、学校があるのよ」

前かがみになって、鎖からお散歩用のリードに付け替えてくれた。奈々ちゃんが立ち上がると同時に、ポニーテールもいっしょに揺れる。そのときボクの鼻先にトーストの欠片が落ちた。けれども、ボクの自慢の鼻が何の匂いも感じなかった。鼻をヒクヒクさせてみたが、奈々ちゃんのいい香りもパンの匂いも全然しない。

——クシュン！

まさかボクが犬の毛アレルギーってことはあるまい。

どうやら慣れない戸外の犬小屋で風邪をひいてしまったようだ。

「大丈夫？　お散歩やめとこうか？」

奈々ちゃんが心配そうにボクの顔を覗き込んだ。

——ワッワ、ワォー！

犬の心がわかる人には「レッツ・ゴー！」と聞こえたはずだ。

家並みを数ブロック通り抜けるとこんもりした丘があった。頂上には遊具やベンチが設置されていて見晴らしもいい。

「ほら、昨日までボクが住んでいた町はあっちの方角よ」

——クゥーン。

ボクは鼻を鳴らした。

「帰りたいの?」

――ワン!

頭を上下させてうなずいた。

「ボクって本当にしゃべれるみたいね。もしかして、あたしの質問にも答えられる?」

奈々ちゃんはまだボクの語学力に対して半信半疑のようだ。が、それを確認するように次々と問いかけてきた。

「ボクは現場に居合わせたのよね?」

――ワン!

大きく首を縦に振った。

「犯人の顔を見た?」

――ンワゥン。

うなだれて首を横に振る。

「車の音や、家の中に押し入ったときの物音は?」

思いっきり左右に首を振った。

「じゃあ、匂いは覚えている?」

――ワワワン!

ここでは「奈々ちゃん」と言ったのではない。「もちろん」と言ったのだ。

「もしも、ボクがもう一度犯人と会ったら、そいつがわかるかな?」

――ワン!

全身を揺らすようにうなずいた。奈々ちゃんは名インタビュアーだった。こうして、ボキャブラリーの少ないボクから次々と目撃証言を引き出してくれたのである。

朝の散歩を終えたボクたちは息の合った駆け足で家に戻った。そして出勤前のパパさんを玄関先でつかまえた。

「ねぇ、パパ、松本さんちにあたしとボクも連れてって」

「バカなこと言うなよ。パパは仕事なんだぞ」

パパさんは上着を羽織りながら靴を履く。ボクはその足元を嗅いで回ったが、パンやコーヒーの香りどころか、今朝はパパさんの強烈な加齢臭さえ感じなかった。

「だって、ボクは遺族なんだもん。参列するのは当たり前じゃん」

「遺族ったって、犬じゃないか」

「被害者にとってボクは遺族であり、今回の事件における唯一の目撃者よ。絶対にボクを連れて行くべきだわ。だってボクは犯人の匂いを知っているんだもの」

出かけようとするパパさんの前に奈々ちゃんが立ちはだかった。

「犬ならもう警察犬を出しているよ」

「警察犬より犯行時の現場に居合わせたボクのほうが有益だと思うわ。それと、ボクはパパが考えているよりずっと知能が高いの。あたしとお話だってできるんだから」

「ダメ、ダメ、ダメ」

出かけようとするパパさんに奈々ちゃんが一歩詰め寄った。

「このところ、パパの担当事件のほとんどはあたしの助言でスピード解決したこと、忘れちゃいないわよね」

小声だけど迫力のある声の響きだった。

なるほど、守秘義務のあることを娘にしゃべる理由が飲み込めた。河合家は親の七光りではなく、娘の「奈々」光りだったのだ。


二日後、学校から帰った奈々ちゃんはグレーのワンピースに着替え、ボクの首輪にも黒いリボンを付けてくれた。車に乗り込み、パパさんの運転でおばあちゃんの家に向かう。河合家の愛車は年式の古いファミリーカーで、エンジン音はうるさいし振動も激しい。しかしボクは奈々ちゃんの膝に頭をのせ、心静かに瞑想していた。鼻が利かないおかげで、苦手な排気ガスの匂いもパパさんの加齢臭も気にならなかった。

到着するやいなやボクは車から飛び出した。だが、見慣れない葬儀の飾り付けに一瞬たじろいでしまった。一人暮らしだったおばあちゃんの家に今日はたくさんの人が集まり、ざわめきの中にはすすり泣きの声も混じっていた。

「河合さん、お待ちしておりました」

この前も見かけた若い刑事が声をかけてきた。今日は黒い短毛の大型犬を連れている。涙目で、鼻をブヒブヒ鳴らしているマヌケ面の警察犬だ。もしかしたら鼻腔狭窄かもしれない。毛並みはいいが嗅覚はあてにならないだろう。そのくせしきりにボクの尻の匂いを嗅ごうとするので唸り声で威嚇してやった。

「じゃあ、奈々、ボクが捜査のじゃましないよう頼んだぞ」

パパさんは相棒刑事を従え、先に行ってしまった。

「彼はパパの部下として配属されてきたばかりなんだけど、財閥家出身のキャリア組で数年後にはパパよりずっと偉くなるんだって。でも現場では頼りなくて陰じゃボーヤって呼ばれているらしいわ」

人間の世界にも「血統書」があるようだ。

松本家の座敷には祭壇が置かれ、ちょっと若い頃のおばあちゃんの写真が立てられていた。お坊さんが現れ、般若心経を唱え始める。参列者の中には敬老会のお仲間さんたちや近所の人たちもいた。マサ子さんがボクを見つけたようで、人をかき分けて近づいてくる。

「あの人が第一発見者のおばさん?」

奈々ちゃんに訊かれてこくりとうなずいた。

「すみません。松本さんちのお隣のマサ子さんですね。私、河合奈々といいます。縁あって我が家でボクを飼うことになりました」

マサ子さんより先に奈々ちゃんが切り出した。

「あら、ボク、よかったね。かわいいご主人さまが見つかって」

マサ子さんは腰をかがめ、ボクの頭を撫でてくれた。

「田舎だからお葬式があると地区住民がみんな参列するけど、松本さんの親戚筋は本当に少なくてね。おばあちゃん、ボクが来てくれてきっと喜ぶよ。さ、ボクもご焼香しておいで」

促されて前に進む。お線香の煙がうっすらと霧のように立ち込め、参列者の足は黒い木立のようだった。読経の響く中、焼香台にたどり着く。座敷の中央に白木の棺が見えた。

奈々ちゃんは片手で砂みたいなものをつまみ上げ、おでこ経由で別の箱に移動させる。それを二度、三度と繰り返してから手を合わせた。ボクも静かに頭を垂れた。涙が出そうで鼻水をすすり上げる。すると鼻の奥がすっきりして少しだけ臭覚が戻った。お線香の香りが微かに感じられたのだ。

ボクが顔を上げたとき、祭壇前のお坊さんが鐘を打ち鳴らした。袈裟の袂が小さな風を起こし、ボクの鼻腔をくすぐる。お線香や供花の香り、参列者の洋服からは防虫剤の匂いなど……。その瞬間、脳内を電気が走った。臭気の記憶を呼び覚まそうとしたときだ。

「犬なんか……」

僧侶の読経に紛れ、舌打ち混じりの声が聞こえてきた。キョロキョロ辺りを見回すと、祭壇近くに座った禿げ頭の長老がボクをにらみつけている。そして、高性能を誇るボクの耳は次の言葉も聞き逃さなかった。

「葬式に連れてきよって、まったく非常識な子だな」

ボクは悲しみの感情を一転、怒りに変えた。自分のことを見下されてもこれほど腹を立てることはない。非難の矛先が奈々ちゃんだったからだ。ボクは鼻にしわを寄せて禿げ頭をにらみ返した。

「まあまあ、鶴吉《つるきち》さん。血圧が上がりますよ。ここはこの私、亀千代《かめちよ》に免じて許してやってちょうだいな」

じいさんの横にいた丸顔のばあさんが小声で制してくれた。ボクだって無駄な争いはしたくない。憤りを堪えて下がろうとした。

「母さん！」

突如、参列者の中から美しい女性が飛び出してきた。焼香台の手前で立ちすくみ、おばあちゃんの遺影を呆然と見つめている。

だが、その格好といえば、胸元の開いたドレスもハイヒールも真っ赤で実に場違いな服装だ。鶴吉じいさんは腰を浮かせ、亀千代ばあさんは首を前に突き出していた。参列者はみな闖入者に目を奪われ、僧侶でさえ横目で読経を続けている。誰だ、お前は？　みんなの顔がそう言っていた。

「すみません」

さらに、年齢不詳の美魔女がさっそうと現れた。少し遅れてダークスーツの中年男性も。こちらはゼイゼイと肩で息をしている。

「お母さまの訃報が届いたとたん、店の衣装のまま飛び出してしまいまして。着替えさせる暇がなかったんです」

美魔女と中年男性は周囲に何度も頭を下げ、非礼を詫びた。

「それじゃあ、あなたが松本さんの息子さん？」

奈々ちゃんの声に赤いドレスの女がゆっくりうなずいた。日本の警察力に頼らなくても息子自らがお出ましになったわけだ。

とはいえ、髪はきれいにカールした栗色のセミロング、長いまつ毛に目元ぱっちりのアイメイク、きめの細かい白い肌とふっくら艶やかな唇、華奢な腰をひねって佇んでいる姿はどこからどう見たってオンナじゃないか！

多少の滞りはあったが通夜は予定通りの時間に終了した。僧侶も会葬客も葬儀屋さんもいなくなり、松本家の居間には十人と一匹だけが残っていた。

ボクと奈々ちゃん、河合刑事と相棒のボーヤ刑事、葬儀委員長の自治会長さんとお隣のマサ子さん、おばあちゃんの父方のいとこだという鶴吉じいさん、母方のいとこである亀千代ばあさん、そして真っ赤なドレス姿の息子、追いかけてきたスーツ姿の中年男性と細身の美魔女という顔ぶれだった。マヌケ面の警察犬は庭にあるボクの犬小屋につながれている。

「玉三郎《たまさぶろう》。お前、その格好は何なんだ」

座卓を囲んで、まず鶴吉じいさんが口火を切った。松本玉三郎、それが息子の姓名らしい。

「あたし、二年前からこういうお店で働いてるの。源氏名はタマコ」

白魚のような手で全員に名刺を配った。奈々ちゃんの受け取った名刺を覗き込むと『ニューハーフ倶楽部・メルシー』と書かれている。

「私が経営しているお店で、タマちゃんはうちのナンバーワンですのよ。あ、申し遅れました。私、こういう者です。で、こちらが店長。といっても、私とは親子の関係なんですけどね」

美魔女の正体はニューハーフ倶楽部のオーナーだった。スーツ姿の中年男性は店長だという。しかし、美魔女が差し出した名刺には『愛之助』という男性名が、店長の名刺には『紀香』という女性名が書かれていて、受け取った側は一様に首を傾げた。美魔女は一呼吸おいてから説明し始める。

「混乱させてすみません。実は私、戸籍上はまだ男で、店長も女のままなんです。そして、私たち親子は養子縁組の間柄でして、役所の書類では父と娘という関係になります」

ますますわからなくなり、それぞれが顔を見合わせている。

「愛之助ママもノリちゃんも性同一性障害の仲間なの。愛之助ママは同じ悩みを抱える人たちがもっと自由に、自分らしく生きていけるようにって、ずいぶん前からＬＧＢＴの啓蒙活動を続けているの」

タマちゃんが説明を引き継いだ。

ＬＧＢＴとはレズビアン、ゲイ、バイセクシャル、トランスジェンダーの頭文字で、日本では人口の七〜八％といわれている。つまり十三人に一人はＬＧＢＴに該当し、左利きの人や血液型がＡＢ型の人とほぼ同じ割合なのだそうだ。

このデータによればクラスに三人程度は存在することになるわけだが、実際にはそれほどの人数が認識されていない。自分の性やアイデンティティーに不安を抱いたまま、カミングアウトもできず苦悩し続けている人が大半らしい。

愛之助ママはこうした性的マイノリティーがより理解され、社会に受け入れられるようにと市民団体を立ち上げ、ＬＧＢＴが働きやすい環境作りを推し進めているという。その第一歩としてニューハーフ倶楽部を開店し、最近は自然環境保護のＮＰＯ法人、エネルギー資源問題にも取り組み始めた。また、親兄弟からも見放されてしまったノリちゃんがあまりに不憫で養子縁組をしたらしい。

「で、玉三郎、お前、いつから……」

鶴吉じいさんが問いかけた。

「子供の頃から違和感はあったの。無理して僕とか俺とか、わざと乱暴な言葉遣いをして、男子とばかり遊んでたけど、心の中では女子の仲間に入りたかった。でも、そんな自分を認めたくない気持ちもあって、ずっとモヤモヤしていたの。二十代、三十代は横着なことをしたり、不良仲間と付き合ってみたり、賭け事やお酒に逃避したのも、心の中の不安定感を忘れたかったからなの」

タマちゃんは少しハスキーな声で胸のうちを語った。

「だからって、ぷいと家を出たっきりで、たまに連絡があるとお金をせびりに来て。あんたのお母さんはね、玉三郎がいつまたお金に困るといけないからって、自分はずっと節約生活してたんだよ」

亀千代ばあさんが諭すと、タマちゃんはうなだれた。

「ごめんなさい。なかなか正直に話せなくて……」

借金に追われていたこともあるが、それ以外は海外での性転換手術や定期的なホルモン投与の費用で消えてしまったようだ。

「お、お、お前、ついに玉まで……？」

鶴吉じいさんが言いかけると、パパさんは慌てて奈々ちゃんの両耳をふさいだ。

「ええ、今は身も心も完全に女性よ。決断できたのは愛之助ママのおかげ。戸籍の変更手続きもしたいから母さんに連絡しようと思っていたところだったの。そしたら、こんな報せが……」

タマちゃんの目から大粒の涙がこぼれ落ちた。

「たしかに、昔から色白でかわいかったよね」

「そうそう。将来はジャニーズで活躍するんじゃないかって」

マサ子さんと自治会長さんが懐かしそうに言った。

「でもな、今さら戸籍まで変えんでもいいじゃないか」

鶴吉じいさんは渋い顔のままだ。

「だって、ありのままの自分として結婚したいんだもの」

「結婚！」

数人が同時に声をあげた。その一方でタマちゃんとノリちゃんは熱い視線を絡め合っている。

「夫は紀香、そして妻が玉三郎。逆では偽りの夫婦になると言うんです。どうか、この二人の婚姻を認めてやってください」

愛之助ママが三つ指をつくと、タマちゃんとノリちゃんも姿勢を正した。そして三人そろって頭を下げた。

同じ店で働くうちに、タマちゃんと紀香店長の間に恋愛感情が芽生えた。やがて、ありのままの性別で、社会的にも正式な夫婦として承認してもらいたい、と願うようになった。

ノリちゃんが夫、タマちゃんが妻となるには、まず二人とも戸籍の性別変更をしなければならない。そのためにはいくつかの条件があった。成人していること、子供がいないこと、性別適合手術を受けていること、これらをクリアしたうえで二人以上の専門医が診断してようやく性別の変更が認められる。性同一性障害者の結婚には莫大な費用と時間がかかり、周囲に理解してもらえるまで非常に困難な道のりなのだ。

愛之助ママは後見人として彼らを応援し、ＬＧＢＴの先駆的な役割を担ってもらいたい、と言う。性別変更手続きと共に名前もノリ男とタマ子に変更するらしい。その後、晴れて入籍手続きという計画だった。

だが、突然のカミングアウトに一同は唖然とするばかり。誰も言葉を発することができなかった。

――ハ、ハ、ハ、ハァークション！　ハクション、クション。

静寂の中、パパさんが急にくしゃみをし始めた。そこに、

「おじゃまします」

いきなり襖が開き、黒縁メガネをかけた初老の紳士が現れた。全員の視線が声の主に向けられる。

「私、松本さんの遺言書を作成した弁護士です」

紳士の手には白い紙が握られていた。

「ゆ、ゆ、遺言書？」

みんなの背筋がピンと伸びた。パパさんのくしゃみもピタリと止まった。

「いいですか」

弁護士が横を向いて咳ばらいをすると、鶴吉じいさんと亀千代ばあさんが同時に唾を飲み込んだ。

「遺言書にはこう書かれています。『私の財産はすべてボクにやる。全部、ボクに譲り渡す。ただしボクだけじゃ頼りないから、ボクと、ボクのパートナーとの共有財産とする』以上」

短い文面だ。卓上に置かれた紙には、金釘流の文字で三行の遺言内容、日付、署名捺印がなされていた。間違いなくおばあちゃんの筆跡だった。弁護士はパイプを取り出し、悠然と口にくわえた。

ふと気づけば、みんながボクのほうを見ていた。マサ子さんはムンクの『叫び』のごとく両手を頬にあて、パパさんは目をぱちくりさせている。ボクは妙に居心地が悪くなって首をすくめた。

葬儀当日、ボクは故人のいとこである鶴吉じいさん、亀千代ばあさんより、そして一親等の血縁者であるタマちゃんよりも上座に座っていた。祭壇にもっとも近い喪主席はふかふかのクッションで、黒い蝶ネクタイの付いた犬用の洋服を着せられている。ボクの横には奈々ちゃんがいて、その隣に、今日は弔問客を混乱させないようにと男装姿のタマちゃん、続いて渋い顔の鶴吉じいさん、疲れた表情の亀千代ばあさんという並び順だ。

アメリカの映画や小説などでペットに財産を残すお金持ちの話があるそうだが、よもやボクの身に降りかかろうとは思いもよらなかった。ボク自身、何千万円とかひょっとすると何億円か、なんて言われてもピンとこない。ただ、トップブリーダー推奨のドッグフードがどれくらい買えるのかと想像していたら、興奮し過ぎて夕べもなかなか眠れなかった。

昨夜、弁護士は言った。

「松本さんは犬の金銭管理能力を考慮して、パートナーとの共有財産、と付け加えたのでしょう。この場合、実質上はボクの飼い主に遺産相続の権利があります」

その言葉を聞いたとたん、鶴吉じいさんと亀千代ばあさんがボクへの態度を一変させた。

「ボク、ほら、こっちに来い」

「あたしゃ犬を飼いたいと思っていたのさ」

手招きしながら猫なで声でボクを呼んだ。

弁護士の説明によれば、甥や姪に相続を主張する権利は認められるが、おじやおば、あるいはいとこにはその権限はないのだそうだ。唯一、裁判所に異議申し立てをして遺言書の無効を訴えられるのは子供であるタマちゃんだけらしい。だが当の本人は、

「これまで心配ばかりさせて、母さんに見放されても仕方ないわよ」

肩を落としながらも、むしろその表情はサバサバしていた。

弁護士は腰をかがめ、ボクの顔を覗き込んだ。すぐにボクは奈々ちゃんの肩に前足を乗せ、やわらかい頬を舐めまわしたのだった。

今朝、僧侶は遺族席に鎮座した犬を見て驚いたようだが、すぐに平静を装って読経を始めた。そ

してボクは葬儀の間、ずっと考え事をしていた。

財産が目的だとすると真っ先に疑われるのはタマちゃんだ。しかし、ボクが遺産を相続することに一切意義を唱えなかった。自治会長さんとマサ子さんと愛之助ママは血縁関係ではないし、鶴吉じいさんと亀千代ばあさんも権利の対象外である。それに犯人の動きはものすごく機敏だった。おそらくそれほど高齢ではない。タマちゃんとの婚姻手続きがされていないノリちゃんもまだ他人の関係だし、犯人は昨夜の顔ぶれの中にはいないのかもしれない。

怨恨の線も考えてみた。でも、おばあちゃんは誰からも好かれていた。人柄のよさに嫉妬心を抱いた人物がいたのだろうか。もしかしたら犯人は何食わぬ顔で葬儀に参列しているかもしれない。ボクは次々入れ替わる焼香客たちを注意深く観察していた。かたやマヌケ面の警察犬は植込みの陰でうろついているだけだった。

「ボク、おばあちゃんの棺にお花を入れてあげましょう」

奈々ちゃんの声で我に返った。睡眠不足と風邪のせいでぼんやりしていたようだ。いつの間にか出棺の時刻が近づいていた。

棺に前足をかけて覗き込むとおばあちゃんが安らかな表情で横たわっていた。菊の花や洋ラン、大好物だったお饅頭、手縫いの巾着袋、昭和のアイドル雑誌の他、愛読書だった猫が主人公の推理小説など、あの世への手荷物が次々と納められてゆく。ボクも切り花をくわえておばあちゃんの胸元に添えた。

もっとたくさん入れてあげたかった。おばあちゃんが大事にしていた物はまだ他にもあったような気がする。この家のどこかに……。でもボクの思考回路はショート寸前だ。疲れた。鼻先が乾く。

ボクはおばあちゃんの顔をじっと見つめていた。するとその頬っぺたに水滴が落ちた。タマちゃんの涙だった。歯を食いしばり、声を押し殺して泣いている。

時に人間は地位や名誉や収入などで他人を評価しがちだ。けれど、ボクたち動物は本能的な直感で、人の優しさとか愛情の深さが判断できる。タマちゃんの涙に嘘偽りはなかった。

やがて棺のふたが閉じられる。ボクも静かにまぶたを閉じた。すると外からざわめき声が聞こえてきた。弔問客が十数人、遅れてやって来たらしい。

「タマコ！　遅くなってごめんね」

「やだ、タマちゃんたら、今日は男みたいな格好してんじゃん」

「オレたちにも焼香させてもらえるかな」

「うちのおふくろも同じ年齢なんだよ。ま、何年も会ってないけど」

みんな喪服姿なのだがそれぞれ独特の空気感を漂わせている。女性同士が手をつなぎ合っていたり、男性同士が腕を組んでいたり、マッチョな肉体にフェミニンなドレスをまとう者や宝塚の男役スターみたいな者もいた。

「すみません。どうしても参列したい、と言うので」

愛之助ママが立ち上げた市民団体や『メルシー』の仲間たちだった。僧侶へ流し目を送るやつやキリスト教式に十字を切る輩もいたが、本人たちに悪気はなさそうだ。最後には全員そろって合掌した。

彼ら彼女らの登場によってしめやかな雰囲気がぶち壊しになってしまった。だが生前のおばあちゃんはお祭り好きの寂しがり屋さんだった。ボクには、おばあちゃんが空の上で笑っているような気がした。

葬儀の晩、松本家の居間はさながら宴会場のようだった。前夜の顔ぶれに加え、タマちゃんのLGBT仲間たちが精進落としの会食にまで居残ったのである。

鶴吉じいさんはきれいどころのニューハーフに酌をしてもらってすっかり上機嫌だ。

「あんたたち、いろいろと苦労してるんだな」

彼ら彼女らの身の上話を聞くうち、LGBTに対する考え方もずいぶん変化したらしい。

「自殺を考えたこともあったけど、あたしはママに出会って救われたのよ。胸を張って自分らしく生きようって」

「フレディ・マーキュリーにも勇気をもらったわ」

「男が女を、女が男をって言うけど、人が人を愛することに違いはないでしょ」

「オレは金を貯めてアメリカに行くつもりだったんだ」

今や、キャラの濃いオネエタレントや女装家たちがテレビに出演し、おっさん同士の恋愛ドラマまで放送されるようになった。それでもなお性的マイノリティーにとって日本は暮らしづらい国だ、とぼやく。

「こんなことになるなら、あたし、もっと早く母さんにカミングアウトしておけばよかった。悔やんでも悔やみきれないわよ」

タマちゃんが泣きながらコップ酒をあおると、ノリちゃんがその肩を優しく抱き寄せた。

「私に任せておきなさい。これから偏見のない社会を実現してみせるわ。まだまだがんばらなくちゃね」

愛之助ママは電子タバコをくわえている。お店の経営とLGBTの啓蒙活動、さらにエイズ撲滅協会の理事としても忙しい。健康のために禁煙中で、ニコチンパッチを貼っているが、今もたまに口寂しいときがあるのだそうだ。また、痩身美容のために始めた太極拳が体力づくりに役立っている、と周囲にもしきりに勧めていた。

「気功や社交ダンスもいいですよ。足腰がうんと強くなります」

弁護士は気功術とダンス教室に通っているらしい。

それぞれが生い立ちや趣味の話で盛り上がっている中、ボクはひどく沈んだ気分だった。今日も一日、嗅覚が戻らず、犯人の匂いにたどり着けなかったからだ。奈々ちゃんのひざに頭をのせ、宙を漂う煙の模様をぼんやりと眺めていた。

着慣れない洋服のせいか、少し息苦しい。そのうち睡魔が襲ってきたので外気を吸おうと立ち上がった。

「おしっこ?」

奈々ちゃんに訊かれたがボクは首を横に振った。しばらく静かなところに行きたかっただけだ。奈々ちゃんも大人たちの会話が面白いようで無理に追いかけては来なかった。

引き戸を前足でこじ開け、裏庭に向かった。そこはおばあちゃんとよく日向ぼっこをした思い出の場所だった。すると先客がいた。

濡れ縁に腰かけた男がぼんやり夜空を見上げている。月明かりに照らされたいかつい後ろ姿ですぐに誰だかわかった。だが彼が煙を吐き出したのを見て立ち止まった。パパさんがタバコを吸うとは知らなかった。

「なんだ、お前か。まずいとこ見つかったな。いや、家を買ってからずっと禁煙してたんだがね、急に吸いたくなったんだよ」

照れ笑いしながら鼻の下を指でこすった。ボクは濡れ縁に飛び乗り、彼の横で腹ばいになった。

「なぁ、ボク、これからどうすればいいんだろうな。この間までオレとお前はまったく無関係だったのに、それが奈々を介してビックリするような金が舞い込んでくることになった。娘はまだ中学生だから当面は保護者が管理しなきゃならんだろう」

視線は月に向けられ、まるで独り言のような口調だった。

「署内でも大騒ぎさ。捜査より、オレが金をどう使うかに興味津々で、中には、実はオレが犯人じゃないかって言い出したやつもいる。もう誰も信じられなくなったよ。昨日まで苦楽を共にしてきた仲間たちが、手のひらを返したようによそよそしい態度になるんだからな。まったく、人間の信頼関係なんてもろいものだよ」

ボクは見損なっていたようだ。この男が大金を手にしたら、河合家の住宅ローンを一気に返済して新車を購入し、加齢臭対策の高級石鹸を通販で大量注文するのではないか、などと予想していた。だが彼は、お金によって職場の人間関係がぎくしゃくし始めたことに戸惑い、大切なものが失われてゆくことを憂いていた。

「そこでオレからの提案なんだが、遺産の半分を警察犬訓練センターと盲導犬協会および介助犬協会に、残りはＬＧＢＴの活動団体に寄付してはどうだろうか。……ってなことを、お前に言葉が通じたら相談したい気分だったんだよ」

パパさんはタバコをくわえたまま片手でボクの頭を撫でた。気前よく全額を寄付しようだなんて案外いいやつじゃないか。感動のあまり涙腺が刺激され、反射的に鼻をすすり上げた。すると、わずかにタバコの匂いを感じた。パパさんの指に付着していたものだ。

と、次の瞬間、ボクの頭の中で何かが弾けた。記憶が鮮明によみがえり、鈍重だった脳みそが活発に動き出す。

——ワォン！

跳ね起きると、スーパーのレジでよく耳にするような声をあげていた。裏庭から犬走りを駆け抜け、大急ぎで居間まで戻る。後ろ足で立ち上がり、前足の肉球でガラス戸を叩いた。

——ワワワン！　ワワワン！

すぐに奈々ちゃんがガラス戸を開けてくれた。その他の顔ぶれは異様な犬の鳴き声に腰を浮かせている。ボクは居間に飛び込むと全員の匂いを嗅ぎ回った。

——ワンワンワ、ワワッワ！

おばあちゃんの遺影の前で胸を張って吠えた。

「実はあたしも見当がついたところよ。あとはボクの嗅覚が戻って決定打がほしいと思っていたの」

奈々ちゃんはボクを抱き寄せた。

「おい、奈々、いったいボクは何て言ってるんだ？」

パパさんが追いかけてきた。そして自分の指にはさんだタバコに気づき、慌てて背中に隠した。

「犯人がわかった。今、ボクはそう言ったのよ」

振り向いた奈々ちゃんが一同の顔を見渡した。

「まさか！　この中に犯人がいるってこと？」

誰かが驚嘆の声をあげると、みんな同時に立ち上がった。

互いに疑惑のまなざしを向け合い、空気が張り詰めた。だがその数秒後、全員がもみ合い、へし合い、絡まり合い始めた。逃げようとするそぶりに見えたら他の者が捕まえる。押さえ込まれたら暴れて逃げようとする。酔っぱらっているから、足元がおぼつかない。自分でも追うほうなのか追われるほうなのか理解できていない様子だった。

タマちゃんが座卓テーブルごと倒れた。料理が散る。皿が割れる。かつらが宙を舞い、缶ビールや酒瓶がひっくり返った。ステンレス製のトレーがタマちゃんの後頭部めがけて飛んだが、間一髪のタイミングでノリちゃんが覆いかぶさった。

パパさんと奈々ちゃんは阿吽の呼吸で、鶴吉じいさんと亀千代ばあさん、自治会長さんとマサ子さん、と高齢者たちを台所に避難させた。それでも騒ぎは収まらない。

門先で張り込んでいたボーヤ刑事もただならぬ物音に気づいたらしい。マヌケ面の警察犬を連れて室内に飛び込んできた。しかし大型犬の乱入によって騒ぎは一層大きくなった。もみ合っていた連中が我先にと戸外へ逃げる。数人が折り重なって倒れ、その中の一人が裸足のまま駆けだした。

「待てぃ！　オレは最初からお前が怪しいとにらんでいたんだ」

いつの間にかパパさんが先回りしていた。逃げようとしていた男をねじ伏せると、素早く手錠をかけた。片膝を立て、こぶしを握り、得意満面の表情だ。

「刑事さん、そりゃないですよ」

地べたにねじ伏せられ、弱々しい声をあげたのは弁護士だった。それを見た奈々ちゃんが首を横に振る。とたんにパパさんの顔が引きつった。

――ワン！　ワン！　ワン！

ボクは走った。生垣の隙間から逃げ出そうとしていた影を追いかけた。そして思いっきり助走をつけて影に飛びかかった。

そいつが腕を振り払った拍子に投げ飛ばされた。背中から地面に叩きつけられたが、すぐに立ち上がってジャンプする。しかし相手は機敏な動きで身をかわした。

気配すら感じさせない流麗な身のこなし、鍛錬された呼吸法、やつに間違いない。確信した。

何度も飛びかかり、食らいついた。けれども肘で打たれ、拳を入れられ、蹴り上げられた。腹が痛い。四肢がふらつく。顔面を殴打されてめまいがしていた。

「ボク！」

遠くで奈々ちゃんの声がした。ボクは体勢を低くして身構える。やつの足に噛みついてやろうと思った。狙いを定めて前に出ようとした瞬間だった。コンマ何秒か先に相手がボクの背中をめがけてチョップを振り下ろしたのだ。

条件反射で目を閉じる。が、上まぶたと下まぶたがくっつく間際、ボクの頭上を黒い影がよぎった。

――ウォン！　ウォン！　ウォン！

野太い声に薄目を開けてみると、マヌケ面の下にやつが倒れていた。かつらが脱げ、つけまつげが取れ、いつもの美貌が台無しだ。

「お手柄よ！　表彰状ものだわ」

奈々ちゃんの拍手を横目に、愛之助ママが悔し涙を流していた。

「どうして犯人がわかったんだ？」

日曜日の朝、河合家のリビングルームではパパさんと奈々ちゃんがくつろいでいる。父娘の会話が庭先にいるボクの耳にも聞こえてきた。

「ボクに訊いていたからよ。物音も立てず、身のこなしがものすごく軽やかだったって。愛之助ママが太極拳の名人だって言ったとき、ピンと来たの。しかも最新のＥＶ車に乗ってたんだもの」

愛車はクリーンエネルギー自動車だと自慢していた。地球環境に優しく、騒音や振動がほとんどない。

「うちのボロ車じゃダメだな」

「それにね、夢の実現のためには資金集めが一番大変だってこぼしていたわ」

本来の志は崇高だった。けれども目的を達成するには膨大な費用が要る。ＬＧＢＴの活動に加え、地球環境、自然保護、エネルギー問題、夢が大きくなればなるほど、経済的な問題に直面してしまったのだろう。活動の幅を広げすぎてこのところ資金繰りに困っていたらしい。

「やむにやまれず、タマちゃんの遺産を狙ったわけか」

パパさんがため息を吐いた。

愛之助ママはノリちゃんと養子縁組をしている。近い将来、ノリちゃんとタマちゃんの婚姻関係が成立すれば、遺産の使い道についても口を出しやすい。二人からの信頼を悪用しようとしたわけだ。

「それなのに、まさかの遺言だったわね」

全財産はボクに、という内容だった。しかもタマちゃんが相続権をあっさり放棄して、愛之助ママは愕然としただろう。その半面、容疑者リストからは外れた、と安堵したかもしれない。

「でも、それだけじゃ決定的な証拠にはならなかっただろう」

「決め手は電子タバコね。私にはほとんどわからなかったけど、ボクの嗅覚は特殊な匂いを覚えていたのよ」

禁煙中の愛之助ママは電子タバコを使用していた。煙は水蒸気でニコチンタールフリーだから周囲にも迷惑をかけない。不快なタバコ臭がなく、リキッドのフレーバーが微かに香る程度だという。フルーツ系、デザート系、飲料系など、いろんな匂いのリキッドがあるが、愛之助ママが好んで使っていたのは清涼感のあるメントール系だった。似たような香料を含む防虫剤やお線香の匂いがヒントとなったが、最後はパパさんのおかげで鼻詰まりが回復したのだ。

「奈々とボクはすっかり名コンビだな」

新興住宅街の小ぢんまりした家もアットホームで悪くない。

おさがりの犬小屋は「ポチ」から「ボク」へと名札を付け替えられ、寒さの苦手なボクのために風よけのフェンスまで張られた。この界隈のお散歩ルートも把握した。

そして一つ、貴重な宝物が発見されたことも伝えておかなければならない。

犯人逮捕のあと、ボクは大事なことを思い出したのだ。おばあちゃんちの庭の片隅に宝物が隠されていたことを。ボクがほんの子犬だった頃におばあちゃんが埋めたのである。

――ワワワゥ、ワンワン！

ボクは「ここ掘れ、ワンワン」と吠えた。地中からは、おばあちゃんの筆跡で『ボクの思い出』と書かれた木箱が出てきて、小学生時代のタマちゃんの作文や絵がぎっしり入っていた。母親を描いたクレヨン画を見つけると、タマちゃんはまた嗚咽を漏らした。

「そういえば、タマちゃんは小さい頃、ボクとか、ボクちゃんって呼ばれてたわよね」

マサ子さんが隣家に嫁いで来た頃の話らしい。タマちゃんが自分のことを「ボク」と連呼するので、いつの間にかニックネームになっていたという。我が子を溺愛していたおばあちゃんのことだ。おそらく飼い犬の名前もそんなエピソードから付けたに違いない。

思えば、遺言書には「ボクとそのパートナー」と記されていた。その「ボク」というのは、もしかしたらタマちゃんのことを指しているのではないだろうか。奈々ちゃんもそう思ったはずだ。

奈々ちゃんの申し出により、おばあちゃんの遺産はタマちゃんが相続することになった。それを受けてタマちゃんは、半分を警察犬訓練センターと盲導犬協会ならびに介助犬協会へ、残りはＬＧＢＴ支援団体への寄付とした。

そして別れ際、ボクの頭を撫でながら言った。

「メルシー・ボク」と。

人間ってやつは、多かれ少なかれお金という魔物に取り憑かれているようだが、まんざら捨てたものでもなさそうだ。

最後にもう一つだけ付け加えさせてもらいたい。

ボクもそろそろ結婚しようと思っている。相手はマヌケ面だけどとても勇気のある大型犬だ。次の発情期には子供も産みたい。
あ、肝心なことを言い忘れていたかもしれない。
ボクはれっきとした「メス犬」なのである。

これは私の物語

植田《うえだ》文博《ふみひろ》

プロフィール／ミステリーとの出会い

熊本県出身。東京都在住。

二〇一三年第六回ばらのまち福山ミステリー文学新人賞、二〇一四年『経眼窩式』（原書房）にてデビュー。

二〇一五年『エイトハンドレッド』（原書房）、二〇一七年『心臓のように大切な　原宿コープバビロニア』（原書房）を刊行。

『経眼窩式』は精神外科であるロボトミー。

『エイトハンドレッド』は脳に関する創薬。

『心臓のように大切な　原宿コープバビロニア』は江戸時代の処刑人と脳の病。

主に脳に関連する小説を執筆。


三毛猫ホームズを初めて読んだのは小学生だったと記憶しています。推理小説とよばれる物語にふれたのは、それが初めてでした。そのような大先輩である赤川次郎先生の物語が収録されたアンソロジーに参加させていただき光栄です。

西新宿駅を降りたコトは、目の前の外灯に照らされた建造物を見上げる。

竣工したばかりの六十階建のタワーマンション。カードキーを取り出し、コンシェルジュを横目に中へ入っていく。高いところは苦手だ。だからコトの部屋は一番下の三階にある。1LKの小さなベランダ付き。大学卒業してまだ三年目のOLに借りることができるような部屋ではないが、四国で三軒のレストランを営む心配性の両親が借りてくれた。

リビングの照明をつけると、窓の外に見慣れた顔があった。

「アンク」

コトはそうつぶやくと窓を開けてやる。アンクは窓の隙間から身体をすべりこませ、コトの足に額をこすりながら喉を鳴らした。

「遅いのに待ってたんだ」

スーツから部屋着へ着替え、キャットフードを出してやる。

雑種のサバトラ。オス。成猫なりたてというところか。ここは三階だというのに、どこをどう飛び移っているのかやってくる。コトの飼い猫ではない。V字にカットされた耳からするに、地域猫と呼ばれる野良猫を増やさないために去勢された猫だ。入居してから頻繁に現れては餌をねだられるようになり、ご飯皿に水皿、猫用トイレと買いそろえていった次第だった。

「アンク、あなた今日もあの香りがするね」

コトはアンクのおなかに顔を突っ込んで言った。一ヶ月ほど前から香りがするようになった。タバコのような、それでいてナッツのような甘みも感じる香り。

「私以外に誰がいるのよ」

コトはつぶやいた。嫉妬のような、仲間のような。会ったこともない香りの持ち主。図太いアンクはコトの家に突然現れたように、この香りの持ち主の元にも現れ、ご飯を食べてひと休みして去って行くのだろう。

アンクは毛繕いや背伸び、鼻をならしたりして一時間ほど過ごすと、窓の隙間からなにも言わず出て行った。

その伸びたしっぽの先を見送ったコトは、風呂に入り、いつものようにベッドへ入る。

日々は繰り返しだ。起きて、食事をとり、仕事をして帰ってくる。恋人はいない。休みに遊ぶ友達も少なく、多くは一人で過ごす。それが苦痛なわけではない。ただ、薄く透明な不安が漂っているだけ。

焦がれた夢も、いつしか見なくなった。


そして、また新しい一週間。

中日の水曜日だった。コトは有給をとった。必要だったわけではない。上司から規定通り取得するようにと言われ、折り返しの中日を選んだだけだった。

掃除と洗濯をすませた昼下がり。本を読んでいると、窓からかりかりと音がした。ソファから身体を起こすと、アンクが前足で網戸を掻いているのが見えた。

「やぁやぁ、来たの」

窓を開けてやり、嬉しくなって小走りにキャットフードを取りに行った。平日の昼間に来てくれるとは思わなかった。皿を手に戻ると、アンクが欠けた耳を足にすりつけて喉を鳴らした。

食事をすませたアンクが一通り身体を舐め終わるのを待って、コトは抱き上げた。

「ん、今日は香りがしないね」

アンクがあの香りの持ち主のところへ行くのは、毎日ではないのだろうか。コトは思い返す。土日の昼間にここへ来るときは香りがなく、夕方以降になると香りをつけていたような気がする。

「もしかして、これから行くの？」

アンクの顔を自分に向けて目を合わせたが、すぐにそらされてしまった。

「ま、いいけど」

アンクをおろし、毛繕いをはじめた彼を見つめているうち、コトは小さな冒険を思いついた。

さっそく化粧し、服を着替えて彼の旅立ちを密かに待った。

そしてそのときは来た。アンクはむくりと起き上がり、するりと窓の隙間から出て行く。ここからが勝負だった。窓を閉め、急いで玄関へ向かう。スニーカーに足を突っ込み、手早く鍵をしめてエントランスを駆けていく。マンションの裏側、小さな芝生のある併設広場へ向かい、目を走らせた。

いた。

ねずみ色と黒の短毛を春の陽に反射させ、小さなライオンのように肩を上下させて歩くアンク。彼がこちらに気づく様子はなく、川の方へ向かっていく。

西新宿は都市開発の過渡期だ。コトが住むタワーマンションを境に、新宿駅に向かって都庁やヒルトンホテルなどのビル群が建ち並び、反対側の神田川へ向かっては古びた民家が建ち並んでいる。ここがあるからこそ、アンクは生きていられるのだろう。

アンクはモルタル造りの家が連なる道路脇を進んでいく。道路まではみ出した植木鉢の隙間を抜け、車も人通りも少ない道を行く。コトは距離をあけてあとをついていった。

五分ほどの尾行だったろうか、アンクは身をかがめると、ふわっと浮き上がり塀の上に乗った。頭を下げ、塀の中へと消える。

この家？　視線を巡らせると、ほかと同じく築年数の経った一軒家だった。平屋で周りとくらべると気持ち大きいくらいか。冒険したはいいが、実際に家主に声をかけるなどできそうにない。これからどうするか、と思案していたときだった。

「出て行け」

鋭い怒声が家の中から弾けた。アンクが怒鳴られた？　思わず身をすくませたとき、玄関先から三人の若い男が出てきた。

腰や胸元につけた銀色のアクセサリーを揺らし、男たちは玄関をにらみつける。

「ユウヤ、二度と来るな」

そう言われた先頭の若い男が、ことさらにらみをきつくする。

玄関からカーディガンにジーンズ姿の男性が出てきた。その顔は薄皮に深いしわが刻まれ、真っ白な髭が伸びている。痩せぎすの八十歳近くに見える老人だった。

「聞こえなかったか？」

ユウヤと呼ばれた男は舌打ちをすると、あとの二人を連れだって去って行った。

固まっているコトの存在に気づいた老人が顔を向けた。目があった瞬間、コトは「ひっ」と小さな悲鳴をあげた。

老人には目がなかった。正確には、白目がなく、塗りつぶしたような黒目だったのだ。人間とは思えない。まるで異星人を見ているような激しい違和感。

「なにか？」

黒い目の老人が問いかける。突っ立ったままなにも答えないコトに、首をひねった老人はふと足下に顔を向けた。相好がくずれ、抱き上げる。

「アンク」

思わず出た言葉に、老人が顔を上げる。

「あなたの猫？」

「あ、いえ、私の家にもよく……」

「ああ」と合点がいったように、老人の黒い目が笑った。

「お仲間か。よかったらお茶でも飲んでいくかな？」

しばらく固まったままのコトだったが、小さく頷いた。

怖かったが、老人の両腕にしっかりと抱かれたアンクが心配だった。

通された応接間は、外観から想像するよりも広く小綺麗だった。促されてソファに座ると、作りのしっかりとした広い掃き出し窓から小さな庭が見える。窓が少しだけ開いていた。アンクは庭先の塀を乗り越えて、ここへ入ってくるのだろう。

オープンキッチンで湯を沸かしながら老人は言った。

「さっきは驚かせたね。あれは孫で……ちょっと折り合いが悪いんだ」

どう答えていいかわからず、コトは曖昧に頷いた。

「どうぞ」

目の前にコーヒーを出され、頭を下げようとして思わず老人の顔を見つめた。真っ黒だった目が、白目がある普通の目に戻っていた。その視線に気づいた老人は、「ああ」と目元を指さして言った。

「気になっていたのはこっちか。これは、まぁ、ちょっと光に弱くてね。サングラスのコンタクトレンズ版みたいなものだよ」

濁すように老人は言った。コトもそれ以上は聞けず、頭を下げてコーヒーに口をつけた。

対面に座った老人は、窓際に目を向ける。

「ハーフ。ご飯食べるか?」

アンクに向かって言ったが、アンクはその言葉を無視して背伸びをして床に転がった。

「あの、さっきあげたばかりで」

そう言うと、老人は「そういうことか」と苦笑して頷く。

「いつから?」

「え?」

「彼だよ」老人はアンクへ顎先をしゃくる。

「三ヶ月前くらいから家に」

「俺はまだ一ヶ月だから先輩だ。名前を聞いても?」

「はい、宮田古都《みやたこと》と言います」

「コトさんか。俺は鴨居丈《かもいじょう》。かたくるしくしなくていい。ジョーと呼んでくれれば」

そう言うと、ジョーはテーブルの上の木箱を開け、葉巻を出した。

「吸ってもいいかな」

コトが頷くと、ジョーは葉巻の先に見慣れない器具を当て、先端を切り落として火をつけた。

煙が漂う。甘くほろ苦い香り。

コトはアンクの香りの正体を知った。

「退職してから隠居のような生活でね。妻はずいぶん前に亡くなった。子供も家を出て気ままな一人暮らし。コトさんは――」

「会社員です。今日は有給で」

ジョーは頷き、ゆるゆると煙を吐き出した。

「ちょっと気になったんだが」目を細め、ジョーはコトを見つめた。

「は、はい」

「アンクって彼の名前?」

さっきつぶやいた名前を覚えていたようだ。

「ええ」と頷くと、ジョーは立ち上がった。

窓際でごろごろとしているアンクを抱き上げ、前足をこちらに見せる。アンクは足だけ白い。

「アンクレットソックスからつけたのかな」

「そうです。ちょうど足首のところまで白くて、アンクレットの靴下をはいているみたいだから」

ジョーはアンクの前足をあげ、違う、とでもいうようにその前足を左右に振った。

「猫の足首はもっと後ろ。人間と違って猫はかかとを地面につけない。いつもつま先立ちだ」

コトはアンクの足を見つめた。つま先立ちだとすると、白い部分は土踏まずくらいまでしかない。

「だから足の半分だけ靴下をはいているハーフソックス。彼の名前はハーフだ」

ジョーも靴下をはいた猫だから、と同じ発想で名前をつけたが、コトの名付け方は間違っていると言いたいらしい。

コトは無表情で答えた。

「あ」とジョーは言った。

「今、俺のこと面倒くさいって思っただろ」

「アンクの方が響きいいですもん」

言い返していた。どちらかと言えば引っ込み思案なコトにはめずらしかった。ジョーの柔和な雰囲気と、かすかな子供っぽさがそう答えさせたようだった。

「んぅ」とジョーは考え込んだ。

「響きか。そういう側面では検討しなかったな」

ジョーはアンクを抱いたまま、ずいぶん長い間、思案して言った。

「アンク……うん。いいだろ。こいつはアンクだ」

そう言って笑った。

それがジョーとの出会いだった。

ジョーの家に、たびたび遊びに行くようになった。

コトにとって、ジョーはとても話しやすい存在だった。老境に入った彼を異性として意識する必要はなく、同年代や同性特有のプレッシャーもない。悪気のない無慈悲な子供とも違う。これまで関わってきた人たちとは、違う立ち位置にいる人だった。

ただ、ジョーには秘密があるのかもしれない。

リビングの窓を見つめて思った。

彼の冗談はわかりやすかった。強い言葉を使うときも、冗談のときは必ず笑っているからだ。そして年齢に合わないしゃべり方。料理と掃除は好きだが、皿洗いが嫌い。限界までためて洗う。汚いと言ってもほっとけ、と一蹴される。気になるので、たまにコトが洗っている。

ただ、ジョーには秘密がありそうだった。

リビングのドアを見つめて思った。

くだらないことで口げんかになることもあった。ピザの耳は残してもいいのか、否か。無理して食べる必要はないし、マナー違反でもないというジョー。食べ残しは見ている方も気持ちがよくないと言うと、お前のために食べてるんじゃないと反論する。さらにはネット上の意見や、イタリアでの常識まで持ち出し、残していいんだと主張してくる。言い合いの末、コトは論点をずらし、作った人に失礼という切り口で勝利を収めたこともあった。

コトは毎週のようにジョーの家に顔を出し、二人と一匹で過ごすことが多くなった。

ただ、ジョーには秘密があると思う。

テーブルの下で、見てはいけないものを見つけて思った。

ジョーは、ユウヤという孫とのことを話さなかった。それとなく尋ねても、はぐらかされる。彼にとって悩みの種であることは間違いない。

あの日以来、コトがいるときに孫が訪ねてきたことはない。顔立ちは確かにジョーと似ていた。にもかかわらず、あかの他人をにらむようにジョーを見ていたあの目が忘れられない。そして、あの日のジョーの不気味な黒い目も、詳しく語ってくれることはなかった。

ジョーと出会ってから二ヶ月が経ったろうか。

週末、コトは遅く自宅へ帰ってきた。リビングの電気をつけると、アンクが窓先で待っていた。

「ごめん」窓を開けると、するりと入ってくる。

アンクの足裏と身体を軽くふきあげ、水とご飯を用意する。コトはアンクの隣に寝転がった。キャットフードを嚙み割る小気味よい音と白い牙。その姿を眺めながらつぶやいた。

「ジョーって何者なのかな……」

アンクとジョーの家に遊びに行くのは楽しい。

だが、ジョーへの疑念は広がり続けていた。

ジョーには秘密がある。奇妙な秘密が。通うたびに、それは確信となっていた。

彼の奇妙さは、黒い目だけではない。

もっと奇妙なのは家だ。

あの家は普通の家ではない。何度も訪れて、調べた結論だった。

きっかけは不思議な音だった。

遊びに行ったとき、一度だけ調子が悪いので出直してほしいと言われたことがあった。引き返していると、ジョーの家から音がした。金属同士が擦れ合う、なにかが動いている音。

後日も聞けなかった。なぜか聞いてはいけない予感がした。

コトはその音のもとを密かに探した。

そして見つけたのは、リビングの窓だった。

リビングには、大きな掃き出し窓が二窓と、小さな腰高窓が一窓ある。すべての窓にシャッターがついている。近年多くなった台風を心配しているのかと思っていた。ジョーが席を外したときに確認すると、それぞれの窓の上部にはシャッターの格納ボックスがあった。よく見るとボックスには電線がひかれ、モーターが組み込まれていた。

電動シャッターだ。リビングの窓はボタン一つでシャッターがおろせる。あの歪んだ音はこれだと思った。

ジョーの家が新築の一軒家なら不思議ではない。だが、彼の家は築四十年は経つ古い家だ。家のグレードからしても、電動シャッターはアンバランスな過剰設備に思えた。ジョーの災害対策意識やセキュリティ意識が高いから、という理由もありえなかった。なぜなら、リビング以外の部屋、たとえばのぞき見た寝室には電動どころか、シャッターそのものが取り付けられていないからだ。そしてなぜか、リビングの電動シャッターには、操作ボタンが見当たらなかった。

奇妙なところはそこだけではない。

リビングのドア。

ドアは廊下に繋がる一つのみ。シャッターで不審を感じなければ、気づかなかっただろう。ドアの上部には、銀色の小さな箱が設置されていた。ドア上部と枠側に、繋がるように二つ取り付けられている。最初はドアクローザーの一部かと思ったが、よく見ると別ものだった。型番から調べてみると、リモコン式のドアロックということがわかった。あのドアは遠隔操作でカギをかけることができるのだ。これも寝室などにはなく、リビングだけに設置されたものだった。

電動シャッターとリモートドアロック。これらを一括操作できるものがあるのではないか。

そう予測して探すと、それはあった。

いつもジョーが座るソファ裏の壁の柱、のぞき込まなければわからない位置に、カバー付きのボタンがあった。

あのリビングには、ボタン一つで外界から遮断し、孤立化させるシステムが存在している。

ジョーはなんのためにこんなものを作り上げたのだろう。退職したと言っていたが、以前はどんな仕事をしていたのか。

疑念を決定的にしたのは、ボタンを探す過程で見つけた、もう一つのものだった。ソファ前のローテーブル。ちょうど葉巻を入れた木箱が置いてある真裏。

テーブルの裏側の一部がくりぬかれ、そこにはスタンガンが取り付けてあった。ベルクロで固定されている。

この道具と設備。もしジョーがコトに対してその気になれば、スタンガンで一時的に動きを封じて拘束し、ボタンを押せば簡単に監禁状況を作り出すことができるということだ。

コトはアンクの顎の下を掻くように撫でながら思った。

ジョーはなんのために――。

だが、コトにとってそれは怖いことなのかわからなかった。なんの目的であのリビングを作ったかはわからない。わかっている気がするのは、ジョーがコトを監禁することはないだろうということだ。なぜそう思えるのか。理由はコト自身にもわからなかった。

それからしばらく経ったある日。

コトはいつものように週末、ジョーの家にいた。

割り勘でピザを頼み、ジョーはコーラを片手にチーズを伸ばして楽しんでいる。

「宅配ピザはクリスピー生地だな」

ジョーが言うと、コトもチーズを伸ばしながら頷いた。

「なあ、コト」

手についたトマトソースをティッシュでふき取りながらジョーが言った。

「なに？」

「いくつだっけ？」

「二十四」

「友達いねーのか？」

ピザが少しおいしくなくなったと思いながら、コトは答えた。

「ジョーくらいかな」

「そりゃありがたい。彼氏は？」

「そういうのは別に」

「じゃあ、やりたいこととか？」

「んー、べつに」

面倒な質問だった。

「なんだよ、言ってみろ」

「ないってば」

「今はなくても、前はなかったのか？」

ジョーはいつになくしつこかった。

「なんなの？」

「いいだろ」

「……前に、ちょっと絵本作りたいって思っていたくらいよ」

「絵本？　メルヘンなやつ」

気恥ずかしくなり、強い言葉で返した。

「ジョーは偏見が多いんだよ」

「うまくいかなかったのか？」

さらに質問してくる。

「現実みろって」

「誰から？」

「もういいじゃん」

「いいじゃないか。聞かせてくれ」

ジョーによくわかるように大きくため息をはいて見せ、答えた。

「親から。夢を持つのは悪いことじゃない。でもちゃんと仕事もしながらねって。絵本作家をどれくらいの人が目指して、どれくらいの人がなれていないのか調べなさいって」

「調べてみた?」

「まぁね。でもそういうのってちゃんとした数字なんて出しようがないでしょ。本当にむずかしいってことは実感できたけど」

「それでやめたわけか」

絡むようなジョーの言い方にいらだった。

「これは私の問題よ。もう話したくない」

「やる前からそれか。だせーな」

その一言に、コトはジョーをにらんだ。

「ちょっと待ってよ。その言葉取り消してよ」

「なんでだ」

「私は実感しただけで、やってないなんて言ってない」

「ほう?」

「やったわよ。高校生から賞に応募し始めて、五十本は出した。描いて書いて描いて応募した。持ち込みだって思いつくとこは、どこだって足を運んだ。自己満足で終わりたくない、私は誰かに伝えたいって思ったから」

ジョーは表情を変えず聞いてくる。

コトはジョーを見据えながら、怒りとともに誰にも口にしたことがなかった思いが決壊し、あふれ出すのを抑えられなかった。

「伝えたい？」

「そうよ。絵本は伝えられる。物語を」

体の奥底に置いたまま、消しきれない残骸のような思いをはき出した。

「子供にこそ物語は必要よ。世界の片鱗を、心の片鱗を、誰かの蒼い夢や希望を、子供には見せてあげるべきよ」

ジョーが口をひらきかけたが、コトは昂った感情のままに言った。

「ジョーはどうなのよ」

「俺？　俺のなにを知りたい」

「退職したって言ってたけど、前はなにしてたの？」

「いろいろだ」

「いろいろってなによ。私は答えたんだから、ジョーも答えてよ」

答えず葉巻に手を伸ばすジョーに、心底腹が立った。

「その葉巻の木箱の、裏側にあるものはなに？」

ジョーの指先が止まった。

「テーブルの裏にベルクロで固定してある」

葉巻から指先が離れ、ゆっくりと視線を上げた。ジョーは答えなかった。

「答えられないの？　じゃあ、これは？」

つかつかとジョーに歩み寄り、ジョーの背後の柱にあるプラスチックカバーをはね上げた。

「このボタンはなに？　この部屋でジョーは一体なにをやっているの？」

ジョーはこちらを振り返りもしなかった。

コトは歯ぎしりをして、ボタンに拳を叩きつけた。

部屋のそこかしこから、モーターの駆動音と鉄のたわんだような音が鳴り響き、シャッターがおり始める。ドアからぱきんっと施錠される音がし、リビングは暗闇に包まれていった。

「なんなのよこれ。ジョー、これはなんなの」

ジョーは答えなかった。

シャッターとドアの遮光性は想像以上で、その暗さは夜の比ではなく真の闇だった。光だけでなく外界の音も遮断され、外からの音が一切聞こえない。

不自然な闇と静寂が部屋を満たしていく。

「ジョー？」

コトがそう言った直後、べりと聞き覚えのある音が鳴った。

ベルクロがはがされる音だった。

コトは言葉を失った。

「なぁコト。お前は友達だったが、友達ならなにをしてもいいというわけじゃない」

音が消えた部屋の中で、ジョーの低い声だけが、耳を這うように聞こえてきた。

衣擦れの音、床のしなり。

奇妙なほど鮮明に聞こえる床鳴りが、すこしずつこちらへ近づいてくる。

「ジョー……」

そうつぶやいたとき、肩に手の重い感触が広がった。

身を固くすると、「来るんだ」と声が聞こえた。

コトは暗闇に頷いて従った。

「こっちだ」

ジョーの手がコトの肩を引っぱる。言われるままに歩く。ジョーはリビングの中の家具の位置を詳細に把握しているためか、闇の中を自由に進んだ。肩を引かれながらあとをついていく。

「止まるんだ」

そう言われて立ちすくんでいると、ドアのロックが解錠される音がした。線を引くように光が部屋へ差し込んでくる。

「もうここには来るな」

ドアの外へ出されたコトは、まばゆい光に目を細めながら振り返った。

ジョーがこちらを見ていた。出会ったときと同じ真っ黒な目で。

コトが口を開く前に、ドアは閉じた。


あれから三週間がすぎた。

「いるってわかってたの?」

自宅にいたコトはソファから起き上がり、窓を開けてアンクを招き入れた。

平日だった。最近、調子が悪い。体調というより気持ちの問題ということはわかっている。今日は会社を休んでしまった。

アンクにご飯と水を出してやり、顔を近づける。

「今日も香りしないね」

ジョーと最後に会ってから、アンクから葉巻の香りが消えた。あれから一度だけ、ジョーの家の前まで行った。外からは、いるのかどうかもわからなかった。結局、ベルを押す勇気はなく帰ってきた。

「アンクも行ってないんだね」

食事を終えたアンクは前足を舐め、額にこすりつけている。

「ねえ、行きたい？」

問いかけにアンクは返事をしない。舌を出し身体を舐めている。

「ねえ、アンク」

何度も聞いていると、根負けしたように「ナァ」と鳴いた。

「そうか。行きたいか」

額を撫でてやると、気持ちよさそうに目を閉じる。

「一緒に行こうか」


アンクにペットキャリーバッグに入ってもらい、ジョーの家を訪ねた。

呼び鈴を押すと、奥からリビングのドアを開ける音が聞こえてくる。

深呼吸をした。

玄関のドアが開く。

驚いた顔をしたジョーと目が合った。

謝ろうと口を開こうとしたが、うまく声が出ない。視線が下を向いてしまう。これではだめだ、意を決して顔を上げた。

「悪かったな」

言ったのはジョーの方だった。

ぽかんと見ていると、ジョーは気まずそうに視線を落とし、真っ白な顎髭に手をやった。

「プライベートに突っ込みすぎた」

「ううん」

そう答えると、ジョーは照れたような微笑を見せた。

その表情に、コトは以前と同じような安心感を取り戻した。

「聞いていい？」

聞くなら今がいいと思った。

「ああ、なんだ？」

「なんで？」「なにが？」

「なんであの日にかぎって、私にいろいろ聞いてきたの？」

「あー……なんだ」

「なによ」

「ちょっとかっこつけたかった」

「え？」

「まぁ、ちょっとくらいは大人なとこを」

「はあ？」

なんだか腹が立ってきた。

「ジョーっていくつよ」

「七十八」

思わず吹き出してしまった。仲直りできた嬉しさと、年齢のギャップに笑いがおさまらない。

ひとしきり笑って、「ほんとにそれだけ？」と聞いた。

「まぁ、それとな」

「うん」

「とりあえず、俺のことを教える。入ってくれ」

お邪魔したコトは、アンクをキャリーバッグから出しキッチンへ入った。ジョーが「元気だったか」とアンクを抱き上げて撫でるのを横目に、今までと同じように二人分のコーヒーを煎れはじめる。

アンクが嫌がるまで撫でたジョーはソファに腰掛けた。葉巻をカットすると、回しながらガスライターで葉先にくまなく火をつけ、ゆっくりとふかす。三週間しか経っていないのに懐かしい香りに思えた。

コーヒーを渡すと、ジョーはその香りに目を細めて言った。

「俺はな」

対面のソファに座ったコトへ続けた。

「簡単に言うと、点眼薬の、目の研究者だった」

あの黒い目を思い出した。

「……あの目は研究?」

「そうだ。俺は眼科領域に特化した製薬会社の研究開発部門で働いていた。そこで緑内障の眼血流改善についての研究をしていた。ただ、個人的な事情で網膜色素変性《もうまくしきそへんせい》に興味を持った。だが会社は興味を持ってくれなくてな」

「ジョー、簡単にって言ったじゃない。緑内障は聞いたことあるけど、モウマクシキソヘンセイってなに? ぜんぜんわかんない」

ジョーは頷く。

「網膜色素変性ってのは——たとえば鳥目になる病気だよ」

「鳥目? 聞いたことある気がするけど」

「夜とか、少し暗くなると、視力が落ちて目が見えなくなる」

「見えないって、どれくらい?」

「日の短い秋口の外だと、午後四時ぐらいから色が消え、周りがほとんど見えなくなる」

「そんなに?」

「ああ、症状がひどいとな。夜盲症と言う。俺の奥さんがその病気になった。それで俺は、サブ的な研究対象として許可を取り、会社の研究室を使わせてもらって改善薬を研究していたんだ」

ジョーの奥さんと言われてもイメージがわかなかった。

「あいつは俺が田舎で見た蛍の話が好きでな」

目が優しくなるのがわかった。

「小学生の頃、冒険だと出かけた先で出会った蛍の群れ。ゆっくりと浮かぶように明滅する風景を何度も聞きたがった。見れないとわかっている分、想像が駆け巡るんだろうな。楽しそうに聞いていた」

その瞳にかげが差す。

「俺が退職する五年前に死んじまったが」

コトが言葉を探していると、ジョーは重くなった空気を散らすように、葉巻を取り上げて言った。

「目的は失っても、どうにも納得がいかなくてな。意地みたいなもんだ。研究はやめたくなかった。退職後も続けたいと会社と交渉した。成功した場合の特許権の大部分を譲渡するという条件で、研究室の使用許可をもらったんだ。だから今も続けてる。現役のやつらのできるだけ邪魔にならない夜や早朝に通ってな」

コトは首をひねった。研究室が使えるなら、このリビングの設備はなんなのだ。

「言いたいことはわかる。最後まで聞けよ」

コトの表情から察したのだろう。そう言ってジョーは続けた。

「俺が研究しているのは、夜盲症の根治薬じゃない。対症療法だ。夜になって見えなくなったとき、一時的に症状を回復させる目薬の開発だ。研究そのものは研究室でやっているが、年齢的に俺はあまり時間がない」

「どういうこと？」

「自宅で自分を被験者にして、目薬の効果を試しているんだよ」

「え、このリビングで?」

「そういうことだ」ジョーはポケットから小さなジップ付きのビニール袋を取り出した。

「これがその目薬」

親指くらいの大きさの、薬局でも売っている使い切りタイプの容器に入った目薬だった。

「研究は、かなりのところまで来ている。今のところ副作用は出ていない。と言っても俺しか試した人間はいないがな」

「自分が実験台って、失明とか大丈夫なの?」

「最悪あるかもな。実際にこれが世に出るとしても、何年もかけて動物実験や治験をやって、効果と副作用の検証をしてからになる」

「ふーん」コトは窓やドアに視線を巡らせた。

「でも、なんでこんな大層な仕掛けがいるの?」

電動シャッターに電動ロックのドア。それを一括操作できるボタン。夜盲症の目薬との関係がわからない。

「夜盲症ってのは、薄暗いところで本来機能するはずの目の機能がうまく働かない症状だ。この目薬はその機能、光に対する感受性を一時的に押し上げる作用がある。その目薬を夜盲症じゃない俺が使うとどうなると思う?」

「明るいところで目薬を使うとまぶしくなるってこと?」

「そうだ。それこそ目がだめになってしまうぐらいにな。夜盲症じゃない俺の目で効果を確認するには、健常者でも見えない暗闇を作って目薬をさし、その状態で見えるかで判断するんだ」

「ああ、だからシャッターを」コトは納得の声をあげた。

「使い勝手がいいように電動シャッターにして、ボタン一つで操作ができるようにした。ドアの隙間も遮光のために埋めてある」

「ドアの電動ロックは？」

「目薬をさした状態で強い光を浴びれば、それこそ失明する危険性がある。だからドアにロックがかかるようにして、外から開けられないようにしているんだ。なにかの手違いで誰かが開けようとしても、開かないようにな」

コトはリビングを見回して言った。

「照明とか、テレビは？」

「もちろん。コトが前に押した一括ボタンを押せば、シャッターとドアだけじゃない。この部屋の電源はすべて断たれる。照明やテレビどころか、キッチンの冷蔵庫もな」

「なんか不衛生」

「せいぜい一時間程度だ。問題ないだろ」

そのあたりは相変わらずのおおざっぱさだった。

コトは不思議に思っていたことを頭で整理する。

「あの黒い目は？」

「これか」

ビニール袋にはもう一つ、ソフトコンタクトレンズの保管ケースが入っていた。ジョーはキャップを開け、真っ黒なソフトコンタクトレンズを見せた。

「これはな。まだ薬が効いているうちに明るいところに出なきゃならなくなったときに使う遮光コンタクトレンズだ。白目の部分も覆うから、目に入る光を大幅に減らしてくれる」

「そういうことだったんだ」

ジョーの家の秘密が解けていく。

だが、それでも一つだけ、今までの説明でも納得いかないものが残っていた。

「もう一つ、聞いていい？」

「ああ」

コトはローテーブルの真ん中を指さした。

「これはなんで？」

ローテーブルの裏側にはスタンガンが隠してあるはずだった。

「これは……」

ジョーの顔が曇るのがわかった。

「なに？　ちゃんと言ってよ」

ジョーが顔を上げたとき、チャイムが鳴った。

コトとジョーは目を合わせる。

「わかった。待ってろ。それも話す」

そう言うと、ジョーは目薬とコンタクトレンズをポケットにしまって席を立ち、応対に玄関へ出て行った。

コトはコーヒーを手に一息ついた。アンクを呼び寄せ、額を人差し指と中指で掻くように撫でてやる。

そのときだった。玄関から何かが倒れたような重い音した。コトはびくりと玄関へ振り返った。いつもは動じないアンクも、ゆっくりと頭を起こす。

「なにもかも、勝手に捨てやがって」

ジョーではない男の声が聞こえてくる。

コトが立ち上がろうとしたとき、ドアにジョーの姿が見えた。その後ろに前にも見た若い男の顔があった。ユウヤという名のジョーの孫。

ジョーはユウヤに肩を摑まれ、リビングに入ったところで押されて、三人掛けのソファに倒れ込んだ。ジョーのジーンズの太ももには血が広がっていた。

コトが絶句していると、さらに若い男が二人。以前、ユウヤと一緒にいた男たちだった。さらにその後ろから、四十代くらいのスーツ姿の痩せた男が入ってきた。ブリーフケースを手にし、冷笑と作り笑いがまざったような表情で部屋を見回す。いやな雰囲気があった。

「爺、目薬は山場を超えたそうだな。全部もらっていく。遺産代わりだ」

ジョーはソファに横たわったまま、孫のユウヤを見上げて言った。

「くだらない生き方をしているお前に渡す遺産などない」

ユウヤはあざ笑うように床に唾を吐くと、コトを指さした。

「そうかい。で、あの女はなんだ？　隠し子か？」

「ユウヤ、なんで女が。この女、どうすんだよ？」

ユウヤの連れの若い二人のうちの一人が、コトの存在に混乱したように言った。

「だまってろ」ユウヤはなんでもないことのように言った。

「その子は、俺にもお前にも関係のない、まったくの第三者だ。帰してやれ」

ユウヤはジョーに視線を戻し、目を細めた。

「研究データにアクセスしたい。研究用のパソコンはどこだ?」

ジョーは答えなかった。

「答えないのか?」それにもジョーは口を開かなかった。

「そうか。関係あろうがなかろうがどうでもいいが。爺、あの女をまともな姿で返したくないのか?」

ジョーがにらみあげると、ユウヤは両肩を上げておどけて言った。

「いいから答えろよ」

「製薬の権利は会社にある。意味がないんだ。今、お前たちがこのまま消えるなら、俺も自分で怪我をしたことにしよう」

「あのな、俺たちは気まぐれでここに来てるわけじゃないんだよ」

ジョーはドアの前に立つブリーフケースを持った男に目をやった。

「スポンサーを見つけたってことか?」

「パソコンはどこだ」

ジョーがふたたび黙る。

「女を無事に帰したくないらしい」

ユウヤは二人の若い男のうち、混乱していない方の男を見て顎をしゃくった。

「隣の部屋で、好きにやってこい」

若い男の顔がわずかに昂揚するのがわかった。唇を舐めコトを見る。

そのおぞましさに、背中に寒気が走った。

「待てユウヤ」

ジョーは食器棚を指さし、「一番下だ」と答えた。

ブリーフケースの男が食器棚の前に立ち、引き出しからノートパソコンを取り出した。電源を入れ、持参のパソコンも取り出し、キッチン台で二つのノートパソコンを繋ぐ。

「ＩＤ、パスワード」

ブリーフケースの男が、低い声で尋ねる。

ジョーはＩＤとパスワードを伝えた。カタカタとキーを打つ音。

「ワンタイムパワード」

ジョーはポケットから液晶画面のついた手のひらくらいの機械を取り出した。受け取ったブリーフケースの男は、液晶画面を見ながら操作した。

しばらくの作業のあと、ユウヤに小さく頷いてみせた。

「よし、お前ら部屋を荒らせ」

ユウヤに指示された二人の若い男は、引き出しなどの中身を床にぶちまけはじめた。

「なんのまねだ。必要なものは手に入っただろう。もう行ってくれ」

「言っただろ？　気まぐれで来ているんじゃない」

ユウヤはジョーに薄く笑ってみせた。

「たとえば俺たちは今、身分を証明するものは持っていない。仲間の家に置いてある俺たちのスマホは、位置情報がわかるようにしてある。仮に捜査が俺たちまで来ても、ここにいなかったアリバイの手助けをしてくれる」

「捜査って、お前まさか……」

ブリーフケースの男がキッチンから出てくる。信じられないことに、男はゴム手袋をした手にキッチンの包丁を持っていた。

伸びた手がジョーの口をふさいだかと思うと、男は無遠慮に腹部に突き立てた。「悪いね。これからあなたがいた会社と法廷闘争がはじまる。あなたが生きていると予定が狂う」

深々と刺し込まれていく包丁に、ジョーの目が見開かれる。

「ジョーっ」

叫んだコトが立ち上がると、ユウヤがこちらに向き直った。

その冷たい視線に、コトはソファに押し戻される。

「こんな爺に関わって、運が悪い女だな」

ユウヤはポケットからナイフを取り出した。コトは腰が抜けて、ソファから崩れ落ち、床に尻もちをついた。

奥からジョーの短い呼吸が聞こえた。ブリーフケースの男の身体がジョーから離れる。引き抜かれた包丁は、根元まで赤く染まっていた。

視線をさえぎるようにユウヤが、コトに近づいて来る。

「待、て……」

振り返ったユウヤは、ジョーを見下ろしながら言った。

「約束が違うとでも言いたいのか？　そう訴えれば俺が心変わりするとでも？」

ははは、と甲高い笑い声が響く。

その瞬間、コトは這いつくばって、ボタンがある柱へ向かい、手を伸ばした。

カバーを上げ、ボタンを押し込む。

電動シャッターの歪むような音と、ドアロックの甲高い音が響いた。

「なんだ？」

男たちが顔を左右に振る。

「おいっ、女をおさえろ」

ユウヤの声に、光が閉ざされていく中、先ほどまでうろたえていた男が必死の形相でコトに向かってきた。コトはすんでのところで身を翻し、床を転がって逃れた。

部屋が暗闇に満たされていく。

「なんなんだ、これは」

いらだったユウヤの声が響く。

「アンク」ジョーの掠れた声。

「爺、なんなんだこれは。答えろ」

「コト、ア……ンクを、アンクを呼べ」

ジョーが言った。コトは意味がわからなかった。

「爺、なにやってやがる」

「早――く」ジョーが咳き込みながら叫んだ。

「アンク、ご飯」

コトはそう言って、少し移動した。声から位置がばれるのが怖かった。

すぐに手のひらにやわらかな毛先が触れた。アンクはこんな状況でも、いつもと変わらない。

「首輪だ」

アンクの首もとに手をやると、首輪になにかが引っかけてある。小さなビニール袋だった。感触で、目薬とコンタクトレンズだとだとわかった。さっきまで話していたあの目薬とレンズ。

「使うかどうかは、自分で……決めろ」

「黙れ、爺」

ユウヤのいらだった声と叩きつけるような重い音に、ジョーのうめき声が重なる。

「……選択、しろ。いつか来るかもしれない助けを待つか。リスク――を飲み、戦うか」

目薬は試作品。最悪、失明する。ジョーが言っているのはそういうことだ。

声が続く。

「リスクを超え――」

「黙れ、爺。わけわかんねーこと言ってるんじゃねえ」

鈍い音の中、覚悟を込めた言葉が落ちてくる。

「前に進んだものだけが」

再びの鈍い音、呻き。

「手に入れられ……るものがある」

その掠れた声に、コトは暗闇に大きく目を開いた。

瞳を頭上に向け、得体のしれない液体を眼球へ流し込む。

刺すような痛みとともに、視界が一瞬、黒から緑色に染まる。

目を見開くと、暗闇だった世界に、白黒の四人の男たちの姿がはっきりと映った。

やるべきことはわかっていた。

コトは彼らの間を抜け、ローテーブルの裏に手を回し、スタンガンを取り外した。

ベルクロの剝がれる大きな音に、四人の男たちの顔が一斉にこちらを向く。

すぐに場所を移動した。

ジョーが咳き込みながら、笑い声を出した。

ジョーを見ると、胸を上下させながら拳を浮かせ、親指を立てていた。

「先端を相手の身体に押しつけ、脇のボタンだ。――切り拓け、コト」

「スマホはねぇんだ。パソコンだっ。パソコンの電源入れて明かりを！」

ユウヤの声に、ブリーフケースの男が手を左右に振って障害物を確認しながら、キッチンへ体を向ける。キッチンに置いてある、二台のパソコンへ近づいていく。

コトは不思議なほど落ち着いていた。

音もなくブリーフケースの男に近づき、首筋へスタンガンを押し当てると同時に、ボタンを押した。

ノイズとともに、反撃の青白い稲光が小さく爆ぜた。

午後の穏やかな日射し、レースカーテンを揺らすゆるやかな風。

コトは自宅のリビングで横になっていた。隣ではアンクがお腹を見せて、うたた寝をしている。

もうアンクから、葉巻の香りがすることはない。

あの日、コトはやり遂げた。

闇の中、薬の力で四人を視界にとらえ、次々とスタンガンを放電させて倒した。そして黒いコンタクトレンズを装着し、ドアロックとシャッターを開放して外へ飛び出し、交番を目指した。

公園前にある交番へ駆け込み、まくし立てるように説明した。警官はなによりコトの黒い目に驚いていたが、二人の警官が同行してくれ、ジョーの家に戻った。

戻ったとき、ふらついた四人が出てくるところで鉢合わせた。

ブリーフケースの男の手首には、ジョーを刺したときの返り血がついていた。

それに気づいた警官が、制止するように叫んだ。

ブリーフケースの男ともう一人は、その場で取り押さえられた。ユウヤとあと一人は逃げおおせたが、三日後に捕まった。行きずりの犯罪に見せかけようとした計画は失敗に終わった。

ユウヤは、半グレとよばれる若い暴力集団のリーダーだった。指定暴力団とも関係を持っており、ブリーフケースの男がそれだった。暴力団は新興の製薬会社と繋がりがあるとみられているが、その詳細についてはまだ判明していない。

あのとき、ジョーはまだ息があった。

救急車の中で、ジョーは言った。

「よかったぞ」

コトは何度も頷き「がんばったよ」と答えた。

「違うよ」

「違うってなにが？　いや、いい。もうしゃべらないで」

ジョーの顔はあきらかに血の気がなかった。

救命士も止めに入ろうと、コトとジョーの間に手を入れたところで、ジョーが救命士に言った。

「もうわかっているだろう？　時間がない。……頼むよ」

救命士はその言葉に動きを止めた。わずかな逡巡のあと、ゆっくりと手を引っ込めていく。

「ありがとう」ジョーは色を失った顔でそう言うと、コトへ向き直った。

コトはそのやりとりが意味することに、呆然としていた。

「コト、言ったろ」

「え？」考えられなかった。

「自己満足で終わりたくない。私は誰かに伝えたい。物語は子供にこそ必要だ。世界の片鱗を、心の片鱗を、誰かの蒼い夢や希望を、子供にこそ見せてあげるべきだって」

ずっと胸に秘め、描いていた絵本への思い。

コトは漠然と頷いた。

「悪くないじゃないか」

胸の中でなにかがあふれ出し、「もうやめて、しゃべらないで」と叫んだ。

ジョーは続けた。

「コトには信念がある。絵本を……かきたいのは、伝えたいことがあるからだって。それが失われないかぎり、コトには……挑戦し続ける資格がある」

徐々に光を失っていくジョーの目が、揺れる天井を見つめる。

「コトの絵本……見せてもらえばよかったなあ」

「待って、いくらでも見せてあげるから。待って、ジョーいかないで」

「でもな。人生は少しぐらい、心残りがあるくらいがいい……」


「今日は暖かいねえ」

コトはアンクを撫でた。

アンクは身体を伸ばし「ナァ」と鳴く。

かわいい。でもアンクは、いまだコトの飼い猫にはなってくれない。アンクにはアンクの生き方があるのだ。

ジョーの夢は消えなかった。退職後も研究に打ち込む姿を見ていた若い研究者たちが声をあげた。製薬会社もGOサインを出し、公式プロジェクトとしてジョーの研究は受け継がれた。

そして、ジョーはコトにも残していった。

首輪のないアンクの横顔を見つめながら、コトは口にした。

「アンク。私はもう一度はじめるよ、私の物語を」

まるで同意するかのように、アンクが高い声で鳴いた。
ジョーがくれた物語。
そう、これは私の物語。

〔編集部注〕作中で言及される眼病、その症状と改善薬についてはストーリー上の設定であり、現実とは異なる面があります。

ホタルはどこだ

和《わ》喰《じき》博《ひろ》司《し》

三毛猫ホームズ、四十一年の時を経て――

一九七八年の夏、「幽霊列車」との出会いは鮮烈でした。わたしが手当り次第にミステリー小説を読んでいたころのことです。『幽霊列車』は赤川次郎先生の新人賞受賞作品を収録した短編集で、表題作の人間消失トリックに仰天したのを覚えています。

次に手に取ったのが『三毛猫ホームズの推理』（一九七八年刊）で、プレハブ内の密室トリックに驚愕したものです。第二作『追跡』以降の作品にも、斬新なアイデアが盛り込まれており、やがて多くの読者から愛されるシリーズとなったのは当然だったと思います。

猫が事件を解決するという発想に、まずびっくりしました。猫の仕草を見た飼い主が、事件の糸口を見出し「そうだったのか」と気づく展開を、いったいどうやって思いついたのか。そんなことを考えたこともありました。

ちょうどそのころ、わたしは初めてのミステリー小説を書き始めていて、完成したのは『幽霊列車』、『三毛猫ホームズの推理』を読み終えたときでした。処女作は赤川作品の影響を少なからず受けていたかもしれません。わたしは大阪出身で、子どものころから吉本新喜劇をはじめとした、お笑い文化のなかで育ちました（いまもM―1グランプリ、キングオブコントなどを欠かさず観ています）。ですから、ミステリーとユーモアの融合にとても嬉しく感じたものです。

いま振り返ると、赤川先生は〈だらしない男性（ダメ刑事）×勝気で頭の切れる女性〉コンビが活躍する物語の、先駆者《パイオニア》だったように思います。男女のとぼけた会話（おとぼけ役は主にダメ刑事）に、巧妙に伏線を張りめぐらせた、赤川先生の手腕に脱帽したものです。『推理』の密室トリックは、読者の目の前にしっかりと解決へのヒントが提示されていたのですから。

当時はユーモアミステリー自体が非常に珍しい時代で、そんななか稀有な設定のプロットを長編小説にまとめあげ、シリーズ化してしまう赤川次郎先生は、すごいとしか言いようがありません。

赤川先生がデビューされてから長い時間が経過しました。先生はいまなお第一線で活躍され、書店には新刊本が並んでいます。その旺盛な創作活動に、畏敬の念を抱いています。

これまで、第七回北区内田康夫ミステリー文学新人賞特別賞受賞作「休眠打破」を『はじめてのミステリー２』（実業之日本社）に収録、書き下ろし短編「所により雨」を『ジェイノベル』二〇一四年三月号（同）に掲載しただけのわたしにとって、今回『三毛猫ホームズと七匹の動物たち』に加えていただけたこと、そして四十一年の時を経て、〝三毛猫ホームズ〟とアンソロジーで再会できたことに、深い喜びを感じているところです。

著者略歴

一九六一年大阪府大阪市生まれ、気象庁職員。

横溝正史賞（当時）、小学館文庫小説賞、鮎川哲也賞、ミステリーズ！新人賞などの最終候補を経て、二〇〇九年第七回北区内田康夫ミステリー文学新人賞特別賞を「休眠打破」で受賞。

1

「ホタル、ことしも難しいかもしれないな」

峰岸直也《みねぎしなおや》は、若村健人《わかむらたけと》技術専門官が弱々しく呟いたのを聞き逃さなかった。

ホタルは、コウチュウ目ホタル科に分類される昆虫の総称だ。

日本では五月から六月にかけて孵化《ふか》するゲンジボタルを指すことが多いが、気象庁の初見《しょけん》の観測では、ゲンジボタルあるいはヘイケボタルのいずれかの成虫を対象としている。

「昨年まで数年観測できていないと聞いたことがありますね」

峰岸が応じると、若村が頷く。

「以前まで観測していた場所が、工事で荒れているんだよ」

過去五年、山央《さんおう》地方気象台ではホタルの初見は「欠測」扱いになっていた。

峰岸が気象庁に採用され、出身地の気象台で勤務するようになってから二カ月になる。大学では地球物理学や大気大循環理論など、グローバルな学問を学んできたが、気象庁に入ってホタルを探すことになるとは考えもしなかった。

四月以降、いくつかの台内研修を受け、地上気象観測と呼ばれるさまざまな観測手法を学び、若村を主担当とする観測全般の担当となった。

気象台では生物季節観測も行う。目的は、生物に及ぼす気象の影響を知るとともに、観測結果から季節の遅れ進みや気候の違いなど、総合的な気象状況の推移を知ることにある。一般によく知られている、桜の開花や満開もその一つだ。

いまも鮮明に憶えている。ことしの四月一日、峰岸がリクルートスーツに身をつつみ、緊張しながら気象台に初めて登庁したときのことだ。

構内で数名の職員の姿を見つけた。彼らは一本の桜の樹を取り囲んで、なにやら相談している。近づいてみると、樹木の下には〈生物季節観測　ソメイヨシノ標本木《ひょうほんぼく》〉の看板が建てられていた。

「満開でいいんじゃないか」

四十歳代半ばくらいの男の言葉に、周囲の者が頷く。

「概ね八割以上はあると思いますよ」

「満開で取れますね」

はじめに発言したのが若村技術専門官で、あとで教えてもらったところ、これが山央地方気象台の「桜の満開」の確認作業だった。ソメイヨシノの開花の基準は標本木に五、六輪の花が咲いたとき、満開のそれは全体の約八十パーセント以上が咲いた状態のときと定められている。

着任の挨拶もそこそこに、「せっかくだから、電文を打つところを見ておくといいよ」と若村に言われて、桜《ソメイヨシノ》の満開の情報を気象庁通信網で報じる作業を見学した。

生物季節観測は、植物の開花日、動物の初鳴日《しょめい》や初見日がある。

植物は有名なソメイヨシノをはじめ、うめ、たんぽぽ、つばき、のだふじ、あじさい、いちょう、いろはかえでなどがある。

動物の観測は、うぐいす、ひばり、あぶらぜみ、ひぐらし、もずなどの鳴き声を初めて聞いた日を初鳴日、つばめ、もんしろちょう、きあげは、ほたる、しおからとんぼなどの姿を初めて見た日を初見日として観測する。

観測を行う場所は、原則、気象官署から水平距離で概ね五キロ未満としている。

「ホタルの初見の平年日、山央《うち》は六月三日でしたね」

峰岸は若村の隣で呟いた。

平年日はすでに三日過ぎている。平年日を一カ月過ぎても観測できない場合、欠測となる。動物の観測は、植物と違い、定点で観測できないのが悩みの種だ。

大学の理工学部を卒業し、天気予報や注意報・警報の発表など、予報業務に夢を抱いて気象台に入庁したが、こんな地味な仕事をするとは思ってもみなかった。

気象庁の業務は奥が深いな、と実感した。


「ホタルの観測とか、そんなもん、いまどき気象台でする仕事じゃねえだろ」

傍若無人《ぼうじゃくぶじん》に言い放ったのは、予報官の大宮東吾《おおみやとうご》だった。ホタルの初見日の平年を一週間過ぎた夜のことである。

大宮は五十歳のベテラン予報官で、峰岸と同じ地元出身だ。山央地方気象台に異動して五年目になる。

ことしの三月まで骨折で入院しており、職場復帰して交替制勤務に戻るようになったのは、二週間ほど前のことである。階段から転げ落ちたという。

若干、左足を引きずっている。それが彼の投げやりな性格を反映しているようにみえた。

不在のころに聞いた話では、大宮は通信系の資格で気象庁に入庁し、地方気象台の観測予報部門に転身した。いくつかの気象台に転勤したあと、本人の希望で地元に戻ってきた。独身で、結婚経験はない。

気象台では予報当番者と観測当番者の二人一組で、日勤や夜勤の交替制勤務を行っている。その夜、峰岸は若村健人の指導のもと、観測の夜勤業務の練習当番に入っていた。予報当番が大宮予報官だった。

「そのうち、大宮さんの甥っこが後輩になるかもしれんぞ」

若村技術専門官が教えてくれたことがある。

甥は大宮の弟の長男で、現在高校二年生。子どものころから大宮と会うたびに、気象台の仕事の話を聞いて気象や天気に興味を持ったようで、気象台にも見学に来たことがあるという。

「気象台の職員は通常のルーチンワーク以外にも、いろんな担当業務や調査業務をしていて、負担が大きすぎるだろ。ソメイヨシノなんかの、社会的なニーズのあるもの以外は、見直しが必要なんじゃないか」

この人の習性《くせ》なのか、話をするとき、どこか怠惰で受ける印象が悪い。

気象台での生物季節観測は、過去何度か規定種目の見直しが行われてきた。ホタルを観測していない気象官署もある。

気象庁が行う生物季節観測は、一九五三年に正式な運用が始まっている。

世界に目を向ければ、古くから生物季節観測に相当する自然観察は行われており、農作業の予定などに利用する農事暦や、動植物の季節の移り変わりを記した自然歴が作られてきた。

日本でも明治時代、当時の東京気象台（現在の気象庁）の気象観測法に、生物季節観測の記述があり、すでに実施されていたと考えられるようだ。

「そうですね。そのうち見直しが行われるかもしれませんね」

若村は少し頬をひきつらせながら、当たり障りのない返答をする。

「そうだろ。いまの若手なんて、観測、測器、通信、地震、その他複数の担当を兼務しているだろ。そのうえ通常の観測予報のルーチン業務もしなきゃなんない」

確かに、そのとおりだ。峰岸も観測・測器と地震の担当になった。

「でも、若いうちから気象台でオールマイティに仕事を覚えるのは悪いことじゃありませんよ」

若村がやんわりと反駁する。

「おれは峰岸君みたいな若い子の負担にならなきゃいいなと思ってるだけだ。身体《からだ》を壊して病気になったりしたら可哀そうだからな」

「そうですね」

若村の様子を見ていると、彼が大宮を煙たがっているのが窺える。

「峰岸君のお母さんは、いま入院しているんだってな」

「はい」

母親の静子《しずこ》は、年明けの定期健康診断で、右の乳房に乳がんが見つかった。

乳がんの治療法には、手術、放射線治療、抗がん剤による薬物療法、ホルモン療法などがある。

静子はがんの事実を息子に伝える以前《まえ》に、主治医と何度も相談して、乳房切除手術を決めていた。

それ以降、診察のため通院を続け、四月中旬から入院し、術前治療の薬物療法を受けている。二週間後には摘出手術を受ける予定だ。

初めて母親の病名を聞かされたとき、峰岸は動揺を隠せなかった。初期のがんで、すぐに生命《いのち》を脅かされることはないと聞かされても、冷静になれなかった。頭の中が真っ白になった。

父親が亡くなってから、母子《おやこ》二人で生きてきた。これまで母親に負担をかけたぶん、社会人になって恩返しをしようと思っていた矢先のことだ。

そんな様子を悟られたのか、静子からは「直也にはきちんと決まってから知らせたのよ」と言われた。息子の性格を熟知している母親ならではの判断だったようだ。

静子が気象台近くの病院に入院していることは、職場の誰もが知っているが、病名は管理職にしか知らせていない。

「峰岸君も仕事が終われば、病気のお母さんの見舞いに行っているようだしな」大宮の口調が穏やかになった。「若いのに、仕事だけじゃなくて、家族の面倒をみてるなんてえらいと思うよ。おれなんて、結婚もしないであちこち好き勝手、転々とさせてもらって、実家にほとんど寄りつかず、独身のままふらふらしていたんだからな」

「ありがとうございます」

峰岸は大宮の意外な言葉に頭を下げた。

「まだぴんと来ないかもしれないが、孝行はできるときにしといたほうがいい。後悔が残らないためにな。おれもこれまでいろいろあったが、いまはできるだけ親孝行をしているよ。育ててくれた恩は忘れちゃなんねえ」

初めてまともな話を聞いた思いになった。

「ホタルの初見もだ、峰岸君も担当だから気になるかもしれんが、何年も欠測しているんだし、観測できなくても仕方ないんじゃないか」

気にすることはないぞ、と大宮予報官は続けた。

新人を気遣ってくれているんだと、峰岸は思った。

ありがたいと思いつつも、峰岸が思わず口にしたのは違う言葉だった。

「それでもできるなら……ホタル、観測してみたいですね」

2

夜勤業務を終えたあと、峰岸直也は自宅で仮眠を取り、夕方布団から出た。

学生時代、何度も夜更かしをしたが、仕事で一晩起きているのはさすがに疲れる。気象台の交替制勤務に入ると、五日に一度、夜勤があり、慣れなくてはならない。

峰岸は自宅を出ると、母親が入院している、気象台からほど近い山央第一病院を訪れた。

峰岸は静子が二十七歳のときの子どもだ。峰岸の父親が病死してからは、女手ひとつで直也を育ててくれた。峰岸が十歳のころからだから、もう十二年になる。

父親の通夜の直前、静子がわずかな時間、布団に臥《ふ》せっていた。

「ちょっとだけ横にならせて」

静子は和室に姿を消した。あのとき、一人で息子を育てていく決意と覚悟を決めたのではないかと峰岸は思っている。

それから母親は馬車馬のように働いた。仕事を掛け持ちして、峰岸の進学を支えてくれた。峰岸は中学時代の恩師の影響で、天気や気象の世界に興味を持ち、気象庁を志した。

病室から母親のひときわ明るい笑い声が聞こえた。

六人部屋の窓際のベッドが母親に与えられたスペースだ。現在、静子を含めて五人がベッドを使っている。ほかの患者は全員七十歳以上の老人だった。

窓際のカーテンをそっと開けると、相沢紗耶香《あいざわさやか》が丸椅子に座っていた。壁の下に、峰岸が以前使っていた黒いリュックサックが置かれている。

母親はベッドに横になって、やわらかな笑みを浮かべた。

「直《なお》君、待ってたよ」

紗耶香が振り返る。

静子と紗耶香は初対面から気が合った。根っからの笑い上戸でお茶目な静子と、天然な明るさを持つ紗耶香は、どこか似た雰囲気がある。

子どものころ、静子は峰岸が大切にしていた、サッカーボール大のトトロのぬいぐるみを家のあちこちに隠して、泣きながら探す息子の姿を見て楽しむような母親だった。いまはそうしたことはないが、悪戯好きであることには違いない。

紗耶香は、大学時代の二年先輩で兵庫県神戸市出身。一年浪人しているため年齢は峰岸の三つ年上《うえ》で、つき合い始めて二年になる。彼女は二年前に文学部英米文学科を卒業し、気象庁総務部に採用され、現在東京でひとり暮らしをしている。

紗耶香は地方気象台勤務の経験はないため、峰岸の現場での話は非常に興味深く、面白いらしい。ときおり見舞いに来ては、静子と一緒に峰岸の話で盛り上がる。

静子との話に熱を帯びて、峰岸が蚊帳の外にやられることもある。それでも、にぎやかに談笑する二人を見ているのは楽しかった。

「そういえば、直君、ホタルの件、どうなったん」

静子とひとしきり笑い転げたあと、峰岸の存在に気づいたように紗耶香が顔を向けてきた。

「ホタルってなに？」

静子も興味深げに訊ねる。

峰岸がホタルの観測について説明すると、

「気象庁でホタルの観測なんてするの？　お母さん、びっくりよ」

静子はぽかんと口を開けている。

「ぼくもだよ。気象庁に入って、『ホタルはどこだ』って、夜中に気象台近くの川に探しにいくなんて思ってもみなかったよ」

峰岸が右手を額に当て、探すふりをしてみせると、静子と紗耶香がけらけらと笑う。幸せそうな静子の表情に安堵した。

昨夜、大宮予報官も母親への感謝の気持ちを口にしていた。大宮も高齢の母親を見舞っている。彼にも実母に対する想いがあるのだろう。

面会時間が終了となる、午後八時近くになった。

「さやちゃん、時間は大丈夫？」

「大丈夫です、終電で帰ります。日曜やから、いつもより遅い電車もあるし」

山央県は東京から特急で二時間の距離にある、盆地の街だ。四囲には山脈が連なり、西側は二千三百メートル級の山々が聳えている。山並みを目にするたびに、荘厳な印象を受ける。

マナーモードにしていたスマートフォンが鳴動した。取り上げると、ディスプレイに「若村さん」の文字が見えた。

病院内では通常、スマホや携帯電話の電源は切っている。就職してからは職場からの緊急参集連絡のため、いつも電源はONにしていた。

峰岸は二人に断わって病室を出て、院内で電子機器の使用が認められているエスカレーター付近の指定区域に向かった。通話にすると、若村技術専門官の声が聞こえた。

「いま大宮さんから連絡があって、ホタルを見た人がいるらしいんだ」

近くの川でホタルの光を目撃したという。場所を訊ねると、病院のすぐ近くだった。

「いま第一病院なんですが、ここから近いですよね。五階の母親の病室にいるんです」

「そこからなら、窓から見えるかもしれないな。小学校のある南の方角だ」

小学校は母親の病室から眺められる。

峰岸は急いで病室に戻り、窓に近づいた。窓の左側方向に、闇夜のなか、住宅や電灯の灯りが浮かび上がっている。峰岸のいる五階の病室から三十メートルくらいの距離だ。

住宅地の灯りが途絶えた五十メートルほど先に暗い影が見えた。それが小学校の校庭で、その手前に小さな川が流れていた。

母親に事情を話すと、「もうすぐ消灯時間だから、病室の電灯を消してもいいよ」と言われた。周囲の様子を窺うと、寝息が聞こえる。

消灯したあと、再度窓に立って目を凝らした。隣に紗耶香が並んだ。

静子もベッドから起き上がり、窓の端に立って小声で話す。

「あそこの小学校は小海《こうみ》小学校っていうの。海なし県なのに〝海〟なんて変でしょう。お母さんの母校なの。その前の川は小海川といって、昔はね、きれいな川でホタルがいっぱいいたんだよ」

母親の母校は知っていたが、小海川やホタルの話は初めて聞く。

五年前、護岸工事のために観測できなくなったのは別の場所だった。

「あまりそっちに行ったらあかんよ」

紗耶香に注意されて気づいた。できるだけ近づこうとして、峰岸は反対側のベッド付近まで来ていた。確か七十歳過ぎの老人が寝ているはずだ。

「そのベッド、いま不在だから大丈夫よ」

静子の小さな声が聞こえた。ふと目をやると、母親はベッドのカーテンを引いて枕元の読書灯を点けている。

峰岸と紗耶香は並んで窓の左端に立った。心持ち身体を前屈みにする。

「なんか光っているみたいやけど」

紗耶香がそう口にするが、峰岸にはわからない。

「どのあたり?」

「ほら、むこうの暗闇のほう——。直君、見えへん?　住宅地のちょっと先あたり。光っているというより点滅している感じやよね」

峰岸は右手を目の前にかざして、街の灯りを遮断した。夜間の目視観測で行う方法だ。

閉ざされた闇のなかで目を凝らすが、まったく見えない。

「ぼくには見えないけど」

焦れかけたとき、目の前を静かに飛翔する物体に気づいた。窓からわずか二メートルほど先に、ホタルの光が点滅して見える。

先に口に出したのは紗耶香だった。

「直君、目の前で飛んでるの、ホタルとちゃうん？」

声が裏返っている。あれほど探し求めていたホタルが目の前を飛んでいる。にわかには信じられなかった。

じっと見つめていると、薄緑色のなかに、わずかに乳白色のようなものが見える。それがゆっくりと移動しながら光っている。写真や映像で見た、ゲンジボタルの成虫だった。

足早にエスカレーターに向かい、若村に連絡しようとして、あることに気づいた。慌てていたのか、スマートフォンの通話を切るのを忘れていた。

峰岸は目撃したことを報告した。

「大宮さんの話もガセじゃなさそうだな。あとで落ち合おう、ナ、オ、君」

やはりすべて聞かれていたようだ。若村技術専門官の笑い声が聞こえた。

「峰岸君、彼女に〈ナオ君〉って呼ばれているのか」

3

午後八時をまわったころ、峰岸は相沢紗耶香とともに指示された場所に駆けつけた。

背後には山央第一病院の白い病棟と、その北西方向、左手の百五十メートルほど先に五階建てのマンションが見えた。クリーム色の外壁は見覚えがある。病室の窓から目にしていたものだ。

峰岸は暗くなった小海川に目をやった。そこにはホタルだと思われる光が、あちらこちらにあらわれた。

「これ、ホタルやん」

紗耶香が素《す》っ頓狂《とんきょう》な声を出した。

これほどはっきりホタルだとわかると、逆に信じられない思いになる。

「もう来てたのか」

背後から若村健人の声が聞こえた。振り返ると、若村がスマホで写真を撮っている。

峰岸が相沢紗耶香を紹介したあと、若村は川べりに目を戻し、首を傾げた。

「それにしても、どうしてこんなところにホタルがいるんだろうな」

峰岸も同じ考えだった。

ホタルの確認は非常に喜ばしいことだ。同時に、あまりにも不自然すぎるという思いもある。

ホタルは清流に生息する。汚れた川で生きることはできない。

目の前のホタルがどこから来たのかわからないが、確かなことは、このホタルが小海川で長く生息できないということだ。ここは過酷な環境であることに違いない。生活排水などによって汚染された刺激臭が、いまも峰岸の鼻をついている。

若村も同じ考えだったのか、ぼそりと呟く。

「このホタル、たぶん誰かが放流したものなんだろうな……」

「もしそうやったら、ホタルの初見はどうなるんですか」

相沢紗耶香が若村に訊ねる。

「誰かが放流したんだろうと推察はできるけど、それを証明することはできませんよね」

「そうですね」

「かつてこの川でもホタルを観測したことがあるので、ホタルが生息していたとしても不思議ではありません」

若村が続けるが、峰岸には説得力のない話に聞こえた。

小海川は、山央県の中心部を東西に流れる一級河川多田川《ただがわ》の支流で、以前はホタルも生息していた清流だった。

小海小学校の生徒たちもホタル観賞にでかけていた。十年ほど前のことで、そのとき気象台でも何度か観測したことがあるとの話だった。宅地開発が進むなかで、川は汚れ、ホタルを見ることもなくなった。

「それでも、実際に気象台の観測担当者が目視でホタルを確認した事実がある以上、たとえば、この住民の誰かがホタルを放流したとしても、そのことを証明できないかぎり、初見と判断しても問題ないと思います」

苦しい言い訳に聞こえるが、峰岸も同意見だった。

観測者の目視による確認が取れたのであれば、初見としなければならないだろう。

若村はスマートフォンを取り出し、気象台の夜勤者に連絡した。事情を伝えながら、慎重に言葉を選んだ。

「観測したことには変わりないので、初見の電文を打ってください。あと気象台ホームページの更新もお願いします」

気象台ホームページには「生物季節観測結果」の項目があり、ホタル初見日の欄に、観測日の日付を入れることになる。過去五年間、「──（欠測）」としていたので、六年ぶりの観測となる。

「じゃあ、おれは先に戻るよ。お二人はごゆっくり」

気をきかしてくれたのか、若村はそそくさとその場を立ち去った。

「そやけど、きれいやね」紗耶香がホタルの光を見ながら感嘆する。「ホタルなんか、生で見たの、何年ぶりやろ。覚えてないわ」

「ぼくもだ」

小学生のころ、県内の〈ほたるの里〉に遠足で訪れたとき以来だ。

峰岸は暗闇のなかで、ゆっくりと点滅する光を眺めながら、幻想的な思いになった。自然と、紗耶香の手を握っていた。

4

翌日、峰岸が出勤すると、職場では相沢紗耶香の話題で持ちきりだった。こういう話が大好物なのか、大宮東吾予報官が破顔してちょっかいをかけてくる。

「ナオ君、今日も元気か」

「かわいい彼女じゃないか」若村技術専門官も大宮に合わせている。「どうやって先輩を口説いたんだ」

出会いは大学のテニスサークルだ。

峰岸は運動神経が鈍かった。サークルなら楽にできるだろうと入会したが、甘かった。本格的なトレーニングをやらされ、それについていくのに必死だった。

そのときの指導役が相沢紗耶香で、面倒をみてもらっているうちに、二人で食事に行く機会が増えた。二人で過ごすことが多くなったなと思い始めたとき、「わたしら、つき合っちゃわへん?」という彼女の一言がきっかけとなった。紗耶香が卒業する直前のことだった。

紗耶香はサークルでも人気の先輩で、多くの男たちがアプローチしたと聞いていた。紗耶香に想いを寄せても無駄だとわかっていた。二人でいるとき、胸がきゅんと疼いても、それに気づかないようにしていた。紗耶香からの告白は、そうした気持ちが高まっていたときで、峰岸も「さや先輩、ぼくとつき合ってください」と自分の想いをぶつけた。

——あたしはずっと直君とデートしてたつもりなんやけどな。直君、奥手やからね、気づかんかった？　でも、そういうとこがいいんよ。

近づいてきた紗耶香に抱きしめられた。

紗耶香といると心地良く、彼女も「直君と一緒のときは、なんか肩肘張らずにすむんよ」と言っていたので、それなりに合っているのかなと思っている。

そんなことを口にすることもできず、峰岸は「なんとなく、自然な流れで」とごまかした。

「親公認の仲ってことか」大宮は嬉しそうだ。「お母さんも喜んでるんじゃないか。そういうのも、ある意味親孝行だな」

この人のこんな笑顔、初めて見たなと思った。

「彼女がいたら、親孝行になるんですか」

少し突っ込んでみる。

「そりゃ、親も安心だろ。息子のことを想《おも》ってくれる人がいるんだから。おまえん家《ち》は特にそうだろ」

以前、大宮に問われるまま答える形で家庭のことを話したことがある。だから静子の病気が重いことも察しているようだ。

「昨夜はどうしたんだ。彼女、こっちに泊まったんだろ。憎いね、色男が」

「終電で帰りましたよ。それより大宮さんこそ、昨日の話、どこから聞いたんですか」

古いツッコミを入れる大宮をかわしながら、峰岸は昨晩の経緯を訊ねた。

「うちの甥っこが、あの近くのマンションに住んでいてな、そこで目撃しておれに連絡してきたんだよ」

甥の名前は大宮徹《とおる》、小海川近くのクリーム色のマンションで、両親と祖母の四人で暮らしている。徹がマンション三階の自宅から目撃したようだ。初めはよくわからなかったが、双眼鏡で確認し、ホタルだと気づいた。

「大宮さんがホタルを見たわけじゃないんですね」

「おれは見ていない。徹——甥っ子から連絡をもらって、直後に、若村君に連絡をしたんだ。『素人が言ってるだけだから信用できないが、とりあえず伝えるだけは伝えたぞ。あとは若村君に任せた』とな」

若村健人技術専門官が頷く。

「昨日はおれたち、夜勤明けだっただろ。だけど、担当として熱心に取り組んでいる峰岸君にも一報だけは入れておこうと思って、連絡したってわけだ」

大宮予報官の甥が見つけていなければ、ホタルの初見は観測できなかった。

ありがたいことだな、と峰岸は思った。

5

三日後の夜、母親の病室を訪れたあと、ナースステーションの担当看護師に挨拶をすると、彼女がいきなり近づいてきた。

「峰岸さん、ホタルの話聞きましたか」

二十歳代半ばくらいの、丸顔で愛らしい表情をしている。上半身を少しだけ左右に揺らして歩くのを後ろから見た紗耶香が、〈しゃなりさん〉とあだ名をつけた。

「三階の病棟にね、大病で入院している小学二年生の女の子がいるんですよ。その子がね、最近急に『ホタルを見たい』って言い出したんです」

少女の名前は優花《ゆうか》ちゃん。

優花ちゃんは腎臓系の重い病気を患っており、山央第一病院に長期入院をしていた。母親の病室の二階下の小児病棟の患者だという。

その優花ちゃんが、ホタルを見た翌日、手術を受けて、いまは快方に向かっているようだ。ホタルの光で勇気づけられたとのことだった。

手術を受けるまで、「こわい、こわい」と駄々をこね、ホタルを見るまで手術を受けないと言い出して両親や医師を困惑させていた。そこに突然ホタルが出現した。

「峰岸さんたちも、五階の病室でホタルを見つけたんですよね」

「そうなんですが……」

「すごいですよね。優花ちゃんの願いが叶ったんですから」

あまりにもできすぎた話だ。どぶ川となった小海川にホタルが自然に集まるとは考えにくい。

一番に思いつくのは、優花ちゃんの両親が我が子のために放流したことだ。

その話をすると、しゃなりさんがすぐに否定する。

「ご両親がホタルを購入しようとしていた矢先のことだったんですって、ホタルがあらわれたのは――」

峰岸たちがホタルの初見を観測した日だった。

五階の病室の窓の外をホタルは飛んでいた。三階の優花ちゃんの病室の窓から確認されたのは同じホタルだろう。

「奇蹟《きせき》みたいな話ですよね」

しゃなりさんが感嘆する。

これが事実なら奇蹟だが、そう短絡的な話ではない。

優花ちゃんの両親がホタルの繁殖業者を調べたところ、全国にいくつもあったそうだ。

山央県内にも二店あり、ともに県北西側に位置するN県との県境付近の、勇壮な山岳が連なり、雪解け水が豊富な清流の川の近くの店だった。傍にはかつて遠足で訪れた〈ほたるの里〉がある。

ある繁殖業者では、ゲンジボタルの成虫は二十匹から販売されていた。一匹三百円で二十匹六千円、二十四ケース付セット価格は一万円。ゲンジボタルの幼虫の餌となるカワニナ、タニシは一キロ四千円、ホタル観賞用籠は五千円で購入できるらしい。

「そういえば、うちの母親のベッドの向かいのおじいさん、退院されたんですか」

先ほど、別の老女が寝ていたからだ。

「その方ならお亡くなりになりました」

ホタル騒動があった朝のことだという。

峰岸も何度か挨拶したことのある、向かいのベッドの老人だった。見知った人だけに、気持ちが落ち込んでしまう。

「お母さんも、あの朝はちょっと口数が少なかったような気がします」

「そうだったんですか」

「そうそう、お母さんから聞いたんですが、峰岸さんは気象台に就職されたんですよね」

しゃなりさんの問いに、峰岸は頷いた。

「大宮さんはお元気にしていますか」

「元気ですが……え、大宮さんをご存知なんですか」

「この春まで第一病院に入院されていましたから」

大宮が入院していたときの担当だったようだ。

峰岸は紗耶香とホタルを眺めながら、彼女と手を繋いだときのことを思い出した。

――ちょっと考えてみたんやけど。

真剣な眼差しで、紗耶香が口を開いた。

――ホタルのこと、連絡くれたのは大宮予報官なんやよね。

――そうだね。

――大宮さんはホタルの観測とか無用だって言ってはったんでしょう。そやけど直君は観測したいと思っていた。

――担当だからね。それに五年も観測できていないし。

――そのことを聞いた大宮さんが、直君に観測させてあげようと思って、ホタルを自分で調達して放った――というんはどうかな。

甥が発見し、それを大宮予報官が伝えてきた。できすぎのような気がする。

しかし、予報官の大宮が気象観測をするためにホタルを放流するとは考えられない。それは本来の観測の意味がなくなるからだ。長く各地の気象台に勤めてきた大宮もそのことは十分わかっているはずである。

大宮がもしホタルを放流したとするなら、明確な理由がある。大宮は入院中、優花ちゃんと知り合って、彼女のことを気遣い、彼女に見せてあげるためにホタルを放流したのではないか。

それが一番考えられる動機だった。


数日後、相沢紗耶香から連絡があった。

「気象庁の知り合いの職員《うちひと》から聞いたんやけどね」


紗耶香の部署に、大宮と専門学校で一緒だった職員がおり、彼から聞いた話だという。

「大宮さんって、大宮家の本当の子どもじゃないみたいやよ」

大宮の実の両親は、彼が二歳のころ、交通事故で死亡した。その後、親戚宅を転々としたあと、養護施設に預けられた。彼を引き取ったのが大宮の両親だった。

夫婦は子どもができないと諦めていたが、その後、二人の間に男の子が生まれた。それが大宮徹の父親だった。戸籍上、大宮の弟になる。その後、愛情が自分ではなく実の息子に注がれていると感じた大宮は、ぐれたこともあったようだ。

地元の素行の良くない仲間とつるみ、夜な夜な街で不良行為を繰り返した。地元の高校を出たあとは東京の通信系の専門学校に入り、卒業後、気象庁の通信部門に採用された。

それからは、若村たちから聞いたのと同じだ。

育ての父親は三年前に死亡し、弟が八十歳を超える母親の面倒をみている。母親の体調が思わしくなく、それで大宮が地元気象台への転勤を望んだようだ。

大宮が峰岸の母親のことに触れ、ことあるごとに「大切にしろよ」と口にするのは、彼自身が養母に対する後悔の念と孝行の想いがあるからではないだろうか。

大宮が山央第一病院に入院しているとき、優香ちゃんの両親と会ったのか。優花ちゃんが「ホタルを見たい」と言い出したのを聞いた大宮は、優花ちゃんと両親のためにホタルを購入し、放流したのかもしれない。

静子の見舞いついでに、しゃなりさんやほかの看護師に優花ちゃんのことを聞き込んでいるうちに、ホタルについて意外な話を耳にした。

病院に隣接する住宅の庭先でも一匹、ゲンジボタルの成虫が発見された。持病で通院している患者の家だった。ホタルの初見を観測した翌朝のことだ。

それでもまだ疑問は残る。

住宅地はともかく、病院の三階や五階は、地上十数メートルの高さだ。そんな所までホタルが飛べるものだろうか。

6

大宮東吾予報官の養母逝去の報《し》らせが入ったのは、ホタルの初見日から一週間後のことだ。享年八十一、老衰だった。

通夜に出て、葬儀場のセレモニーホールに掲げられた看板を見たとき、峰岸は瞬時に気づいた。

大宮予報官が誰にホタルを見せたかったのか、を。

その人物が峰岸の推測どおりなら、大宮は購入したホタルを小海川に放流することはない。室内で鑑賞したはずだ。籠の中のホタルを楽しむだけで目的が果たせる。

そこまで考えて、峰岸はホタルの目撃証言を思い出した。

小海川で十数匹発見されたのは、室内から逃げ出したと考えられる。初夏に近い時期だ。マンションのバルコニーに面した部屋の窓は開け放しにしていたのかもしれない。

ホタルは山央第一病院の五階や三階付近、近くの民家の庭先でも目撃されている。それは小海川ではない別の場所からホタルがやってきたと考えるほうが自然である。

思いつくのは、大宮の育ての母親である。余命いくばくもない養母にホタルを見せようとした。

そのホタルが、なにかの手違いでマンション三階の部屋から逃げ出して、あちこちで目撃される。多くのホタルは一番近い川に飛んでいった。

不思議なのはなぜ病院でホタルが見られたのか、だ。それも五階の病室、まさに峰岸たちの目の前で——。

焼香を終え、沈痛な面持ちの大宮東吾に挨拶をしてセレモニーホールを出ようとしたとき、背後から声をかけられた。振り返ると学生服姿の男が立っていた。

「気象台の人ですか」

そうだと答えると、相手は大宮徹と名乗った。

精悍な顔立ちをしている。大宮と血の繋がりのないことがわかった。

「ホタルの件、ありがとうございました。あとでよけいなことをしたかなと思って、東吾伯父さんにも謝ったんですが……」

「ご協力いただいて感謝しております」

峰岸はそう口にした。

「伯父さんにもそんなことを言われました」

「教えていただかなければ、ことしも欠測になっていたかもしれません。連絡はありがたかったです。マンションの部屋から見つけたんですか」

峰岸は徹君にホタルを発見した夜のことを訊ねると、彼は明快に答えた。

「あの日、ぼくたち家族は朝から出かけていて、東吾伯父さんとおばあさんの二人に留守番をしてもらっていたんです。伯父さんは夜勤明けだったので、仕事が終わったらすぐやってきて、うちで仮眠を取ってからおばあさんと過ごしていたそうです」

「それで、きみは家に帰ってきて、マンションのバルコニーから小海川のホタルを見つけたんですね」

「そうです」

「そして大宮さんに連絡したわけですね」

「そうですが……それが、なにか？」

徹君は不安そうな面持ちになった。

「大宮さんはおばあさんのこと――育ての母親のことを大切に思っていたんですね」

「そりゃあ、親子ですから――。実の母子《おやこ》じゃなくても、東吾伯父さんがおばあさんのこと大切に想っていることはわかります。昔からずっと見ていましたから」

大宮予報官の、育ての母親に対する想い――それはたぶん実母よりも深い愛情があったのかもしれない。

本人にしかわからないことだが、大宮の以前の言葉からも推測できる。

大宮はこう口にした。

――孝行はできるときにしといたほうがいい。

――おれもこれまでいろいろあったが、いまはできるだけ親孝行をしているよ。

――育ててくれた恩は忘れちゃなんねえ。

「もしかしたら、あのホタル、伯父さんが自分で用意したものじゃないかと思っているんです」

大宮徹が口を開いた。

「どうして?」

「あのあと、家から虫籠が出てきたんです」

峰岸も自分でホタル繁殖業者について調べていた。虫籠は県内業者の製品で、五千円で販売されているホタル観賞用籠だった。

「東吾伯父さんはおばあさんにホタルを見せてあげたかったのかな、と思って。もしかすると、ホタルはうちから逃げたのかもしれないと思い直したんです。おばあさん、ここ数年は認知症を患っていました。夏になるとよく窓を開け放しにしたり、一人でバルコニーに出ることもありました。だから、そのときホタルの籠を開けてしまって逃げ出してしまったのかもしれないと思ったんです」

「それは推測にすぎませんよね」

「浴室からゲンジボタルが一匹見つかったので、ホタルが家にいたのは間違いないと思います」

これですべてがわかった。

これは初見ではない。その人にとって最後のホタル――ホタルの終見《しゅうけん》だ。

徹も気づいている。峰岸はそう思った。

「ぼくがよけいなことをしてしまったばかりに――」

「そんなことはないよ。きみは気象や天気に興味があるって聞いたんだけど」

「ええ、そうなんです」

「いま二年生だったね。来年の受験を頑張って、気象大学校か理系の大学に進んで気象庁に入ってよ。新人のぼくが言うのもなんだけど、気象庁の仕事はやり甲斐があるよ」

「頑張りたいと思います」

「ところで、おばあさんはホタルが好きだったんだよね」

「おばあさん、『この世の名残に、ホタルを見てみたい。〈ほたるの里〉に連れてっておくれ』って、いつも言ってましたから。あのあと、浴室で見つけたゲンジボタルを家族で観賞しました」

「おばあさん、ホタルを見ることができて幸せだったのかな」

「幸せそうでした」

「それにしても……名前がね」

「そう思うでしょう」

峰岸は葬儀場の看板を見てから再び徹と目を合わせた。彼の目が笑っている。

「おばあさん、とてもいい名前だったんだね」

もし大宮と同じ立場だったら、自分はどうしていただろうか。

つい最近、峰岸自身も静子の病状を知って、ひどく動揺した。万が一、母親の生命の期限が切られたら、できることであればどんなことでも叶えてあげようと思うだろう。

ホタルを見せることなど、大宮にとっては簡単なリクエストだったに違いない。

峰岸はもう一度、セレモニーホールの看板を見上げた。

そこには、「故大宮蛍《ほたる》儀葬儀式場」とあった。

7

一週間後、大宮東吾予報官と二人きりになる機会が訪れた。

台風第7号が山央県近傍を北上し、気象台では大雨警報や土砂災害警戒情報、指定河川洪水予報などの作業で、通常より多くの人員を配して台風作業に当たっていた。新人の峰岸も例外ではなく、予報官たちの補助作業を任された。

午後十時過ぎにお役御免となったが、外は大雨が降り、強風となっている。さすがに歩いて帰るわけにはいかず、大宮が車で送ってくれることになった。彼の脚はすでに完治していた。

車が発進ししばらくして、峰岸はあらためて悔やみの言葉を述べたあと、話を切り出した。

「大宮さん、ホタルの件ですが――」

峰岸は優花ちゃんの件とともに、大宮徹から聞いた話と自分の推測を伝えた。

話が核心に触れると、「そうか、すべてわかってしまったわけか」と大宮は呟き、車を路肩に止めた。

車の外は気象台を出たときよりも雨の激しさが増している。ワイパーを止めると、フロントガラスをまるで滝のように雨が流れ落ちた。

「峰岸君の言うとおりだよ。蛍ばあさんにホタルを見せてあげたくてな、おれが繁殖業者から購入したんだ」

あとは大宮徹の話と同じだった。

大宮蛍に見せるためで、優花ちゃんのことはまったく知らなかった。ホタルが自宅マンションから逃げ出したことを知らずに、大宮予報官は甥から連絡を受けた。

——伯父さん、ホタルがいるよ。

そう伝えられたとき、「わかった、わかった」と適当にあしらうつもりだった。

——観測したら六年ぶりだね。気象台のホームページの観測記録が更新されるのを楽しみにしているよ。

と言われてしまっては、無視するわけにはいかない。

だから若村に連絡せざるを得なかった。

「まさか、あれが初見になってしまうとは思ってもみなかった」

甥が気象に興味を持っていることはわかっていたが、生物季節観測のことも詳しく知っているとは思わなかった。

峰岸のスマートフォンが鳴動した。

「ちょっとすみません」

スマホを開くと、紗耶香からメールが入っていた。

写真が二枚、添付されている。母親と紗耶香のツーショット写真と母親だけが映っているものだ。昼間に撮影したものだろう。

「彼女からか」

「はい」

「お、写真じゃないか、かわいい彼女、見せてくれよ」

大宮が峰岸のスマホの画面を覗き込む。

あとでなにを言われるかわからないので、母親一人の写真を見せた。

「ん？　なんやお母さんかい」

「ええ、そうです」

「きれいなお母さんじゃないか」

大宮は車を発進させた。

自宅前で大宮の車を降り、礼を述べてから家に戻った。熱めのシャワーを浴びてひと心地ついたとき、先ほどの大宮の言葉が気になった。

大宮は静子の写真を見て、どうして峰岸の母親だと即答できたのか。

彼もことし三月まで山央第一病院に入院していた。もしかすると、そのとき静子と出会っていたのかもしれない。

もしそうだとしたら、別の絵が見えてくる――。

峰岸直也は冷静に考えてみた。

大宮が自宅に戻ったころを見計らって、大宮の携帯電話に連絡した。

相手が出た。峰岸は間髪入れずに口を開いた。

「大宮さん、本当のことを教えてください――」

8

大宮予報官から真実を聞き出した翌日、峰岸直也は山央第一病院に向かった。台風一過で雲一つない晴天だった。日光浴にはもってこいの日和だ。

陽気に誘われて静子を連れ出し、病院内の庭のベンチに腰掛けた。

目の前の花壇の傍に、車椅子に乗った女の子の姿があった。優花ちゃんだった。車椅子を押しているのは母親だ。二人の姿はこれまで何度も見かけていた。

「あの娘《こ》を助けたかったんだよね、お母さん」

峰岸の言葉に、静子は小首を傾げる。

「どういうこと?」

「言葉どおりだよ。あのホタル、あれはお母さんがやったことでしょう」

峰岸が切り出すと、静子はこくりと頷いた。

母親がいまの病院に入院したのは四月に入ってからのことだ。乳がんと診断されて、三月まで術前治療のため何度か通院していた。

「病室から小海川やお母さんが通っていた小学校がよく見えてね。眺めているうちに、子どものころを何度も思い出したのよ。ああ、懐かしいな、昔は楽しかったなって。あのときのようにホタルをまた見たいなーって思ったの」

　ここで、ホタルを見たいと願った人物が二人いたことになる。そして、もう一人――。

「そのことをね、入院してから知り合った女の子に話したことがあるの」

「それが、いまの優花ちゃん……」

「そうなの。お母さんの無責任な言葉で感化されてしまったのか、優花ちゃんがホタルを見たいと駄々をこねるようになったの。それだけじゃなく、手術を受けない、手術がこわい、と言い出してしまって。お母さん、その話を聞いて仰天してしまったの。だから優花ちゃんにホタルを見せてあげようと、すぐに業者さんを調べて、購入したのよ」

「お母さんは、その送付先を大宮予報官の実家にしたんだね」

「そうなの」

「大宮予報官とお母さんは知り合いなの？　大宮さんも三月までここに入院していたようだけど」

「そう、大昔からのね。お母さんと東吾君はね、小中学校時代の同級生で、ずっとクラスも同じで、仲の良い友だちだったのよ。三月に通院していたとき、東吾君と病院の待合室で再会したの」

　そこからは昨夜、大宮東吾から聞かされていたことと同じだった。

　あの日の午後、大宮予報官は実家でホタルを受け取った。夜勤明けのため、日時指定をしていた。家族が出かけていた時間帯だったので、誰にも見つかっていない。

　養殖ホタルは専用籠に二十四入っていた。そのうちの十四を静子が病院前で受け取った。ホタルはあらかじめ用意していた、峰岸の黒いリュックサックに入れて病室に運んだ。

　大宮家のホタルの顚末は、大宮徹から聞いていたとおりだ。問題は静子のホタルである。

夕方、相沢紗耶香が静子の病室を訪れ、遅れて峰岸が到着した。

若村の電話を受けて、病室の窓から小海川を眺めた。よく見えないため、峰岸は反対側のベッドに近づいた。

そのとき、静子は峰岸たちの視界を遮るために、自分のベッドのカーテンを閉めた。読書灯を点けたのは、暗がりだとホタルの光が洩れる可能性があるからだ。

ベッド脇の窓を少しだけ開け、リュックサックのファスナーを静かに下ろして、ホタルを放った。ホタルは五階の窓の外を飛び、そのまま三階に降りていき、それが優花ちゃんの病室の窓を横切った。万が一、優花ちゃんの目に触れなかったときのことを考え、数匹だけ残していたが、優花ちゃんの手術の成功とホタルに勇気づけられた話を聞いて、後日別の場所で放したという。

「そのことでホタルの初日の観測がされるとは思わなかったの」

「気にはなったけど、お母さんにとっては優花ちゃんのほうが大事だった。あのとき小海川でホタルが見えたっていう話を聞いたとき、もしかしたら東吾君家《ち》のホタルが逃げたのかもしれないと気づいたのよ。だったら、お母さんがここで放しても結果は同じかなと思ってね。それに、直也がそんなに『ホタルはどこだ』って探しているんなら、わたしが見せてあげようかなっていう気分になっちゃったのよ」

静子は悪戯っぽくちろりと舌を出した。

かつてトトロのぬいぐるみを隠して、峰岸が泣きながら探して見つけ出し、「ほら、あったでしょう、楽しいね」と口元を緩めたときと同じ笑顔だった。

「昔、小海小学校に通っていたとき、このあたりは畑が広がっていてね、この病院も住宅もなかった。この周辺はお母さんたちの遊び場だったの。そのなかで、近所で仲の良かったのが東吾君なの」

「幼馴染みだったってこと？」

「そう、単なる同級生。昔、不良っぽいことをしていたけど、ちょっと大人ぶってただけで、根はほんとに優しい子なのよ」

「そうなんだ」

意外だった。

「だから東吾君は仲の良いお友だち。お母さんはね」

「お母さんは？」

「東吾君はお母さんのこと、気になっていたのかもしれないなって思った時期もある。でも、それだけよ。お母さん、自分が病気になって優花ちゃんのこともあったけど、東吾君のお母さんの願いも叶えたくなったのよ。それで事前に調べていて、優花ちゃんのことを聞いて、すぐに購入を決めたの。直也が気象庁に入って、ホタルの観測をしているなんて夢にも思わなかったけどね。びっくりしたわよ」

初めてホタルの観測の話をしたとき、静子は心底驚いていた。大宮予報官からも聞かされていなかったのだろう。

「東吾君のことはいま話したとおりよ」静子が口を開いた。「これからは直也もあちこち転勤もあるだろうし、東京に行って、もしかしたら紗耶香さんと結婚して家庭を持つなんてこともあると思うの。お母さんはお母さんで、自分の道を歩んでいくのもいいかなって思ってるんだ。病気をきちんと治してからね。人は必ず死ぬんだってこと、お母さん、入院してあらためて気づいたの。だから悔いのないようにこれからも生きなきゃね。直也もそうしてほしいなってお母さん、思ってる」

以前、落ち込んでいたときとは見違えるくらい、生気に満ちた表情をしていた。

その支えとして、峰岸の知らないところで大宮東吾予報官の存在があったのだろう。

乳がん治療を主治医と相談して決めたと言っていたが、もしかすると大宮東吾にも話していたのかもしれない。小中学校時代の友人とは、そういうことができる間柄だ。

息子として複雑な想いもあるが、それ以上に母親の心の支えになってくれた大宮への、感謝の気持ちが大きかった。

静子の手術は無事終わった。

峰岸はその報告を兼ねて、ホタルの初見に関する事実関係を若村技術専門官に伝えた。

若村から幹部に連絡がなされ、上級官署に伺いを立てたところ、人為的であることが明確である以上、初見の観測を取り消さざるを得ないとの決定が下された。こうして山央地方気象台でのホタルの初見は、六年連続で「欠測」となった。

数日後、峰岸は相沢紗耶香とともに静子を見舞った。すでにホタル騒動の一部始終は紗耶香にも伝えてある。

静子は穏やかな面持ちで二人を迎えた。

「ホタルってどのくらい生きていられるか、知ってる?」

静子の質問に、峰岸は首を振った。

「そんなに長く生きられへんって聞いたこと、あるんやけど」

紗耶香が頭を傾げる。

「成虫になったホタルの寿命はね、一週間程度なんだって」

静子によると、十数日生きていたという報告もあるらしい。それでも短命であることには違いない。

「ホタルの雄は交尾を終えたら亡くなって、雌は卵を産んでからすぐに亡くなるのよ。籠の中で飼っていても、寿命がきたら死んじゃうの。ほかの昆虫と同じように、子孫を残すためだけに懸命に生きて、その生涯を終えるのよ。わずかな時間しか生きられないけど、ホタルの光は彼らにとって交尾の相手を探すためのものだけど、それはわたしたち、人を感動させてくれる。子どものころ、そんなことを考えたことがあったのよ。おませだったわね」

それだけで静子の想いが伝わってきた。

静子は病気を患って心細かったのだ。峰岸が想像する以上に――。

そして五十歳とはいえ、静子はまだ若い。かつて峰岸が紗耶香に覚えたような、胸の高まりがあっていい。いくつになっても、人は恋をするものなのだから。

すでに乳がん手術は成功し、いまのところ転移は確認されていない。

主治医から今後の治療方針を教えられた。症状を観察しながら、投薬治療と放射線治療を並行して実施する。

完治するまで時間はかかるが、希望を抱いて前を向こうと峰岸は思った。

9

ホタル初見の騒動には後日談がある。

重病の少女――優花ちゃんがホタルから勇気をもらい、手術に成功した話は、地元紙の小さな記事になった。

誰かが、少女のために放流したのではないかとの憶測も広まった。

同時に、小海川をきれいにして、かつての清流に戻そう、ホタルが生息できる川に蘇らせようという住民の機運が高まった。小海小学校の児童たちも、清掃活動を始めたようだ。

来年は小海川で本当にホタルの初見を観測できるかもしれない。

その日がいまから楽しみだ。

【参考文献】

『日本大百科全書（ニッポニカ）』（小学館）生物季節観測
このほか気象庁ホームページなどの記事も参考にしました。

解説

浜井武（元・光文社編集者）

これは、ミステリー小説の大家と俊英作家との協作《コラボレーション》を楽しむ傑作選集《アンソロジー》である。前に出された『浅見光彦と七人の探偵たち』（内田康夫ほか・論創社刊）が、好評をもって迎えられたのに意を強くして、この『三毛猫ホームズと七匹の仲間たち』（赤川次郎ほか）を送り出すこととなった。

近年の出版状況の厳しさから、新人賞を受賞した人たちにとって、次のステップの機会が少なく、せっかくの才能を発揮しづらい環境が続いている。これは読書界にとっても、もったいない話である。

そんな状態に、ささやかながら、何らかの対応ができないだろうか？　そうした問題意識を持つ論創社編集部と作家の米田京さんが協議し、そこに老編集者の私も加えてもらって、こうしたアンソロジーの企画を続けることができたらな、ということになった。

さて、本書に共通するテーマは、「動物」である。寄席でいう「お題頂戴」というわけだ。登場する動物たちは、ペットのワクを超えるどころか、「えっ、それもあり？」というものまで出てくる。

それぞれの作品の中で、与えられたモチーフを作者がどう料理しているか、本筋のストーリーに加えてその面白さをも味わっていただきたい。

表題となった三毛猫ホームズであるが、これほど有名な動物探偵はいないだろう。

愛読者なら先刻ご承知だろうが、ホームズは推理小説のルールを飛び越えて事件を解決するような猫ではない。それはホームズが最初に登場した舞台が、主に推理小説を送り出していた「カッパ・ノベルス」（光文社）であったことにも由来するだろう。

当初、赤川次郎氏は、もう少し奔放《ほんぽう》な天才猫を考えられていたようで、初めに編集部がもらったプロットでは、猫がタイプライター（ワープロではなかった）を前肢《あし》で叩いて、「こんなまずい紅茶が飲めるか」と飼い主に文句をつけるような、擬人化した猫であったように記憶している。

それはそれで面白いのだが、松本清張作品など、当時ビジネスマンが読者の多くであった編集部としては、もう少し現実的な猫にしてもらえませんか、とお願いして、猫が感じ取った情報や推理を、人間に素振《そぶり》で教えるという方法をとり、飼い主の片山刑事や妹の晴美が、本家シャーロック・ホームズものでいえば、ワトソン医師にあたる役割を担うこととなった。

本書に収録の短編「三毛猫ホームズの殺人展覧会」（初出「小説宝石」一九八二年十二月号・一九八三年一月号）は、本企画の性格に合わせて、なるべく作者初期の作品を収めようということで、シリーズ第七冊目にあたる『三毛猫ホームズの運動会』から採《と》った。シリーズの七冊目が初めての短編集ということから見ても、三毛猫ホームズは、第一作の『三毛猫ホームズの推理』以来、主として長編の中で活躍している。

シリーズものが長く続くと、変化を楽しむために脇役が登場するものだ。晴美を崇拝する大食漢の石津刑事もその一人だが、この「殺人展覧会」では、下手な絵を描いては人に迷惑を振り撒く栗原署長が登場して、ユーモア・ミステリーの味わいを深めている。

ところで、三毛猫ホームズは、オスでしょうか、メスでしょうか？——答えはメス。

三毛猫のオスはたいへん珍らしいといわれているし、ましてやシャーロック・ホームズとの連想もあって、私など疑いもなくこの天才猫は稀少といわれるオス猫だとばかり思っていた。

しかし、赤川さんには別の思いがあって、母上がとてもかわいがっていたメスの三毛猫が死んでしまい、その猫を小説の中でいつまでも活躍させてやれたら、という願いがあったという。その意味では、三毛猫ホームズはメス猫でなければならなかったのだろう。

以下、七作品について、短編小説のあらすじを紹介するのは芸がないし、からくりをばらすのは違反だから、ここでは登場する動物の紹介に止めよう。


まず山木美里《やまきみさと》さんの「御所前お公家探偵社」だが、登場する動物はイヌ。この作品はなかなか凝っていて、もう一つ別の〝動物〟も登場して、その動物と歴史上の人物との関係が、事件のカギになっている。が、これはストーリーのキモとなるところなので、ここでの説明は差し控えておこう。京都の公家の末裔にあたる坊ちゃまとばあやと近所のご隠居たちとのやりとりも面白く、赤川さんの名を冠したアンソロジーにふさわしい好短編である。「虚空を見つめるミステリアスな眼差しと上を向いた慎ましい鼻」を持つ狆《ちん》がいる限り、当分鞠小路《まりこうじ》家に花嫁はやって来そうもない。

米田京《よねだきょう》さんの「キッチン大丸は今日も満席」でカギとなる動物とは「コイ」。恋《こい》じゃなくてサカナの鯉《こい》。そうか、昔のNHKラジオ「20の扉」じゃないけれど、コイは植物でも鉱物でもないから、動物だよなあ。

亡き伯父が始めた人気洋食レストランの新米コックが主人公。熱烈な広島カープファンの彼は、店が誰の手に渡ってしまうのか、そもそも伯父は本当に事故死だったのか、疑問を持ち始める……。

米田さんは全盲の作家であるが、小説の冒頭で主人公が自転車で走る都会の風景描写は、作家が東京の地理を熟知する中途失明者であることを窺《うかが》わせる。視力を失った筆者が周囲の人たちの援けとパソコンのスキルを武器に書き上げたこの作品を読むと、「障害を持つ作家なのに」などという条件付けは、全く不要であることを、読者は知らされるにちがいない。

川辺純可《かわべすみか》さんの「プリズンキャンプのバッファロー」では、題名どおりアメリカバイソンとも呼ばれるバッファローが、死の象徴として登場する。日米戦争中のアメリカ合衆国。日系人たちが強制収容された場所で、大量のバッファローの頭蓋骨が発見される。それも、星条旗を立てたポールの下にうず高く積まれて。

愚かな戦争を始めた祖国のツケを支払わされる日系人。アメリカ新大陸にやって来たヨーロッパ人に迫害され続けた原住民たち。そして絶滅寸前まで白人たちから面白半分で虐殺されたバッファローの群れ。ミステリーの展開を楽しみながらも、人類という、また地球という歴史から見れば、何が進歩であり何が正義なのかを問い直させられる問題作である。

稲羽白菟《いなばはくと》さんの「五段目の猪《いのしし》」。うーん、こんな動物の登場もあったか。猪は、文楽の中で演じられる張り子の作りものである。老いた浄瑠璃太夫《じょうるりだゆう》が語る六十年前の奇怪な殺人事件を、名探偵はどう〝解釈〟するのか？　文楽に馴染《なじ》んでいない人も、作者のさりげなく丁寧な描写のおかげで、すっと物語に入っていくことができる。

それにしても、文楽好きの赤川次郎さんと組むこのアンソロジーに、文楽の世界を持ち込むとは、稲葉さんって知能犯？

井上凛《いのうえりん》さんの「メルシー・ボク」は、楽しい小説である。夏目漱石と赤川次郎と「ドリトル先生」のロフティングを足して三で割ったわけではないだろうが、ストーリーはボクという小型犬の眼を通して進行する。

可愛いがってくれたおばあちゃんの仇《かたき》を討つため、ボクは同じくバイリンガル（?）で名探偵の女の子と組んで、真犯人をつきとめる。危機一髪のところをマヌケ面《づら》の大型でオスの警察犬に助けられるが、その理由《わけ》は……。あぶないあぶない、せっかく作者が用意した最後のオチまで喋《しゃべ》っちゃうところでした。

「これは私の物語」の植田文博《うえだふみひろ》さんは、自己紹介にもあるように、すでに多くの医療ミステリーを発表しているが、これもその一つ。

ネコが取り持つ縁で、若いOLが奇妙な老人と親しくなるが、彼女は老人の家の不思議な構造に気がつく……。

後半のサスペンスに満ちた展開は、ヒッチコックの「暗くなるまで待って」を思い起こさせるが、作者は最後に、題名に暗示される〝感動〟を盛り込むことも、忘れていない。

和喰博司《わじきひろし》さんは「ホタルはどこだ」で、この動物アンソロジー中、ホタルというもっとも小さな動物を登場させた。

気象台では、さまざまな動植物の開花や初見によって、生物季節観測を行っていることを教えられた。この小説の中では、悪意ある計り事も殺人事件も起こらないが、善かれと思った計画が齟齬《そご》をきたしたり、隠されていた人間関係が次第に露わになっていく。ミステリーという世界の巾の広さを実感させてくれる、爽やかな短編といえよう。

以上八本の短編小説は、「動物」という大ワクを外してしまったら、どこへ飛んでいってしまうか見当がつかないほど、それぞれが趣向をこらしている。

だいぶ昔の話であるが、ご一緒にミステリー傑作選集を編《あ》んだことのある推理・SF評論家の石川喬司《いしかわたかし》さんが、ミステリーのアンソロジーを「秘密の花園」にたとえていたのを思い出した。この一冊を繙《ひもと》く読者も、百花繚乱《りょうらん》、妖《あや》しい花の迷路に踏み込む楽しさを味わってくださるにちがいない。

門戸開放宣言　論創社代表　森下紀夫

「第一回　論創ミステリ選賞」を開催します！

「出版不況」が叫ばれ始めてから、気が遠くなるような月日が経過しました。細かい数字を挙げることは省きますが、その間に、雑誌・書籍の出版点数、各取次会社の年間売上高、小売書店の店舗数など、出版界の動向を示す数値が、目を覆いたくなるような勢いで減少しています。

川上から川下まで右肩下がりなのですから、これはもう、どう見ても疑いようのない出版不況に他なりません。

ところが、そうした状況の中、私ども論創社では、興味深い数字に着目しました。

・二〇〇〇年度　一九七七篇
・二〇一八年度　二一七〇篇

これは、ある文芸誌が公募している小説新人賞への応募総数の推移です。

出版業界に、まだ勢いのあった今世紀初頭から、十八年を経た昨年まで、その数をほとんど減らしていないのです。

この傾向は、他の公募新人賞でも同様で、各賞とも主催側の期待を上回る応募が寄せられているようです。

がしかし。

その反面、応募作品の九十九パーセントが、日の目を見ることなく消えて行くのが現実です。それは、各賞とも、入賞が一作、多くても数作に限られているからです。一説によりますと、百万人とも、五百万人ともいわれている小説家志望者にとって、これは、あまりにも狭過ぎる門となっているのではないでしょうか。

そこで、私ども論創社が、その狭い門戸をこじ開けることを決意しました。

【論創ミステリ選書】として、『日本の傑作アンソロジー』をシリーズ化し、その収録作品を公募することをここに宣言いたします。

厳しい言い方になりますが、新人作家の短編小説を編集した作品集では、「商品」として成立する可能性が、極めて低いと断言せざるを得ません。

そこで、二〇一八年一月発行の『浅見光彦と七人の探偵たち』、それに続く本書『三毛猫ホームズと七匹の動物たち』を実績に、人気作家の有名作品と公募から選出された作品を組み合わせることをシリーズ企画の肝としました。

そのアイデアにご賛同くださった森村誠一先生から、全面的なご協力をいただき『棟居刑事と七つの事件簿』の発行を決定しました。

同書に収録するミステリ短編七篇を「第一回　論創ミステリ選賞」として広く募集いたします。

先に記した各新人賞では、入賞作が募集誌に掲載されるか、辛抱強い改稿を重ねた結果、ようやく書籍化、もしくは没という「労多くして……」の典型のようなことが、いまもなお繰り返されていると聞いています。

本賞は、「入選。即書籍化」を確約していることが、最大の特長であり、魅力でもあります。もちろん、当社規定の印税もお支払いいたします。

第一回としていることからも想像できますように、今後も半年ごとに第二回、第三回と募集を続けてまいります。

ご協力くださる作家陣も、O先生、N先生、Y先生など、名立たる大家ばかり。

門戸は、開放しました。

これをチャンスに大きく羽ばたくのは、皆様次第です。

奮ってのご応募をお待ちしています。

ます。応募はプロ・アマ問いません。

なお、審査、審査過程に関するお問い合わせには一切応じられません。
・メディア、原稿の返却は出来ません。
・応募された方の個人情報は厳重に管理し、本賞のお知らせのみに限り利用します。

■応募先
論創社　〒101-0051　東京都千代田区神田神保町2-23
北井ビル2F
「日本の傑作アンソロジー棟居刑事」係

■入選
入選作品は森村誠一先生の『棟居刑事シリーズ』の短編とともに併録、『棟居刑事と七つの事件簿』として、2020年3月に論創社より書籍化されます。

入選作の著作権は、著作者本人に帰属します。

入選作の複製権（出版権を含む）、公衆送信権、映像化、コミック化、舞台化等の二次的利用の権利は論創社に帰属します。

■審査員
論創社文芸編集部

■発表
入選作は小社ホームページ、ツイッター等にて発表します（2020年2月下旬予定）。

論創ミステリ選賞募集要項

■概要

第１回目の作品募集を開始します。

皆さんのアイデアあふれるユニークな作品をお持ちしています。

受賞作品は森村誠一先生の『棟居刑事シリーズ』の短編作品とともに書籍に併録されます！

■募集内容

【文字数】400字詰め原稿用紙換算60枚まで。

【テーマ】広義のミステリ

【締切】2019年12月31日　当日消印有効（これ以降もテーマを変えて、随時募集いたします）

【印税】採用作品には、当社既定の印税をお支払いします。

■応募規定

・原稿はWordファイルでお送り下さい（一太郎、PDFは不可）

・応募原稿は右肩を綴じて、表紙には①題名、②枚数（400字詰め換算）、③筆名（ふりがな）、④本名（ふりがな）、⑤郵便番号・住所、⑥電話番号、⑦メールアドレス、⑧生年月日、⑨略歴（学歴・筆歴）を明記し、別紙に800字程度のあらすじを添えて下さい。

・ワープロ・パソコンで書いた原稿は、Ａ４判に縦書き一行40字×40行で印刷し、データの入ったメディア（USBメモリやCD-R）を必ず添付して下さい。

・未発表の日本語作品に限ります。他作品からの盗用やアイデアの模倣は厳禁です。判明した場合には、発表後でも入選取消となり

三毛猫ホームズと七匹の仲間たち

2019年7月10日　初版第1刷印刷
2019年7月20日　初版第1刷発行

著　者　赤川次郎 他
発行人　森下紀夫
発　行　論 創 社
〒101-0051 東京都千代田区神田神保町 2-23　北井ビル
TEL : 03-3264-5254　FAX : 03-3264-5232　振替口座　00160-1-155266
装幀／宗利淳一
装画／横井かずみ
印刷・製本／中央精版印刷
組版／フレックスアート
ISBN978-4-8460-1854-2　